夏七夕工作室　花火工作室

联　合　出　品

佳期未晚

·Jia Qi ·Wei Wan

郑未晚 作品

江苏凤凰文艺出版社
JIANGSU PHOENIX LITERATURE AND ART PUBLISHING, LTD

那年地动山摇」

「我们与岁月同行

我们与挚爱别离」

序

在岁月里哭过，又在岁月里坚强

文 / 夏七夕

我身边有一个女孩，很瘦很高，喜欢吃甜食，喜欢吃夜宵，却从来不会胖。以前是因为体质偏瘦类型，后来是因为她的胃坏了，吃不了很多东西，变成了小鸟胃。她还因为胃病增加了其他病例，时不时晕倒，被送进医院。所以，有一段时间，她常常跟我强调身体健康的重要。

她说越长大越发现，希望身体健康，有时并不是为了能更好地大快朵颐，而是为了爱你的人。

我知道她身上的那个悲伤的故事。

她年少时为梦想到异乡闯荡，意气风发，有胆有谋，十字打头的年纪就开了一家自己的公司。除开工作上的得意，她还拥有一段轰轰烈烈的爱情。身边的男友家世优渥，体贴入微。而那时的她，风华正茂，过得好不热闹。

但所有的一帆风顺有一天突然戛然而止，那些好运都变成了厄运，开始接二连三地降临到生活中。

事业上被信任的人算计，爱情也像流沙，曾经最深爱的男友给予了她最重创的伤害，失望和心酸如暴雨兜头而来。

梦想像一场真正的梦烟消云散，爱情也在燃烧过后灰飞烟灭。

所爱之人的刺伤，比任何风言风语都来得狠厉。

经历了生活与感情双重打击的她，觉得整个世界坍塌，灰暗一片。

有很长一段时间，她不出门，不说话，不吃饭，不交谈，电话一直处于静音状态。那时她年龄尚小，只顾悲伤，尚不懂得照顾自己。

就是在那个时候，她的心碎了，胃也坏了。

这样不知昼夜地不知道过了多久，远在家乡的父母终于察觉出了她的奇怪。再三催促之下，她心灰意冷地收拾了行李，回到了家乡。

她能力强，走到哪里都不缺工作机会。于是她慢慢开始工作，但整个人仍沉浸在一种迷茫无助的状态之中。

毕竟重新开始何其艰难，更何况是对一个从高处狠狠落入低谷的女孩。所有的骄傲、尊严都不复存在，只剩彻骨的悲伤和毫无头绪的无助。

伤痛就是这样，每一分每一寸都不会有人帮你度过，只能靠自己慢慢熬过去。终于，在时间的辗轧下，她渐渐熬过了那段伤痛期。

她重新开始，重新迎接生活里的阳光，也重新遇见了生命中最重要的人。她不再相信爱情，他却抹平了她的伤痕。一年，两年，三年。

他很少说甜言蜜语，却从不离去，只是站在她身边，像一棵树一样陪她成长，陪她重新经历世界的悲欢。不知是什么时候，她重新开朗了起来，她重新拥有了好好看这个世界的欲望。而这些，都与他有关。

是他找回了她曾经的天真，也是他给予了她绵久的温暖。

她再回到当初意气风发的状态，他们一起创业，一起吃苦，一起奋斗，一起收获。

他待她如珠如宝，珍之又重。她也对未来满怀希望。

但曾经挥霍掉的健康，却在这时狠狠地报复了她。

那只是最普通的一天，她晕倒在他的面前。所有人都以为只是低血糖犯了，不碍事，他却抱起她飞车去了医院。

是他的重视及时挽救了她。她不是低血糖，而是休克，整整半个小时。醒来时，身边是家里所有的亲戚，以及站在床边的他。他脸色雪白，两眼通红，紧紧握着她的手。

她说，直到那时她才明白，身体健康有多么重要。因为你难受时，爱你的人会为你心痛。

所以，后来她极其重视健康，按时作息，学习新技能，烘焙甜点，到处走走。

她曾在异乡闯荡，历尽生活磨难。如今又绝地反击，活得漂亮。

她本身可以不再写字，毕竟自小生活于江浙的女孩，好像天生有经商的头脑，吃一堑长一智，她将公司打理得头头是道。如果不是又一场生活波折突然降临，我想她大概会一直这样只管富庶地生活就好了，文字会变成束之高阁的梦想。

但在那段波折之时，在那些心有余悸的晚上，她突然发现，最后能给自己慰藉的，仍旧是文字。于是她重新开始写文来使自己平静，来度过那段最困苦的时光。

她的名字叫郑未晚。我喜欢这样坚韧的女孩。我一直觉得字如其人，每个作者的文字里，都会有自己身体力行的影子，有自己对爱情和生活的态度。所以她在新书《佳期未晚》里塑造了一个穿行过灰雨、又重新明朗的女主邵佳恩，经历过伤害，经历过背叛，却选择原宥。

我很喜欢大师姐给她的书写的一句话——致分开又重逢的我和你。原来这世间的所有遇见，都是佳期正好，与你未晚。

她写整本书时，不断反复修改，一字一句，打印出来的改稿上千张，却不怕辛苦，力求完美。

我喜欢这样的态度，认真，对文字负责。“佳期”定稿那天，我不知道她是什么心情，但我长长地舒了一口气。因为中途我一度害怕她中断，也因为我终于可以不用再逐字逐句地批稿了。她的稿子是所有作者中我花费最多精力审阅和给出修改意见的。因为越好的稿子，我反而越苛刻，希望尽善尽美。而她也应承了我所有的苛刻，甚至是比我还苛刻地修改。

还好，我们的努力都没有白费，这本书自连载时便呼声甚高。

官方淘宝店一直在催问预售时间，很多读者也自发地在微博上创建以书名《佳期未晚》为名的话题，交流阅读感受。每次看到工作室做出的小说受到大家的好评，我会由衷地觉得感动。

作者的笔名是在我的参考下取的。郑姓是作者的本姓，郑字也同正。而“未晚”二字，又译为凡事未晚，旧梦未忘，随时为梦想启航。

我喜欢有故事的作者。因为我一直坚信，有故事的人才能写出好故事。我也喜欢那些负伤行走的女孩，在岁月里哭过，又在岁月里坚强。

不慌不忙，变成最好的模样。

目录 —— Content

01

Jia Qi

Wei Wan

{第一章}

盛北辰、林珈仪，好久不见

1.

邵佳恩刚走出安置小区门口那锈迹斑斑的大铁门，雨突然淅淅沥沥地下了起来，秋风裹着雨滴，打在和安置小区一条马路之隔的高档临湖小区那墨蓝色的全玻璃幕墙上，啪啪作响。

她飞快地从包里摸出一把伞撑开，黑色的，上面印着酱油品牌的广告。伞的质量并不好，不透光线，阴暗的天气之下，伞下更是阴沉沉的，像她的心情。

这已经是第三个月了，囿于高墙的时候，是那么渴望自由，等自由的日子真正来临了，等那些水费电费物业管理费各种费用的单子像雪片一样飞来，生存问题如一场劈头盖脸的冰雹一般砸来，把她砸得鼻青脸肿连悲伤都没了时间，简历一份份地投递出去，却都如石沉大海，重获自由的狂喜过去之后，她真的不知道用什么支撑自己自由地活下去。

她不是植物，不能靠光合作用浇浇水就能活下去，她生于钢筋水泥的城市，也不能像进城讨生活失败的人一样，放弃眼前，回家种田。

她的家，已一无所有，除了病倒在床的妈妈，除了外婆留下的这套安置房。

她不知道妈妈如何一个人度过了同时失去她和爸爸的那些岁月，那些痛苦的日子，她不忍去想，更不敢去想。

她一直叮嘱自己，向前走，不要回头看，那些镂刻在记忆里的伤，让她稍微回头就会痛得没有力气继续活下去。

她早已没了当初那些纯美的梦想，当如何在这个残酷的世界安稳地活下去都成了生活唯一的追求的时候，那些如粉红泡泡一样瑰丽的梦已经彻底地成了她人生的奢侈品。

手机突兀地振动起来，把她从涣散的思绪里拉回。

她从帆布包里摸出了她的手机，黑色的机身、小小的屏幕，带了手电功能，这是四年前手机没电时顺手在路边的小手机店买来用的。当她那部华丽的、贴满施华落世奇水钻的手机在那场改变了她一生的车祸里摔得粉碎的时候，这部不起眼的小备用手机，却完整无缺地幸存了下来。三个月前回到家后妈妈便将这部手机给了她，她的心在看到这部手机的瞬间想起那个雨夜，心碎得几乎晕厥，但她却始终没有把这部手机丢弃。

因为，她的人生，已经丢弃不起任何东西了，包括这部小小的、廉价的手机。

意外的是，手机里一个年轻礼貌的男中音传来：“你好，请问是邵佳恩吗？我是笛扬路的一点奶茶店，你是否往我们招聘邮箱里投了简历？你什么时候方便来面试呢？”

这几个月，邵佳恩不知道往外投了多少份简历，文员、行政、收银、服务员都一一去碰运气，但接到邀请她去面试的电话还是第一次，她忍不住有点激动：“我现在就有时间！”

四年，S 城的变化很大，除了一些标志性的老地方，很多的新地名都让邵佳恩感到模糊甚至陌生，等她找到约定的地方已经是一个小时后了。

一点奶茶店生意很好，等着拿奶茶的人已经排到了门外，店里明亮干净。邵佳恩期待万分地进去找到给她打电话的男生面试，但她愉快的心情并没有持续多久。

那个瘦高的男生对她说："没有问题，明天你就来上班。"她还来不及说谢谢，就听到了下半句，"我们店里需要健康证和无犯罪记录证明哦。最近查得很严，无犯罪记录证明需要去一趟派出所，健康证去社区医院就可以。"

邵佳恩脸色一白，有点艰难地笑了笑，说："好。"

她知道，又没戏了。

她垂头丧气地走出了奶茶店正准备回家，突然，离她不远的地方，似乎是有人难以置信地在喊她："佳恩，是你吗？"

她抬起头。阳光下，离她不远的地方，一个和她差不多高的女孩娇俏地站在那里，惊讶地睁大眼睛盯着她。

看到她抬头的瞬间，女孩已经飞快地冲过来一把抱住了她。

"佳恩，你终于回来了！"她被女孩冲过来的冲力冲得踉跄了一步，女孩紧紧地抱住她，"呜呜……佳恩，你终于回来了，你妈妈也搬家了我根本不知道去哪里找你。佳恩，真的是你吗？"

阳光和风，朋友的拥抱，这是久违了的温暖。冰冷的铁丝网里，室友之间要随时保持距离，无意间的手脚接触，被管教看到都要接受处罚，一千多个日夜下来，她变得沉默而谨慎，随时提醒自己，距离。直到被昔日好友紧紧相拥，她如从地狱刚爬回人世般幸福又惶恐。

她的鼻子有点酸："洛洛，是我。"

方洛洛抱着邵佳恩又哭又笑，她看着邵佳恩。

没了以往精致的衣着、漂亮的发鬓，着帆布鞋、牛仔裤的邵佳恩淹没在熙来攘往的人流中毫不起眼，她瘦了许多，及腰长发已经不见了，不算长的头发草草地扎在脑后。

刚才，方洛洛远远地看着邵佳恩在奶茶店里不敢相信，走近了看，认真地盯了很久，都不敢确定，是否是邵佳恩，她将信将疑地叫了邵佳恩一句，看见邵佳恩本能地转过头来，她的眼泪决堤而出——好久不见，我最好的朋友。

邵佳恩眼神空洞，看起来有点木讷，方洛洛想起岁月里那种白皙灿烂的笑脸，心酸得不行。如果没有那一场车祸，今天的邵佳恩何至于是这个样子，命运真残忍。

她努力地平复着自己的情绪："佳恩，你是来买奶茶的吗？我也喜欢喝这一家的，你要喝什么口味的我帮你去买。布丁的？"

邵佳恩有点无奈："我是来应聘的。"

方洛洛有点震惊："来这里应聘？"

邵佳恩倒是很平静："是的，我需要找份工作。"

方洛洛努力地挤出笑脸："那我以后喝奶茶就方便了。佳恩，你饿吗？我们去吃点东西，顺便聊聊天，我们真的好久没见了。"

邵佳恩有点尴尬："我没应聘上呢，我打算继续找找。"

方洛洛睁大了双眼："什么？一个破奶茶店什么条件这么高，居然不要你？"

邵佳恩忍不住笑了："是我自己的问题啦。洛洛，我们改天联系，我打算沿这条路找一下，看看有没什么别的合适的工作能做。”

方洛洛拉住她：“佳恩，我们去吃东西，不要找了，我哥那儿正好缺人，我帮你去联系，最迟明天就会有答复。”

这次轮到邵佳恩惊讶地看着她。

方洛洛像下军令状一般说：“放心吧，交给我，我保证帮你找到一份工作，但是今天我们一起先去吃个饭。”

2.

大街上人来人往，方洛洛拉着邵佳恩有点冰凉的手不肯放开。四年多了，她记得四年前她们的最后一面，大家开开心心地给邵佳恩庆祝十八岁生日，一起去 KTV 唱歌，唱到半夜，她被她堂哥接回了家，却没想到，邵佳恩却出了事。

那已经是暑假的最后几天，没有等到邵佳恩事情的最后结果，她就被家里送到加拿大上学去了，就这样没了邵佳恩的消息。好不容易等到放假回国，她去邵佳恩家所在的别墅小区找她，物业保安冷冰冰地告诉她：“她家啊，怎么可能还住这里，早就搬走了。”

她蒙了，偏偏林珈仪、盛北辰他们也是不知所终，昔日最好的几个朋友就这样失去了联络。

她断断续续地听说邵佳恩被抓了，被判了好几年，盛北辰他们都去美国了，直到今天在大街上遇见邵佳恩，她甚至不敢问邵佳恩是什么时候出来的。邵佳恩和以前一点都不一样了，昔日笑起来如阳光般灿烂，经常妙语连珠，激动起来手舞足蹈，略带娇气却不失可爱的女孩，变成了今天这般眉眼低垂的样子，普通得如一颗尘埃。

坐在咖啡厅里，两个人都不知道从哪里聊起。

方洛洛一开口，就把心里最想问的问题问出来了："他知道你回来了吗？"

邵佳恩端着杯子的手一哆嗦，柠檬水洒在了桌子上。

方洛洛飞快地抽出纸巾，邵佳恩却本能地拿手去擦。

方洛洛赶紧阻止邵佳恩，用纸巾擦了桌子，她一边擦一边说："怎么能用手擦桌子啊，水还有点烫。"

邵佳恩有点讪讪的："在里面习惯了。"

方洛洛鼻子一酸，又哭了出来。

第二天，方洛洛电话打过来的时候，邵佳恩刚从社区医院给妈妈买了药走回来。电话里，方洛洛的声音有点激动："佳恩，我给你找到工作啦！"

邵佳恩忍不住激动起来："真的吗？"

"真的，真的。佳恩，你知道宏盛传媒集团吗？"方洛洛比她还激动。

"我知道的，宏盛集团很大呢。"找工作的时候邵佳恩在招聘栏上看到过大版的关于宏盛集团的介绍，是国内赫赫有名的传媒巨头，但是招聘方对人才要求极高，她连投简历的勇气都没有。

"我哥哥在宏盛集团图书部当总监。你知道宏盛的图书部吗？就是宏盛的电影、电视剧的同名小说都是由他们负责出版，做企业内刊，还有撰写宏盛旗下所拍电视剧剧本等事务的那个部门。他们正好在招聘编辑助理，我问过了，说是编辑助理，其实说白了就是文员的工作，工作挺轻松的。不过不是正式编制，签的也是临时的合同。佳恩，我记得你读高中的时候很喜欢看小说写稿子，我想你先进图书部的门，以后碰到合适的机会再一展才华。”

邵佳恩愣住了，无头苍蝇一样乱撞了几个月突然有结果，而且不是服务员，不是清洁工，她还能在办公室里工作，突如其来的幸福是那样不真实……她忐忑不安地问方洛洛：“真的吗？图书部对学历什么没有要求吗？我真的可以吗？”

“有要求呀。高中以上学历，有一定文字功底，五官端正，你都符合呀，唯一的缺点就是没有编制，待遇比较一般……要不，先去试试？如果没有问题的话，明天早上你就可以先去面试，我都帮你约好了。”

方洛洛并没有说，自己恳求了哥哥方勤多久，邵佳恩这个案底，让她哥哥方勤非常为难，最后折中的办法就是先上岗，签个临时合同。昨天，她和邵佳恩两个人在咖啡厅畅谈了许久，她了解邵佳恩的近况，对现在的邵佳恩来说，名利、地位，其实已经不那么重要了，当务之急，就是赚钱吃饭。机遇，那么漫长的人生总是会有的，而且方勤也答应她了，能提携的时候，一定提携。

她觉得很难过，世事是那样无常，四年前，任谁也想不到，矜贵如公主般的邵佳恩，也会那么迫切地需要一份养家糊口的工作。

方洛洛的哥哥，其实是她的堂哥。

邵佳恩读高中的时候就见过他，那个时候他在美国读大学，暑假回国还给她们带过礼物。她和方勤有过一面之缘，勉强算是旧识，但是此刻在这种情况下再见，却让她更加局促不安。宏盛图书部的奢华超乎她的想象，宏盛总部副楼里，腾出了三层给图书部，设计得特别前卫。总监办公室特别大，她站在方勤的办公桌前，连呼吸都有点颤抖。

方勤倒很淡定，简单地介绍了公司的情况后，又说："工作不会太重，现在你刚进来，帮编创组整理文件图片，排版出菲林的时候跟着盯紧一点，检查认真细致一点不要出错就行。"

邵佳恩点点头："好。"

"现在，我还是郑重地自我介绍一下。我叫方勤，是宏盛图书部的策划总监。等会儿叫我助理带你去领办公室器材，前三个月为试用期，我们先签试用合同，这三个月只拿保底工资，每个月两千，三个月后能转正，签正式合同后薪水为六千，如果可以的话明天开始上班，有问题吗？"

"完全没有问题！"没想到居然这样顺利，邵佳恩觉得自己都要哭出来了。

这三个月来，除了刚走出监狱那堡垒般厚重的大门时那昙花一现般短暂的喜悦外，此外每一天几乎都是在吃为数不多的老本的煎熬日子中度过。这么多打击变故，妈妈一个人咬牙扛了下来，身体、精神，都透支得疲惫不堪，她回来那天妈妈就病了，这几天才看起来渐渐好了一些。生活的重担就这么落在了她的肩上，找不到工作的那些日子里，这个担子几乎压得她崩溃。

现在好了。虽然工资不多，但工作终于有了着落。有了努力的方向，邵佳恩的心一阵轻松。

早上出门突然变了天，一路狂风暴雨，路况太差，公交车一路走走停停，眼看就要迟到。图书部规矩严谨严格，全勤奖不低，迟到早退扣得也很狠。公交车一到站，来不及等停稳，邵佳恩飞快地从车后门冲了下去，撑起伞狂奔在雨中。

匆匆忙忙赶到办公室的时候，她的衣服已经半湿，鞋子裤脚都因为在马路上的狂奔而沾满了星星点点的泥巴。方勤的助理张绮看到她，“扑哧”一声笑了出来：“邵佳恩，你刚从田里回来啊？”

邵佳恩有点尴尬，却还是冲张绮友好地笑了笑，她回了自己的位置，默默地抽出几张纸巾来擦，但怎么擦得掉，她看了看自己的裤脚和鞋子，看起来……真的很像田里回来的。

今天气温不高，办公室没有开空调，邵佳恩座位旁的窗户大敞，潮湿的风一阵阵扑在她的湿衣湿鞋子上，她慢慢地开始觉得有点冷。

好不容易熬到下班，邵佳恩整个人昏昏沉沉的。一定是感冒了，她想，得尽快去买个感冒药吃，不能传染给妈妈。她正收拾东西准备下班，张绮却匆匆忙忙跑了过来，把一沓稿子放在她的桌上：“邵佳恩，得麻烦你帮个忙了，你帮我去把这个剧本送到主楼三十楼简助理那里，我有事情，要先下班了。”

不等邵佳恩答应，张绮就已转身走远了。

3.

邵佳恩收拾好，抱着剧本下了电梯。

主楼和副楼离得并不远，邵佳恩拿副楼的工做证和身份证在主楼门口警卫室登记之后，抱着剧本进了主楼。

进了主楼的大门，邵佳恩赢得了极高的回头率，和她擦身而过的每个人，几乎都会回头看一眼这个一身泥泞的女孩子，似乎非常惊疑她为什么会出现在这样奢华美丽的一个地方，这个以娱乐节目娱乐产品闻名全国的传媒集团的总部大楼，向来是俊男美女的聚集地，就连扫地的大妈，那也是穿整齐的制服的。

邵佳恩就是再迟钝，也明白这些人钉子一样的眼神里表达的是什么，但眼下已经管不了这么多了，她抱紧剧本，飞快地跑进主楼大厅。

这是她第一次到宏盛总部内部来，内刊上见证了这个集团无数的辉煌，可是真正见识到主楼的奢华，还是被深深震撼了。一楼气派的大厅往右拐就是电梯厅，长长的走廊明亮洁净，打磨得闪闪发亮的大理石地板柔柔地反射着头顶上璀璨的吊灯的光芒，走廊右侧十几部电梯一字排开，出入这栋楼的，不是明星，就是达贵，宏盛所有高层都集中在这栋楼里，办公楼层越高，身份越显贵。

如果是四年前，来这样的地方，对她来说是如鱼得水，曾经的她是那么习惯富丽的人生，只是到了今天这一刻，除了局促就是不安，电梯那亮到几乎可以当镜子的门清晰地照出她的样子，齐肩中长发简单地扎在脑后，工作了一天之后已经有点凌乱，帆布鞋、牛仔裤，白 T 恤外面套了一件半旧的针织开衫，裤子上和鞋子上的泥巴已经擦掉，只留下一圈一圈的黄印子。摘掉皇冠，脱下礼服换上粗衣布裳，豌豆公主都显落魄，更何况是她。

“叮”的一声脆响，第一部电梯门打开了，邵佳恩飞快地冲了进去，按下三十楼。

显示楼层的数字在变化着，邵佳恩抱着手上的剧本抬起头盯着，她还没反应过来，数字已经飞快地跳转到了三十楼，她这才发现这部电梯中间都是不停的，是直达。正准备要去按开门键，电梯门开了。她刚要踏出去，却看见电梯门口站了四五个人，正惊讶地看着她。

她抬起头，逆着光不甚清晰，可是当她眨了下眼适应了光线，渐渐地看清楚站在最前面的一男一女的时候，她就像被一道惊雷劈中，震惊地呆立在电梯里，耳边嗡嗡作响。

如果可以穿越时光去错开那不该有的相识与羁绊，或许眼前这会是让人惊艳的一对男女。四年了，时光把他变得更加成熟俊美，银灰色的手工西装穿在他身上，显得那么合适，如果当年的那个白衣少年是王子的话，那么现在的他，是羽翼渐丰的王的样子吧。那个女孩，也更加美丽，原本就精致的脸在考究华服的衬托下越发娇美动人。

她低头看他光亮的鞋尖，那噩梦一般的四年里，她想他又恨他，期待他却又厌恶他，她强迫自己忘记他，却偏偏做不到。

无数个孤单的白天与黑夜，他的脸不断地出现在她的脑海里。她那么想拉着他的手告诉他她有多冤枉多害怕，希望他快来救救她，可是一次都没等到过，当希冀成空，变成怨恨再变成冷漠，那些刻骨的孤寂的日子过后，她的心和所有对他的情意，都被残酷的命运挫骨扬灰。她终于骄傲地发现今天的她可以不在他面前流泪了，纵然心刺痛，也只是那么一瞬。

而站在他身旁的那个女孩，那四年里，她无数次地幻想她们再见面的场景，她想过要把她千刀万剐用最恶毒的话去咒骂对方，此刻她却只是站在这里，甚至连正眼都没有去瞧对方一眼。

几乎只是一瞬间，他也认出了她。

他有点厌恶地看着她，她什么时候出来的，又要开始无尽地骚扰他的生活吗？还在痴心妄想吗？这些年，他很少想起她，那场车祸改变了她也深深影响了他，富二代和官二代醉驾撞死人，多么恶劣又轰动的新闻，家里花了多大的力气把这个事情压下去他不是不知道，事情过去四年了，她现在来这里干什么？难道那么多年的牢狱之灾，都没让她学会改变吗？

他以为她又要缠上来，就像多年前一样让他厌烦不堪。

“你是哪个部门的员工？谁允许你坐直达电梯上楼的？你还不让道杵在那里做什么，你没看到盛总和林小姐吗？”跟在他们身后的助理看着这个一身穷酸的女孩子，忍不住出口相讥。

这个集团里，多的是痴心妄想想飞上枝头不自量力的女孩子，连一些签在集团旗下娱乐公司里的小明星都是，逮到机会就偷偷地跑到主楼三十楼期望偶遇一个高层妄想一步登天，面前这个，一定也是！

“你没有参加过入职培训吗？这是直达电梯，你们员工电梯是二楼到十六楼，第一部电梯是直达，是专用，不是你们乘坐的，下次再犯这样的错误，一定严惩……”助理一想到这些女孩子，口气更加严厉。

邵佳恩突然觉得有点好笑，自己缠了盛北辰两年，恨不得告诉全世界她对盛北辰势在必得，但除了知道他是妈妈的学生，除了知道他是学霸，除了知道他是集团太子爷，除了垂涎他俊美的面容、挺拔的身材，其他的，居然一无所知。过去的她，想尽一切办法打听他的行踪，想方设法堵他约他都很难见到他几次，用尽力气要把他忘记时，没想到，会在这里狼狈地再见面。

他看着她，他以为她会缠上来，会对林珈仪的助理反唇相讥。她最伶牙俐齿的不是吗，就像以前自作聪明到让他厌烦。

她却只是微微低了头，不卑不亢地回答了一声："我是图书部的新员工，我是来送剧本的。对不起，耽误你们的时间了。"语毕，低头走出电梯。

他愣住了。

装作不认识他更好，他也不想看见她，如果可以，他宁愿这辈子都不曾认识过她。

他冷冷地看了她一眼，抬脚跨进了电梯。他身边的女孩有点惊慌地看了邵佳恩一眼之后跟了上去。

邵佳恩始终低着头，这一刻，她觉得屈辱，这四年，多少难听的话多少苦都熬过来了，为什么此刻还会觉得屈辱？是因为是在他们面前被训斥吗？还是因为今天的她连和他同乘一部电梯的资格都没有？她的手紧紧地抓着装剧本的文件袋，用力到指尖都泛白，手心的汗又黏又腻，她无力地靠在身后的墙壁上，大口大口地呼吸。

盛北辰、林珈仪，好久不见。

只是如果可以，今生今世都不要再见。四年，铁丝网内的时光磨平了她所有的期待和棱角，盛北辰和林珈仪，是她邵佳恩青春里一场华丽的噩梦。如今心碎梦醒，而她的生活，早已经不起任何波澜了。

他和她，从来就不是一个世界的人。如果能早点认知到这点，她的人生又何以需要走到今日这样苦难的境地。

但没有如果，人生不会因为你悔你恨、你悲伤你绝望而重来。

那些灾难席卷过大地，留下满身伤痕的自己，你只能咬咬牙，爬起来，一步一步地往前走。

年少时，她看《小王子》，有句话让她的印象非常深刻：如果你要与别人制造羁绊，就要承受流泪的风险。

那时的她不懂，今天的她终于明白，那时的她无知无惧地制造着羁绊，今天的她就要咽下眼泪，承受这个结局。

4.

一进办公室，气氛有点凝重，连平日最喜欢拿邵佳恩开涮的张绮都是一脸严肃。方勤难得已经早到，邵佳恩刚坐到办公桌前，张绮就来通知编创组开会了。

这是邵佳恩第一次参加会议。

图书部大会小会也开得多，但是从来没让邵佳恩参加过，倒是帮忙泡了好几次咖啡茶水，切了好几次水果。

一如往常，邵佳恩正准备和几个新进的女孩一起去泡咖啡切水果端进来，方勤已经摆了摆手："你们其他组的继续做自己手上的工作，编创组的全部留下来，包括邵佳恩。"

大家坐定，方勤直接切入主题："我想在座的大家都知道去年多次重播屡创收视奇迹的，我们集团出品《锦绣江山》吧，今年集团已经决定拍续集，《锦绣江山 2》继续由人气天王三栖巨星盛夏先生领衔主演，而我们整个编辑组，则负责协助《锦绣江山》编剧林珈仪小姐完成《锦绣江山 2》的剧本创作。"

邵佳恩的手，轻而又轻地抖了一下，她刚重获自由三个月，自然是没有看过《锦绣江山》的，这个剧有多红，她不知道，但是林珈仪写的剧本？她记得当年自己很喜欢看书，也喜欢写写小说往杂志社投稿，那个时候林珈仪经常陪她在她家书房写稿子，但是林珈仪并不喜欢读写，所以那个时候通常都是靠在沙发上一靠一边拿手机淘宝一边吃零食，记忆里，林珈仪连一本《一千零一夜》都没有耐心看完，怎么会突然变成了编剧？

一个大胆的猜测瞬间浮上她的脑海。她被这突如其来的猜测吓了一跳，她摇摇头，应该不可能的吧。

方勤继续说："林珈仪小姐创作了《锦绣江山 1》之后，写作一度陷入瓶颈，但是续集不能间隔太长时间推出，会被市场遗忘，集团经过决定，剧本由我们编辑部抽人撰写，由集团总编室负责审核，林珈仪小姐冠名……"

方勤的话还没说完，就有老编辑惊讶地说："这不是让我们当枪手嘛！"

方勤有点勉强地笑了下："集团利益为重。"他看了一眼邵佳恩，"除了邵佳恩是新来的，你们都是资深编辑和主笔，这里没有外人，大家都知道，林珈仪小姐和盛总关系密切，很有可能成为集团未来的女主人，关于剧本撰写，是上级交代下来的任务，在其位谋其职，做好上级安排的任务是我们的职责。不过，"他顿了顿，"剧本编写完成，参与编写的，只要有内容被选上，就可以领到十万到二十万的奖金，编写完成还有另外的奖励。一个星期为限，每个人交一份续集剧情大纲上来。"

他的这句话，并没激起这些资深人士多少热情。作为宏盛图书部骨干的他们更重名，况且就算是拿到二十万，对他们来说，也不算很多，辛苦编写剧本，最后名都冠不了，显然大家心里都有自己的想法，但是方勤的话，也很好地压制了他们的不满——林珈仪可能成为集团未来的女主人，讨好她，可能就是给自己铺了一条康庄大道。

邵佳恩曾以为，四年磨炼，自己已经百毒不侵，可是听到“林珈仪小姐和盛总关系密切，很有可能成为集团未来的女主人……剧本编写完成，参与编写的，可以领到十万到二十万的奖金……”这些话的时候，她自以为平静的心湖，还是泛起了涟漪。她是有资格和有理由怨恨的，可是她更明白，她的怨恨，对现在已在云端的他们，是多么无关痛痒和可笑。对于现在的她来说，艰难的生活之下，爱恨情仇显得是那么多余。

方勤宣布散会，大家三三两两地走出会议室，落在最后的邵佳恩叫了声：“方总，可以给我几分钟时间吗？”

方勤有点惊讶，从这个姑娘上班到现在，除了必要的工作交流之外，他很少听到她说话，如果不是那些按时整理好的稿件和收拾得整整齐齐的编辑组，他几乎都会忘记了办公室里还有这样一个女孩子。她主动找他，还是第一次。

他停了下来，点点头：“有事吗？”

邵佳恩想了想，鼓起勇气问：“方总，我可以参与剧本编写吗？”

方勤突然想起方洛洛和他说过的，邵佳恩在高中的时候就发表过多篇小说，于是点点头：“当然可以了，只要写得好，是求之不得的，而且上班时间都可以写。对了，你高中的时候写过长篇小说吗？是什么类型的？”

回忆起为小说奋斗的高中岁月，邵佳恩淡淡地笑了，她说：“也是一个后宫争斗的类型，那个时候为了考北方大学的戏文系准备的作品。”

方勤突然发现邵佳恩笑起来很漂亮，小小的脸，白皙的皮肤，大大的眼睛，长长的睫毛像一排小刷子。她只是一直没打扮，性格也不活泼，在宏盛这种争奇斗艳的地方，就不起眼了。

他想起林珈仪，昨天晚上因为剧本的事情，和她碰过面，和邵佳恩差不多的年纪，讲话娇娇柔柔，踩着尖尖的高跟鞋，长长的指甲都贴满了钻。

他叹了一口气，这就是命运的差别吧，就如盛北辰，和他一起在美国读的研，他回国后一路拼杀才拿到今天这个位置，而盛北辰回国之后就直接入主宏盛董事会，年轻气盛又雷厉风行，经常把董事会一群老顽固气得半死又没一点办法。不过，盛北辰作风果断利落，能力却是有目共睹，连和盛北辰同窗几年的他，每次看到盛北辰也是从心里肃然起敬。

他的思绪回到邵佳恩身上，他看着她，尽量不让自己的眼光里有怜悯出现，他问：“那后来呢，考上了吗？”

邵佳恩点点头：“考上了……但高三那年暑假……家里有变故，就没上了。”

方勤见邵佳恩没继续说下去，也没多问，他拍了拍邵佳恩的肩膀：“那我把《锦绣江山 1》的所有资料给你一份，你好好地看一下，祝你成功。”

方勤准备离开会议室，邵佳恩犹豫了下，还是问了：“如果剧本我写的被选中了，我也有奖金吗？”

方勤愣了一下，身边这个年龄的女孩子，还有几个是为生存在奋斗？方洛洛今天还在家里闹着要换车要他支持。看邵佳恩的打扮，家庭肯定极其困难，为了一两千块的工资，每天连办公室的清洁都抢着做了，却还要受其他女孩的嘲笑。

他看着邵佳恩的眼睛，真诚地告诉她："有的，如果你写了被采用了，或者参与编写，都可以拿到奖金。"

办公室里，只剩下邵佳恩一个人。

灯还来不及开，只有电脑屏幕泛着幽幽的光，偌大的图书部，几乎静到心跳声都可以听见。

邵佳恩紧紧地抓着方勤给她的《锦绣江山 1》的资料，盯着电脑上正在播放的《锦绣江山》，心痛得几乎要滴出血来。

会议室里那一闪而过的猜测成了真。

那一句句熟悉的台词，那一个个她曾反复删改描绘过无数次的场景，屏幕上上演的悲欢离合，那是她曾经花了两年时间编写的引以为傲的故事。

她反复地播放片头——出品人盛北辰，根据林珈仪小说《锦绣江山》改编。

她死死地盯着屏幕，直到双眼酸涩地流下泪来。

"你的梦想是什么？"十八岁的林珈仪问十八岁的邵家恩。

"成为一个厉害的作家和嫁给盛北辰，你呢？"十八岁的邵佳恩眼里的光芒炫如繁星，她转过头来，笑吟吟地看着她最好的朋友。

林珈仪抿嘴一笑："我和你一样。"

"啊？什么？你也想成为作家，还是也想嫁给盛北辰？不是吧，盛北辰是我的！”十八岁的邵佳恩霸道地宣告。

“呵呵，我是说，我也想去做我喜欢做的事情，嫁给我喜欢的人，傻瓜。”十八岁的林珈仪笑得波澜不惊。

那日的笑声犹在耳畔，如今她曾经的一句戏言却成了真。她记忆里的林珈仪温柔胆小，连一句傻瓜都是轻飘飘的，像撒娇。

可是，到了这一刻，她才痛彻心扉地明白，曾经的林珈仪对她所有的退让与贴心的背后，都有尖刀绵绵密密伺机而动，找到最准的时机，朝她挥出来的刀刀都致命。

02

Jia Qi

Wei Wan

{第二章}

九月的第一场台风过后

1.

邵佳恩和林珈仪认识那年，她们两个都才八岁。

那日，林妈妈胃出血住院，邵佳恩跟着爸爸妈妈去看望她。

林珈仪的爸爸年轻的时候练过武，身兼邵爸爸的保镖加司机。林爸爸浓眉大眼，虽然沉默寡言，但勤快踏实，跟随邵爸爸多年，很得邵爸爸的赏识，工作之外，两人还算是朋友。

邵佳恩和爸爸妈妈走进林妈妈的病房的时候，林珈仪趴在她妈妈的床边睡着了。林妈妈吃力地坐起来和他们打招呼，一动林珈仪就醒了，她睁着一双大眼睛，有点迷茫地看着他们。

邵佳恩和她打招呼："你好，我是邵佳恩。"

她的脸红了红，说："我叫林珈仪。"

邵佳恩走过去和她握手，她的手很凉很凉，两个小姑娘就这样认识了。

林妈妈的病挺重，林爸爸工作又忙，林珈仪就只能天天待在医院里。一个小孩子总在医院里也不像话，邵妈妈提议让林珈仪到家里小住，也和邵佳恩结个伴。

邵佳恩还记得林珈仪来家里那天的样子，穿着干净的校服，又黑又长的头发扎成了一条马尾，一张小小的白净的心形的脸，长得有点像水冰月，她拎着书包低着头，有点怯怯地跟在她爸爸的后面。

她从沙发上跳起来冲过去拉住林珈仪的手："以后我们是好朋友啦。"

两个小姑娘就这样相伴着长大了。

直到她们十六岁那年，九月的第一场台风过后。

台风后的S城的九月稍有凉意，会展中心旋宫宴会厅的冷气开得很大，穿着露肩小礼服的邵佳恩抱着手臂和林珈仪坐在休息区的沙发上，有点冷。服务生贴心地送来了小披肩，不过颜色不怎么搭邵佳恩的礼服，邵佳恩在维持风度还是温度之间纠结。她百无聊赖地看着盛装出席光彩照人的男男女女，越发觉得无聊。时任电视台台长的邵方安经常有需要携家眷出席的应酬，各种电影、电视剧、综艺节目收官宴、庆功宴，都会邀请他们一家。

刚开始觉得新鲜，邵佳恩每场必到，大小明星主持人见了个遍无比兴奋，时间长了，也就倦了，爸爸妈妈一去应酬她马上找借口不去。但此次宴会由爸爸所在的电视台主办，众星云集，行业大佬皆携家眷出席，邵佳恩不得不拖着林珈仪一起陪爸爸妈妈同来。

冷气似乎越来越大，邵佳恩冻得手臂上鸡皮疙瘩都起来了，真的好冷啊！那条灰蒙蒙的羊绒小披肩孤独地搭在沙发扶手上，她实在是没有兴趣把它披到身上去。她站起来环视了宴会厅一周，目光落在高高的香槟塔上："太冷了，珈仪，我们去拿杯香槟喝吧。"

不等林珈仪回答，她已经一溜烟跑到香槟塔台前。

来不及伸手去拿，突然，耳边响起刺耳的嗡嗡声，就像……耳鸣？头顶上的吊灯开始晃动，灯上的水晶吊坠打在一起啪啪作响。邵佳恩突然有点头晕目眩站不稳。会场爆发出刺耳的男女尖叫声："地震啦，快跑！"

啊，地震了？！邵佳恩的"啊"字还没喊出口，高高的香槟塔在剧烈的晃动下轰然倒塌，往她站的方向哗啦啦地砸下来。站在旁边的她瞬间傻了，本能地伸起手去挡脸，完了，要毁容了。惨叫声还没发出，她的手臂突然被用力一扯，整个人被扯得飞扑了出去，落入一个陌生的怀抱，鼻子撞到……一个男生的胸前？

香槟塔砸在她刚才站的地方，一地狼藉，会场里尖叫的男男女女各自乱窜地往楼下跑，邵佳恩抬起头，一个白衣的男生，皱着眉头拉着她的手臂。

邵佳恩愣住了，男生没有松手，拉着她说，快跑。

他的话仿佛带着魔咒，邵佳恩的脚在他的话落下的瞬间跟他一起跑了起来。穿过东倒西歪的桌子椅子，穿过嘈杂的楼梯间，穿过混乱的人群，穿过她剧烈的心跳，跑到了楼下的广场。

广场上的人是那么多，在那时的邵佳恩的脑海里全都是马赛克。

那一刻的邵佳恩，世界在她的眼里变成了暗淡的黑白，把她从香槟塔前救走的这个男生，是那一日最缤纷的色泽。

他放开拉着她手臂的手，她渐渐地平稳了呼吸，等认真地看清楚他的样子的时候，她的心里如十七级台风肆虐，地动山摇，她怦然心动。

这个男生，在这种惊天动地的时刻，猝不及防地冲进她的生命里，她的心就像一瓶被摇晃过的香槟，“砰”的一声被开启了，无数香甜的泡泡争先恐后地溢了出来，甜得她都要爆炸了。

他很高，低头朝着她的呼吸都是干净的气息，眼睛就像星辰一样明亮。他看着她说：“你好，我是盛北辰，你是苏老师的女儿吧，不要怕，我们出来了。”

盛北辰？电光石火般，这个名字跳进她的脑海，和记忆重合。

“盛北辰”这个名字，从邵佳恩很小的时候盛北辰进入一中成为妈妈的学生开始，出现在她家的频率比她的名字还高。盛北辰如何如何的聪明、如何如何的帅气、获得了多少大奖、是一中上下多少年难得一见的人才、多么多么优秀、多么多么谦和等等等等，一直到爸爸高升、盛北辰从一中毕业考进 Z 大、妈妈辞职专心相夫教子到现在，没有一年没被妈妈提起过，她听得耳朵都要起茧子了。一定是戴着厚厚眼镜的书呆子，她一直就是这样以为的。

直到这一刻，他站在她的面前，她才终于明白过来，妈妈为什么对他赞不绝口，无比满意。

世间那么多美好的词，都形容不了那一刻的他。

那场地震并不大，摇晃没多久就慢慢平稳了，庆功宴也在突发事件的掺和下不了了之。他们跑到广场上没多久，广场西侧的大屏幕里就播出台湾地区大地震波及 S 城的新闻。她呆愣在那里，盛北辰以为她受到了惊吓，安抚地拍了拍她的肩膀笑着对她说："别怕，只是余震，而且我们已经出来了，在广场上很安全。"

邵佳恩看着他的笑颜，脑子里就像一锅烧开的糨糊，咕噜咕噜地冒着泡泡，却手足无措，不知道该说什么。盛北辰又冲她笑了下，她脸一红，他说："别慌，你先联系下你的家人吧。"

邵佳恩如梦初醒，爸爸、妈妈、珈仪他们去哪里了还不知道。她赶紧掏出手机拨打妈妈的电话，但不知道什么原因，网络中断，电话怎么也拨不出去。旁边的一个大叔提醒她，不用打了，都在打电话，线路都爆了。

联系不上家人她有点慌，盛北辰看着她的样子想了想说："你家住哪儿，我先送你回家吧，他们找不到你肯定会回去找的。"

邵佳恩几乎是不假思索地答应了。盛北辰跑去把车开了过来，帮邵佳恩打开了车门。

邵佳恩心跳如鼓，她坐到了副驾驶位。

盛北辰提醒她："系下安全带。"

车平稳地开了一会儿，邵佳恩才想起："谢谢你救了我。"

盛北辰笑了："举手之劳，不用客气。"

邵佳恩正想自我介绍，不料盛北辰一个急刹，她差点撞到前挡风玻璃又被安全带拉了回来，只见前方不远处一块立式广告牌"嘭"的一声砸了下来，砸在前车顶上，银灰色的车顶瞬间凹了进去，广告牌碎片飞得到处都是。邵佳恩吓得尖叫了一声，四周又开始响起嗡嗡的声音。盛北辰的车也剧烈地摇晃了几下，又一波余震开始了，马路上有些人弃车而逃，交通一片混乱。邵佳恩吓得脸色发白，盛北辰也愣了一下，他很快恢复常态："别怕。"

他看了下周边环境："这里离湖边很近，我们先跑到湖边去。"

邵佳恩蒙了："那车呢？"

"马路两边广告牌太多了，随时可能砸下来，前后左右都堵死了，我们也开不走，快下车。"

他跳下车飞快地去帮邵佳恩开车门，拉着她往湖边跑。

湖边公园里迅速挤满了出来避难的惊恐的人，邵佳恩和盛北辰被人流紧紧地挤在一起。

被别人的情绪感染，邵佳恩也害怕了起来，她紧紧地抓着盛北辰的袖子。盛北辰温和地安抚她："别害怕，S 城不在地震带上，这只是余震，不会太严重，一会儿就过去了。"

盛北辰没有说错，余震很快就过去了，停滞拥堵的交通也在交警的疏导下恢复了通畅，他们很快上车继续行驶。

那是邵佳恩平顺安稳的人生里最惊险的一天，平静下来后却让她亢奋异常，回去的路上，她鼓起勇气介绍自己："你好盛北辰，谢谢你帮我，我叫邵佳恩。"

盛北辰微笑着点了点头，直到车子开到邵家小区的门口，他说："到了。"

邵佳恩恋恋不舍，她觉得盛北辰就像一块发光的吸铁石，把她的心"啪"的一声吸了过去。

她想说点什么，又不知道说什么，她有点蒙，直到他说："再见。"

邵佳恩道谢下车，盛北辰，我们一定会再见的。

2.

是谁说的，回忆就像羽毛，风一吹就飘起来，邵佳恩有点好笑地想，那么美，写这句话的人，一定回忆里都是美好。她的回忆，就像冰雹，想起的瞬间就会铺天盖地地砸过来，让你鼻青脸肿无法呼吸。

只是被砸得多了，痛得久了，竟也生出了一层坚硬的保护壳，六年了，随时想起来，初见的每一个细节竟然都是那么清晰，只是不再心动，不再心痛了。

她关掉电脑走出办公室，夜已经很深了，集团大楼的玻璃窗里，投射出星星点点的灯光，身边偶尔有车开过，带起的风和灰尘让她愈加沮丧，流过泪的脸被风吹后紧绷得难受，她只想快点到家好好睡一觉。

如果一切只是一个梦就好了，一场噩梦。她想。

她步行到公交车站，坐最后一班公交车回去，公交车穿过喧嚣的繁华抵达日渐破败的安置小区。

外婆家拆迁分到这套房子的时候她曾陪妈妈来看过，大家一致觉得，层高太低了，装上吊灯之后，大人走过去一定会撞到头，小区的环境也很差，这样的房子自己肯定是不要住的，卖也卖不起价格。后来，这套房子简单装修后开始出租给那些来这座城市打拼的不太宽裕的年轻人。直到四年前，爸爸的财产被没收，曾经的家被妈妈卖掉钱拿去赔偿给车祸受害人的家属请求谅解好让她判得轻一点后，正好这套房子空了出来，妈妈就搬来了这里。那个时候，外婆已经去世了，妈妈一个人在这里孤独地生活。妈妈倾尽所有，希望能帮她争取到缓刑，可是呢，最后她还是判了四年实刑，而她那曾经在她的心里无所不能的爸爸进去之后就再没有出来。

命运何其残忍，四年里，她在高墙里生不如死，妈妈又何尝好过。

她掏出钥匙打开家门，竟意外地看见厨房里还亮着灯，戴着眼镜的妈妈不知道在熬什么。

她放下包走进厨房：“妈。”

妈妈最近身体好了一些，正在熬仙草。白天去河边摘来的仙草洗净后捣出汁来再和米浆同煮，放凉凝固后切成小块加点糖或者蜂蜜就是美味的仙草冻。爸爸的老家在离这里四十分钟车程的著名的国家地质公园的山脚下，妈妈偶然回去祭拜的时候发现这种简单的食物在景区很受欢迎，已经卖到了五块一杯。

入不敷出的日子让妈妈很慌张，她要做点事情减轻家里的压力，她盛了一碗给邵佳恩吃。

仙草冻很甜，却在邵佳恩的嘴里变得又苦又涩，她飞快地吃完，回到房间，忍不住捂着嘴巴哭了出来。

她真的太愧对妈妈。

以前的妈妈优雅美丽，是80年代的大学生，毕业分配工作后就嫁给了爸爸，婚姻幸福一家和睦。爸爸的仕途一直顺利，妈妈当了二十几年语文老师，也算桃李满天下，辞职后学插花、烘焙，日子平稳幸福，直到那不堪回首的四年前。

四年前，一夜之间大厦倾覆，所有的美好与安逸都在顷刻间化成碎片，因为爸爸的事情，妈妈也被监视居住了很久，牵连太多，也没有办法再回到学校当老师。

这些年，妈妈零碎做了很多份工，邵佳恩不知道这次妈妈是跨过了多少心理障碍决定去景区卖小吃的，她为她刚才在办公室冲动地想过不参与续集编写离开宏盛编辑部而深深地感到羞愧。

今天的她们已经没有选择的余地了。如果真的可以拿到奖金，二十万或者十万，那是多少杯仙草冻才可以赚回来的。

如果，她能赚钱了，可以带妈妈搬出这个鱼龙混杂的老安置房，或许妈妈就可以不用这样辛苦了。

如果，她能够赚到更多的钱，她才有力量去计划下一步。

《锦绣江山1》的材料看得差不多后，邵佳恩就开始着手写续集，虽然中间隔了四年多，但自己创造的人物如自己的孩子，一动工就好似在笔下活了过来，大纲很快构思了出来，第一部的灵魂人物保留后，还新添加了几个角色。一星期的时间还没到，邵佳恩已经交了上去。

方勤看完大纲，邵佳恩对整部剧灵魂的理解，对人物性格的把握让他非常惊讶。他迅速召集编辑部几个元老开会之后，就带着大纲去了主楼。回来的时候，他眉梢眼角都掩饰不住喜色：“邵佳恩，你太棒了，过审了，接下来你别的什么事情都不用做了，专心写稿子吧，这可是我们集团今年的重点项目呢！”

倒霉太久了，对好消息都需要反刍一下，虽然，她也不懂这个好消息算是悲哀还是幸运。

看着邵佳恩愣在那里，方勤忍不住拍了她一下：“喂，过审了，有奖金了！”

啊！到这里邵佳恩才真正地反应过来：“谢谢方总。”

“不用谢我，这是你自己的努力，我会帮你争取在编创人员里面加名。”方勤略尴尬，“希望你能理解，集团也是大局为重。”

邵佳恩理解，今日的林珈仪已如日中天，一部《锦绣江山》让她稳坐畅销排行榜版首，她的冠名，也是收视保证之一，虽然无奈，但也是现实。

知道自己的作品被剽窃的那天，她愤怒地想过去找林珈仪对质，可是仅仅只有一瞬，她败给了自己的心。

她不敢。

是的，她不敢。

四年前的她面对林珈仪的陷害愤怒咆哮，对着公检法的办案人员态度恶劣，力争到底但明明是天大的冤枉，最后还是坐实了。

她就如一块山上的岩石不小心跌进了汹涌的江中，那些锋利的棱角在岁月里一点一点被打磨平整，等再被冲上岸的时候，那些锋芒已经随滔滔江水远去，留下残缺的自己。

铁窗内那一个个看不见星星和月亮的辗转反侧的夜里，她终于明白了，和林珈仪比，她差得太远太远。

她不知道林珈仪是筹划已久还是临时起意，但她明白，今天的她已经无力改变。

刑期快满的时候，监室长和她谈话的时候对她说："出去后好好珍惜，不要再回来了。现在你是有前科劣迹的人，一定要记得收敛心性，稍有不慎，可能又会身陷囹圄。"

她懂。

她懂也怕，她不怕三餐没油水，不怕经常在土豆白菜里吃到泥、白开水里喝到头发丝。

她也不怕寒冬里洗冷水澡洗到哆嗦。

她更不怕同室欺凌，也不怕睡硬板床坐冷板凳。

她怕孤独。

那些刻骨的孤寂，那些对自由的向往，对亲人的想念。

那放风时才能看见的，被高墙切割成四方形的天空和偶尔略过的飞鸟，她太害怕了。

她已经不想，且不敢去追究去争取，只想和妈妈平静地好好地生活。

3.

周末的景区人山人海，邵佳恩拎着一大桶仙草冻和一大袋一次性杯子勺子气喘吁吁地赶到山脚下，景区门口宽阔的石板路两旁已经摆满了卖各种小纪念品小零食小吃的摊子，邵佳恩赶紧找了个地方把桶放下，把写了“五块一杯”的纸板从背包里拿了出来立在桶边。

今天休息，原计划早上起来给家里做个大扫除，忙完写稿子，妈妈却操劳得病倒了。

每天去采仙草，晚上熬仙草冻，第二天一大早坐四十分钟的公交车来景区把仙草冻一杯一杯地卖掉，又赶上季节交替，本来身体就弱的妈妈今天终于熬不住了，又舍不得看着昨天晚上辛苦熬好的仙草冻坏掉，邵佳恩自告奋勇地替妈妈“上岗”了。

今天人特别多，据说是因为山里有剧组在拍戏，很多人看了新闻过来看热闹，想一睹明星风采。对这些，今天的邵佳恩已经没有了任何兴趣，但是人多她还是很高兴，一大桶仙草冻很快就卖了大半桶。她坐在地上，一边看书一边等卖完。

“美女，仙草冻多少钱一杯啊？”

邵佳恩抬起头，是两个二十来岁的男青年。

她站起来：“五块一杯。”

“啊哈哈……”两个男青年一起笑。

邵佳恩皱了皱眉，这两个人给人一股很不舒服的感觉。

“长这么漂亮，卖什么仙草冻啊！来，一桶都卖给我，我再给你两百块，给我们当个导游，带我们上山转转？”穿蓝色花衬衣的矮个子嘻嘻哈哈地说。

“对不起，那边有导游请。”邵佳恩指了指不远处的挂牌导游。

“哥就想让你当我们的导游。还在看书，是大学生吧，卖什么仙草冻，随便卖什么都比仙草冻赚得多……”

邵佳恩后退了一步，决定不理他们。

矮个子讨了个没趣，恼羞成怒："小小村姑还装什么清高……叫你当个导游怎么了……"一边骂骂咧咧，一边抬起脚一脚把装仙草冻的桶踹翻了。

邵佳恩惊呆了，不知道要怎么办，手足无措地站在那里看着一地狼藉。旁边摆摊的人听见动静纷纷转过头来看，但是并没有人过来帮她。矮个子的气焰越发嚣张，伸手就要来拉她，她往后退了几步，却撞到了身后沿河的栏杆，退无可退。她正在想要如何应对，突然矮个子"哎哟"一声，被人一脚飞踹摔了个大马趴，站旁边看热闹的他的同伴还来不及跑，也被一脚踹倒在地。两个人一前一后地趴在地上"哎哟哎哟"地叫唤，惹得旁边看热闹的人阵阵发笑。

"导你大爷导游，回你们村玩泥巴去！"邵佳恩抬起头看过去，拔脚相助的英雄戴着大墨镜挡住了大半张脸，却依旧难掩帅气。他显得很愤怒，指着地上的两个人，"快给老子滚！"

邵佳恩还没反应过来，英雄已经一把抓住了她的手臂问她："你没事吧？"

地上的两个小混混连滚带爬地跑了。

邵佳恩看着"英雄"抓住自己手臂的手愣了一下。

对方似乎也意识到了自己抓着她不合适，赶紧放开手，又不放心地问了一句："有受伤吗？"

他语气里浓烈的关切让邵佳恩都要疑心自己认识他，她睁大双眼仔细地看了看他，他很高也很帅，但是她真的不认识。她冲他笑了笑："我没有受伤，谢谢你。"

他居然脸一红，愣在那儿。

"盛大爷，你能不能不要多管闲事，盛总会剥了我的皮的！我就去车里拿了两瓶水，你这是干吗啦？”就在这时，又一个高大的身影从马路对面跑了过来，他一边跑一边冲仗义相助的帅哥小声地抱怨。

邵佳恩一见到那个高大的身影，就尴尬了起来：“方总……”

居然是方勤，他不可思议地看看地上被踢翻的仙草冻。

“邵佳恩？你在这里摆摊卖仙草冻？”

邵佳恩解释：“我帮我妈……”

帅哥也惊讶了，来回看了下两个人：“你们认识？”

“你们叙够了没有，等记者来拍吗？”邵佳恩正不知所措的时候，一道更熟悉的声音平静却有力地从他们的背后传过来，邵佳恩心里哆嗦了一下，她本能地回头，真的是他。

盛北辰的脸上并没有多少表情，就像看一个陌生人般看了她一眼，她莫名地感到一阵寒意。

她倔强地站在那里，直视他的双眼。他的目光却浮浮地掠过她，他皱了眉头对着那个帅哥说了句“上车”，然后转身就走。

帅哥却没有理他，只巴巴地望着邵佳恩，问她：“我叫盛夏，你有电话吗？”

他也姓盛。邵佳恩眼角的余光看着盛北辰渐渐走远，冲盛夏摇了摇头。

方勤被盛夏的反常举动弄得莫名其妙，他去拉盛夏：“走啊。”然后转过头问邵佳恩，“你怎么回去？”

盛夏去拉邵佳恩：“你和我们一起走吧，别在这里了，省得一会儿我们走了那两个小子找你的麻烦。”

看见盛夏手伸过来，邵佳恩本能地退后。

盛夏的手拉了个空，他怔在那里。邵佳恩大梦初醒般尴尬地指了指地上的桶：“我还有桶。”

她表示桶还在地上，方勤指着停在马路对面那辆宾利欧陆面露难色地问她：“你打算拎着你湿漉漉的桶上盛总的车？”

“不……谢谢你们的好意，也谢谢你们帮了我，我自己坐公交车回去。”她看到盛北辰已经率先上车坐上了驾驶座，四年前那个雨夜模糊的片段瞬间涌上了脑海，她的泪水差点夺眶而出。她努力地平复了一下呼吸，冲他们两个挥挥手后飞快地跑走，“谢谢你们，再见。”

“哎，你的桶不要了吗？”盛夏话还没说完邵佳恩的身影就已经消失在拐角处。她飞快地跑，直到回城的公交车开过来，她迅速地冲上车。

邵佳恩坐在颠簸的公交车的最后一排，风吹干了她潮湿的眼眶，车窗外那不断向后退去的由白垩纪时代火山爆发堆积而成的山脉显得特别巍峨壮丽，碧空如洗更衬山水奇秀，阳光和风一起扑在她的脸上，这种感觉……很好。

过去的四年多，那些昏暗恐惧局促局限的日子里，最渴望的就是这山高水阔、云兴霞蔚，或许，能重新拥有这些就很好了。

她闭上眼睛，六年前那有关盛北辰的一幕幕走马灯似的在她的脑海里慢慢游过。

4.

六年前，地震后的第二天，“地震”两个字在在 S 城被讨论得如火如荼，很多人心有余悸怕这是大地震之前的预兆，纷纷囤积各种粮食计划逃生路线，有些人则索性去外地了。邵佳恩生动向她爸爸妈妈描述了前一天被盛北辰搭救的事情，爸爸妈妈深表感激，当即决定登门致谢。

联系得很顺利，盛家对邵家一家人的光临表示了极大的欢迎，当天晚上的家宴隆重又温馨。两家人频频举杯，邵佳恩坐下下首，不停地偷偷打量坐在她对面的盛北辰。他长得很像他妈妈，只是不像盛太太那样始终温柔浅笑，他显得非常严肃，宴席之间话也很少。大人们聊到最后，两家开始互相打趣，以后要结儿女亲家。

大人们说着客气话，邵佳恩当了真，她难掩兴奋，盛北辰的脸却越来越黑，他记不清他一年要参加多少次这种虚伪客套的应酬，一年要被玩笑般地“许配”多少家，开始的时候，还能配合父母一起礼貌地笑笑，次数多了，连笑都懒得笑了。

主菜撤下去甜点上了一会儿，大人们还在闲聊，盛太太看两个孩子百无聊赖，便让盛北辰带邵佳恩到家里的园子里转转。

太过年少的邵佳恩还不懂，她把一场美丽的邂逅，演变成了一场枯燥的商政应酬。

这样正式认识的男男女女，注定只能一板一眼，开不出美丽的花来。

毫无察觉的邵佳恩对盛家的花园表现出了极大的兴趣，盛北辰始终礼貌但疏离。独角戏唱到最后，邵佳恩也无趣了，她说：“要不你带我参观一下你的房间？”

盛北辰本能地想拒绝的，又不好说出口，只能带她去自己的房间看看。他的房间很大，进门右边的一整面墙做成了漂亮的壁柜，摆满了精致的手办。

这一室琳琅马上就吸引了邵佳恩的兴趣，她尖叫一声扑过去细细看。篮球、网游和手办，课业之外，这是盛北辰人生三大爱好。这一墙手办，除了长辈送的，大部分是他自己一个一个搜集过来的，每个都有相应的纪念意义。看到邵佳恩疯狂地扑上去的那一瞬，他已经有不祥的预感，但又不好阻止。

“哇，那上面那个是小贱贱吗？一模一样啊，太精致了吧！”柜子前的邵佳恩眼尖地看见了高处的小贱贱模型，伸手又拿不到，“盛北辰，可以拿给我玩一下吗？”

那是爷爷去世前在美国帮他买的，是爷爷送他的最后一件生日礼物，他生日后没多久，爷爷就撒手西去了。因为意义深重，所以摆在最高的位置，肯定不能给她玩。

盛北辰正要说不行，邵佳恩已经手脚并用，跳起来一抓，结果没抓稳，小贱贱从两米多的展柜上掉落，直接砸在大理石上又弹了起来，掉在邵佳恩的鞋子上，一条被摔断的手臂，骨碌碌地滚到了盛北辰的面前……

盛北辰脸都绿了，邵佳恩也傻了，她飞快地道歉：“对不起，对不起，我赔你，我赔你。”

这个手办的意义深重，盛北辰实在没办法当没事发生，他的脸色有点难看也说不出话来。

缺心眼少女邵佳恩从小被千娇万宠何时看过脸色，看到盛北辰这样，她也气恼了起来：“你怎么这样啊，我都说了我赔你一个了。”

盛北辰脸色更差了，冷冰冰地回了一句：“不用了。”

邵佳恩也怒了，抬起脚一脚把小贱贱踢飞了：“有什么了不起！”

“你给我出去！”盛北辰忍无可忍。

“什么？”邵佳恩简直不敢相信自己的耳朵，她这么可爱美貌的女孩子，走到哪里不是夸赞声一片，所向披靡。她亲自登门道谢，这个盛北辰对她态度不好这就算了，他好歹救过她，但为了一个几千块的破手办，就对她下逐客令？

第一次见面以大人的友好融洽和孩子们的不欢而散暗潮汹涌告终。回去的车上，邵台长夸赞盛北辰：“真是一表人才、谦和内敛，后生可畏啊！”

邵佳恩怒不可遏：“他有什么好的！”

郁闷的邵佳恩第二天向林珈仪和方洛洛倾诉她昨晚的遭遇，遭到了三观正的两位闺蜜的一致批评。一番劝解下来，邵佳恩已是醍醐灌顶，决定去盛北辰所在的Z大负荆请罪。

各种卖萌卖乖问路，终于在图书馆门口把盛北辰堵住了。

盛北辰皱着眉头看着她，他身后的两个同伴一脸看好戏的表情，她赶紧凑上去，一副痛心疾首的表情：“对不起，盛北辰，那天在你房间里我不应该摔坏你的小贱贱，更不应该把它一脚踢飞，我一定会买一个一样的赔给你，对不起。”说完，她赶紧深深地鞠了一个躬。

跟在后面的方洛洛和林珈仪看得冷汗都要流下来了，这又不是参加追悼会……

这下应该可以了吧。邵佳恩心想。

“不用了。”盛北辰冷冷地抛下三个字，从她身边走了过去。

什么！这是什么态度，又是一句硬邦邦的“不用了”，邵佳恩的小宇宙瞬间被点爆了："盛北辰，你给我站住，不就是一个手办，我特地过来给你道歉了你还想怎么样？"

"不想怎么样，我们也不是很熟，以后你不要再来了。"盛北辰说完就走，两个同伴一边快步跟上一边忍不住好奇地回头张望。

邵佳恩飞快地冲上去挡在盛北辰面前，那一刻脑子一片空白，不知道怎么了，脑子一热，心里压抑的话就炸了出来："不要走……"

邵佳恩话还没说盛北辰就已经绕过她走开了，她赶紧又追上去拦住他："盛北辰，我喜欢你！"

"哈哈哈……盛北辰你秒了整个 Z 大的女生不算，初中生都迷上你了……"同伴一忍不住哈哈大笑。

邵佳恩愤怒地抗议："我是高中生！"

"哈哈哈哈……"

同伴们笑得都要断气了，盛北辰黑脸："闭嘴！"

大笑的男生识趣地闭嘴了。

盛北辰绕过邵佳恩，头也不回地走了。

邵佳恩就是再迟钝也明白盛北辰不喜欢她了，她不甘心地大声问："你为什么不喜欢我？"

刚才狂笑的男生掩饰不住看热闹的笑意帮他回答："因为他没有恋童癖啊！"

"你大爷的！"邵佳恩咆哮着要冲上去。

方洛洛和林珈仪赶紧冲上来把她往学校外面拖，太丢人了，还好这里没什么认识的人……

屡战屡败，屡败屡战，邵佳恩岂是轻言放弃的人，特别是一见钟情但是压根没有正眼看过她的人，她想尽一切办法出现在盛北辰的生活中，对着盛北辰的冰山脸她越挫越勇，可是除了盛北辰一天比一天难看的表情，一无所获。

一番纠缠下来，盛北辰一看见邵佳恩就头痛，邵佳恩可能出现的地方他统统避开，这下好了，邵佳恩连他在哪个角落都不知道了，直到方洛洛搜集来情报。

方洛洛的情报得来纯属偶然，她居然意外地发现她的堂哥是盛北辰的室友，还从他那里得知盛北辰在玩网络游戏《天龙》。她马上从堂哥那里问来盛北辰所在的服务区和ID，飞快地跑来告诉邵佳恩。邵佳恩以前一直觉得，网络游戏是很无聊的小男生才会去玩的，没想到盛北辰也在玩。

对这简直是从天而降的喜讯，邵佳恩差点给方洛洛跪下了，好不容易熬到下课，她马上冲回家打开电脑，下载《天龙》。

游戏更新缓慢如蜗牛，心急如焚也不能形容当时的心情。好不容易打开游戏，邵佳恩简单粗暴地注册了个“我爱星辰”的游戏号，登录游戏。

代表她的人物出现在了游戏里的大理，她查找玩家“星辰”，果然在线。她兴奋得直哆嗦，充了点钱买了套时装买了坐骑买个了追踪器，一查位置，星辰在洛阳郊外，她马上去NPC传送处要去洛阳。

结果，系统冷冰冰地提示，必须要30级才能去洛阳。

苍天啊，这都是什么事！悲愤的邵佳恩一边担心星辰下线，一边疯狂地做任务。

看到星光闪过，30级的提示出现在通知栏里，邵佳恩兴奋得差点跳起来，一看星辰还在洛阳郊外，马上传送洛阳，跑到郊外找他去。

彼时盛北辰正在郊外和敌对帮主PK，开了杀人模式名字变成了红色，稍微有点经验的玩家都是远远地看，谁也不会过去送死。偏偏刷了30级却根本连基本提示都没去看的邵佳恩压根不知道什么杀人模式什么和平模式，什么白名红名，看到头顶着“星辰”名字的人物出现在电脑屏幕上，她难掩激动地点击鼠标冲过去，一边掏出口袋里花了几千游戏币折合五十块人民币买的玫瑰烟花，在冲到星辰旁边的那瞬间，点击绽放。

五十块人民币真不是白花的，瞬间整个屏幕都是一片一片的玫瑰花瓣飘过，场景美到没话说。正在PK的两位高手还没反应过来，星辰的一个群发技能已经震死了突然靠近的只有一点血的菜鸟邵佳恩，杀害了白名的无辜平民，他头顶瞬间带了一把刀。

邵佳恩屏幕一黑，系统提示，她被玩家星辰杀死，现在是否前往地府，她当然不去！她趴在地上，对星辰喊话：“盛北辰，你喜欢我送你的烟花吗？我是邵佳恩！”

盛北辰被这突如其来的状况雷焦了，一走神，居然被敌对帮主偷袭成功杀死了。关键的是，他刚才无意杀死了邵佳恩头顶带了一把刀杀气还没消，带刀被杀，不仅会掉经验、装备损坏，还会掉关键的装备。他飞快地点击前往地府，出来一清点，他花几万人民币买的重楼玉，被爆掉了！

星辰重楼玉掉落的消息马上登上了系统的世界广播，整个区都沸腾了，有哀号的，有放烟花庆祝的，有脱了装备裸奔的，有刷喇叭表达各种心情的。敌对帮主夏至捡了他的重楼玉都快笑死了，也热热闹闹地在世界开始刷起了喇叭：“谢谢大神星辰赏我重楼……”

几万块事小，重楼玉几年出一块一时半会儿再难买到也事小，但脸却丢大发了，这时系统提示我爱星辰发来加好友请求。

盛北辰愤怒地通过请求。

“盛北辰，我是邵佳恩，我也好喜欢玩游戏，以后我们一起玩好吗？”邵佳恩还没意识到自己在被他讨厌的基础上更上一层楼了。

盛北辰怒不可遏：“邵佳恩，你能不能离我远一点？！”

公交车靠站，司机一脚急刹，让邵佳恩差点飞了出去，她从回忆中缓过神来，扶着前座的椅背站了起来。

或许当时应该听他的，如果当初能识相地在他一次次冷眼以对的时候就勇敢地走开，一切一定不会是今天这样。

03

Jia Qi

Wei Wan

{ 第三章 }

不期而会重别离

1.

拿到第一个月工资的那天邵佳恩给方洛洛打了个电话，想请她吃个饭。

方洛洛兴奋的声音从话筒中传了过来：“太巧了，我也正好要给你打电话，我带你去个地方，你在家吗？我来接你。”

方洛洛的车停在邵佳恩小区的门口，那年久失修的破败的小区大门与一马路之隔的华美的临湖小区形成了鲜明的对比，记忆中像公主一样矜贵的女孩，那鞋子上沾了一个泥巴点都要大叫着赶紧冲去擦掉的女孩如今住在这个地方……命运真无常，她忍不住唏嘘，她想起了她们的第一次见面。

那是高一新生报到的第一天上午，方洛洛一个人来学校报到，慢悠悠地往学校门口走。校门口的大马路已经被互不相让的送新生车辆堵得水泄不通，一辆庞大的陆地巡航舰夹在中间尤为起眼，她觉得有点好笑，学校门口这种地方，多好的车都展现不了性能啊，除非开架直升机，直接降落在学校的某幢楼顶，这样就可以畅通无阻啦。

巡航舰挪到校门口的时候，打起了双跳灯，一个穿校服、头顶别着一个豆苗发卡的长发女孩背着一个格子书包从车上跳了下来，头也不回地跑进学校。

她也走进校园。

这个学校就在她家旁边，站在阳台上可以俯视校园全景，看了几年，对她来说毫无新鲜之处，她精确地以脑海里的学校地形图找到了厕所，先上个厕所再去教室，省得一会儿多跑一趟。

走进厕所，她再一次碰到了从陆地巡航舰上面下来的那个女孩。女孩背对着她正在麻利地脱衣服，头顶的豆苗一晃一晃。

豆苗女孩把宽大的校服外套一扯，里面的格子衬衣露了出来；把肥大的校服裤子一脱，里面居然穿着短裙！她深深地震惊了，这也可以啊？！

她都来不及收起震惊的表情，豆苗女孩已经飞快地把校服塞进从校服口袋里摸出的一个收纳袋里，然后转过身来。

看到站自己后面目瞪口呆的方洛洛，豆苗女孩狡黠一笑："你都看到啦。我妈非要我今天穿校服，这校服是秋冬的吧，这么厚，我都快热死了。"

被厚厚的校服焐出一头汗的方洛洛忍不住表达她的敬仰之情："你的格子衬衣和书包真好看，是小熊的吗？"

"不是啊，是巴宝莉的。我走啦！"女孩说完就跑了，留下一脸问号的她站在原地，完全忘记了到厕所是来干什么的。

那一瞬间，她是没有反应过来巴宝莉是什么，后来，她在某宝搜同款的时候才知道。这是她的人生里听到的第一个奢侈品牌，方家书香门第，家境不错但是崇尚节俭。在以往的人生里，商场里的小熊啊衣恋啊对她来说也不是想穿就可以买，她怎么也想不到，居然会有人还是个高中生的时候，就可以穿得这么任性，她有点目瞪口呆。

从厕所出来，她收起震惊直奔教室，磨蹭了半天，都已经快到上课时间了。她跑进高一四班的时候，班主任和同学基本都到齐了，大家正轮着做自我介绍，豆苗女孩居然和她同班，正和一个长得有点像水冰月的女孩悄悄说话。她找了一个空位坐下，眼睛忍不住瞟向豆苗女孩。

轮到豆苗女孩做介绍的时候，她大大方方地站起来：“大家好，我叫邵佳恩。”介绍完坐下，她旁边的“水冰月”也站了起来：“大家好，我叫林珈仪。”

这个邵佳恩……方洛洛在心里默默地想，活的白富美啊白富美，平时一定是弹着钢琴喝着咖啡，偶尔穿个礼服参加个Party，一定很难接触。

等到中午下课的时候，方洛洛暗搓搓的揣测马上就被不留情地推翻了。邵佳恩跑过来，文绉绉地对她说：“哎，一天相遇两次即是缘分，要不我们一起去撮一顿？这个学校门口的那家涮涮锅，我早就想吃了！”

方洛洛知道她说的那家，十九块钱一个人吃到饱，每天中午开始。那锅底的香味可以从校门口直飘向她家，她也想吃很久了，她妈妈却一直和她说“脏”。哪里有压迫，哪里就有反抗，越不让吃越是惦记，相信邵佳恩也是这样，于是两个人一拍即合，又鼓动了本不想去的林珈仪一起去。

高中生活就在涮涮锅的香味里轰轰烈烈地拉开了序幕。

“洛洛。”气喘吁吁地从小区里匆匆跑出来的邵佳恩轻轻地敲了敲方洛洛的车窗。

“佳恩，我们去吃涮涮锅吧。”

邵佳恩上了车，看着方洛洛熟练地开着MINI穿行在大街小巷，她还是在心里暗暗地感叹了下时光。

那个时候她们都才十八岁，三个人经常缠着林叔叔教她们开车，生日在年初的林珈仪第一个拿到驾照，她和方洛洛约好暑假去考，却没有想到后来那个事情，她的人生犹如被偷走四年般停滞不前，别人的世界却都悄悄地改变了。

两个人一起坐在喧嚣的火锅店里，扑鼻的食物香气冲散了所有的不愉快，两个人像高中时一样痛快地点了好多金针菇和冻豆腐，那些前尘旧事在袅袅的烟雾里若隐若现，但是谁也没有勇气去提。

吃完饭，方洛洛神秘兮兮地说：“我带你去个地方。”

“什么地方？”

“去了就知道啦！”

“我妈还在等我回家……”

“我帮你打电话跟她说。”

华灯初上，车子穿过繁华的市区慢慢地往湖边驶去，拐入幽深的林荫道，在路尽头的一座灰白色的建筑前面停下。由灰色砖块砌成的外墙毫不起眼，但门口偌大的铜门却又让这里显得神秘无比。

这个地方真的隐藏得太好了，她几乎每天上班都会从这个湖边经过，远远地看过来，这里就是一处茂密的树林，没想到走近了别有洞天。

方洛洛按了下喇叭，一个穿制服的保安从岗亭里走过来敬了个礼。方洛洛抽出一张邀请卡递给保安，保安拿到门禁处刷了一下，大铁门缓缓地打开了。

“这是什么地方？我们来这里做什么？”邵佳恩本能地有点不安。车越往里面开，建筑高贵典雅，跟现在的她是那么格格不入。

本能地，她抗拒这样的地方。

“跟我走就是啦！”方洛洛麻利地停好了车，高兴地带着邵佳恩进了圆顶建筑物的大门。

邵佳恩努力压下心里的不安，跟上方洛洛的脚步。

进了大厅邵佳恩才反应过来，这应该是一处私人会所。方洛洛拉着邵佳恩爬上高高的旋转楼梯，推开了二楼的一扇门。

推开门的瞬间，邵佳恩整个人都不好了，房间里正在开Party，青春俊丽的男男女女在狂欢，房间正中央的桌子上，摆着一个高高的七层蛋糕，方勤和另外一个有点眼熟的高大男生正在合唱一首粤语歌：

每晚也痛心空费心思
这小子欲断难断这故事
全为爱上了你你偏偏不知
知不知每晚想你十次百次
每晚也去等因我极心痴
可不可合力延续这故事
延续这片爱意一生俩相依

两个大帅哥的合唱自然是动听又悦耳，但此刻的邵佳恩无暇欣赏，她惊呆了，觉得非常不安。现在的她，最怕人多的环境。

方洛洛在后面推她："快看，快看，我哥旁边那个就是盛夏，大明星盛夏，《锦绣江山》的男主角哦。我好喜欢他，今天我哥生日，听说他会来我都激动死了，马上就带你一起来了！"

《锦绣江山》？自己笔下男主角的真人版？邵佳恩不由得往方洛洛指的方向多看了两眼。电光石火间，离她不远处这个嘴角带笑的男生的身影和那天雁洄山下仗义相助的帅哥的身影重叠。

邵佳恩呆了一下，她觉得一阵尴尬，她真的很想逃，她转身正想拉着方洛洛出去，方勤却已经看见她们了。他走过来："佳恩也来了啊！”

邵佳恩只得回头：“是的，方总，祝你生日快乐……”

被门口的动静吸引了注意力的盛夏看了过来，他刚唱完歌拿着话筒还没放下，一眼就看到了邵佳恩，盯着她五秒之后，话筒里传来他惊讶的声音：“啊，是你！”

本来吵得像倒了冷水的沸油锅一样的房间在盛夏这响彻云霄的一吼下瞬间安静下来，所有的人目光唰唰唰全部投射向邵佳恩。

万众瞩目，人群焦点，四年前的邵佳恩是很习惯这种感觉的，但是这一刻，她真想挖个洞钻到地底下去。她很想转身就跑，脚又像是被黏住一般动惮不得，她不知所措。

丝毫没意识到自己造成惊天动地的效果的盛夏扔下话筒跑过来：“嗨，你今天怎么跑到这里来了，你那天为什么连桶都不要了？”

方洛洛已经被这突发状况雷焦了，她结结巴巴地问：“你们认识啊……”

盛夏冲她一笑：“算认识吧。”

方洛洛被盛夏这一笑笑得差点喷出鼻血，脑子瞬间变成一团糨糊，她说：“嗨，我们两个是你的粉丝……”

“哈哈，是吗，那要签名啊？”盛夏十分得意。

方洛洛差点口水都流出来了：“要！要！签我衣服上可以吗？”

邵佳恩觉得她已经快倒在地上了。

盛夏笑得春光灿烂：“你们是怎么进来的，把门口的保安打晕了吗？”

看到自己花痴一样的妹妹和傻瓜一样话都说不完整的下属，方勤觉得他今天真不应该过生日，他说：“她们是我妹妹。”

邵佳恩真的很感激方勤这个时候义薄云天地认了她们而不是叫

保安把她们扫地出门。而当她们在方勤的指挥下在沙发上坐定后，大家还是齐刷刷地看着她们，她又恨不得方勤把她俩赶出去。

盛夏非常有兴趣地靠她们两个坐下：“你们要唱歌吗？”

方洛洛回应：“唱唱唱！”

“那快去点。”

方洛洛接到指示，飞快地冲向点歌台。

邵佳恩觉得她尴尬得都要爆炸了。

“嘿嘿……”盛夏笑，“你是我的粉丝吗？那天卖仙草冻是在蹲点吗？”

“……”邵佳恩真的不知道该怎么回答。

“好的，我懂了。”盛夏满意地点点头，“那现在你想加我的微信吗？”

邵佳恩觉得再待下去她一定会疯的，她说：“我没有微信。”

盛公子被拒，一点也不恼，他笑眯眯地问她：“那我帮你注册一个？”

邵佳恩想起自己包里功能简单的小手机摇摇头：“我的手机下载不了微信，不是智能机。”

盛夏愣了一下瞬间又恢复了自然：“那你可以告诉我手机号码吗？你……很像我一个妹妹。”

“当然可以告诉你啦，158××××××××，这是她的；158××××××××，这是我的！”点完歌回来的方洛洛正好听到盛夏的话马上愉快地回答。

“OK！”盛夏飞快地点头，但并没有拿手机出来记。

方洛洛风风火火地跑去大秀歌喉。

一晃一个小时过去，盛夏一直陪邵佳恩坐着，他一问邵佳恩一答，邵佳恩如坐针毡。

“盛夏你过来啊！”他的朋友招呼他。

“我陪我粉丝呢！”盛夏笑眯眯的，纹丝不动。

真是……邵佳恩觉得她已经彻底没办法待下去了，她扯了扯方洛洛的衣服：“我想回家了。”

方洛洛兴致高昂，自然不想回去。

“那你再玩一会儿，我先回去。”邵佳恩表示可以先走，方勤也在，方洛洛应该没事的。

“这里离大路很远呢，你没车这么远怎么回去啊？蛋糕还没切呢，我们再玩一会儿等蛋糕切了再一起回去吧。我点了歌我们一起唱吧！”方洛洛兴致勃勃。

邵佳恩正在为难，盛夏凑过来：“我送你，我送你。”

方勤拿起车钥匙：“我送你吧。”

盛夏一把抢过他的车钥匙放回桌上：“你过生日你凑什么热闹啊，你走了像什么啊，我送，我送。”

戴上墨镜、戴上鸭舌帽，盛夏拉着邵佳恩的衣服把她从会所里带了出来。

拒绝无效的邵佳恩对着这个把方洛洛迷得神魂颠倒的优质偶像还是有点尴尬，她表示送她到大路上就可以了，她可以自己回家。

盛夏问：“你家住哪儿啊？”

邵佳恩：“我住万芷路，你把我放在前面的大路上就可以了，谢谢你。”

盛夏帮邵佳恩打开车门，路虎有点高，邵佳恩踩着踏板爬了上去，刚刚坐定关上车门，旁边的车位有一辆车开了进来。

那辆车朝盛夏的车闪了一下灯，盛夏从车窗里伸出头看了一眼，冲那辆车上的人喊了句：“哥，你们先上去吧，我送个朋友。”

邵佳恩不经意地回过头，目光和车上的一对男女对撞。她愣了一下，是盛北辰和林珈仪。他们两个也正好抬起头来，都怔怔地盯着她，她的眼睛突然一片模糊。

她飞快地把视线移开。夜风很凉，从驾驶座的窗户吹进来冻得她有点发抖，她忍不住往宽大的座位上缩了缩。盛夏不动声色地关起窗户，麻利地踩下油门掉转方向，车子扬长而去。

回去的路上邵佳恩异常沉默，虽然她一直很沉默，但是那种悲伤又迷茫的感觉，盛夏还是察觉到了，他讲了几个笑话逗她，心不在焉的她很勉强地配合地笑，连他们已经到了她那安置小区的门口，她都没有发现。

“哎，你是不是舍不得我啊？”盛夏忍不住打趣。

邵佳恩如梦初醒，飞快地道谢准备下车。

“哎，你叫什么名字？”盛夏拉住她。

“邵佳恩。”

盛夏看着她的身影消失在陈旧的小区的大门口，忍不住笑了，真是一个奇妙的夜晚。

邵佳恩啊，我们终于又见面了……我只是假装不认识你。

2.

初中的时候，苏素老师在办公室教训盛夏最多的一句话就是：“你和我家邵佳恩真是一模一样，油嘴滑舌、不学无术，你就不能学学你堂哥盛北辰？”

“您息怒，生气容易老的，息怒息怒……”彼时的盛夏因为上课时饿了想偷偷地从后门溜去食堂买吃的，一出门就被年段长抓了了个正着，送到了苏老师办公室。苏老师颜面无存，怒不可遏，把办公室的门关起来，对盛夏一顿猛训。

“邵佳恩上课偷吃零食被抓到，你上课从后门溜出去想去买吃的？你们这几个孩子脑子里到底在想什么？”

盛夏一边接受训斥，一边忍不住去瞟苏老师办公桌上一个法式相框里的一张小女孩的照片。

被苏老师骂得多了，他也知道了邵佳恩就是苏老师的独生女，就是照片上这位大大的眼睛、扎着一个高高的马尾辫、装模作样地坐在一架三角钢琴前，乍一看以为弹得很认真，但学过钢琴的都知道，她的手指都没放好。

盛夏忍不住在心里暗暗发笑，这个只要他来挨骂总会躺枪的倒霉蛋，苏老师训他的时候总是不忘捎上她，简直就是女版的他。

想到这里，他忍不住扬起嘴角，苏老师简直都要爆炸了：“你还笑，邵佳恩也是这样，骂她就嬉皮笑脸，你们都是想气死我的吧！”

盛夏从来没有向别人说过，他曾一个人悄悄地去邵佳恩的学校看过她。

那时候，他和盛北辰一起玩网游，他叫夏至，盛北辰叫星辰，两个人同在一个区，但分别加入了敌对的帮派，他还成了帮主。

盛北辰热衷搜罗装备，很快就爬到了高手排行榜第一，屈居第二的他非常不服，于是两人经常大动干戈。

那天他们两个约好了在洛阳城外开红名 PK，打得难舍难分的时候，一个叫“我爱星辰”的粉红女小号突然冲了出来，放了一个漫天玫瑰的烟花，还被盛北辰的群发技能震死了，盛北辰因为杀了她头顶了一把刀。

那天他在家，盛北辰在学校，他用光纤，盛北辰用宽带网速本来就慢，应该是被这个全屏烟花卡住了，盛北辰的游戏人物居然在彼此只剩几点血的时候站在那里一动不动。

他飞快地使出绝杀技能，于是盛北辰倒在他的脚下，关键的是，盛北辰还掉了一个包，他点击鼠标捡起那个包的瞬间，觉得自己都快笑死了，那是前阵子区里的一个生活玩家半夜从凤凰古镇挖来的重楼玉，被半夜正好在线的盛北辰花了几万块人民币买了。

那是区里唯一的一个重楼玉，游戏里的人物装备重楼玉之后与敌人 PK 时，可以麻痹对方十秒，十秒内毫无反抗之力，碰上防备低的对手，真是一打一个死。就算是棋逢对手，有重楼玉在肯定所向披靡。他那天中午上线的时候知道区里出了这样一个宝贝还被盛北辰买了差点呕死，这下好了，真是得来全不费功夫啊！

他打开了刚才屏蔽的附近玩家的对话，发现趴在地上的“我爱星辰”刚才说：“盛北辰你喜欢我送的烟花吗？我是邵佳恩！”

那一刻，他的心情是复杂的，是邵佳恩啊，女版的他长大了啊，还追盛北辰追到游戏里来了。

那时他从一中毕业刚入行不久，虽然没有红透半边天，但走在路上还是经常会有人认出他来，于是那天他戴了墨镜、戴了鸭舌帽，开着车去了母校门口。

他和邵佳恩在一个学校几年，只是分属不同的校区，偶尔在学校里也有同学提及“初中部的邵佳恩真漂亮啊”，两个人却一直都没见过面。

等了没一会儿就是下课的时间，学生们蜂涌出学校大门的时候他蒙了，突然觉得自己好傻，像一个情窦初开的小伙子一样等待暗恋的姑娘出来吗？谁会相信他其实只是好奇地想看看经常和他做一样事情的那个女版的他。

但很快他就振奋了，他几乎一眼就认出了她，那双神采飞扬的大眼睛、白皙的略带婴儿肥的苹果脸，还有高高的马尾。她没了照片里的稚嫩，个子高挑，青春洋溢，美丽又活泼。

她左右手各拉了一个女孩，三个人一起往校门口的烧烤摊走去。

“这个，这个，还有这个，还有这个……”她熟练地在烧烤摊前挑着东西。他注视着她忍不住笑了，真的和他有点像，她点的东西也都是他喜欢吃的。美丽优雅的苏老师，知道宝贝女儿又在路边摊吃烧烤，会不会气得跳起来啊？！

他正准备下车，找个机会和她说句话时，电话却响了起来。

经纪人急切地对他说：“盛夏，你去哪里了，马上回公司，有个很好的机会给你。”

邵佳恩，来日方长。他想。

他掉转车头，往公司的方向驶去。

可是，谁来告诉他，世间怎么会有这么多意外。

那日，他回了公司，马上签了一个覆盖率很高的系列广告，远赴希腊拍摄。一晃几个月过去，等他再回来的时候，一切都变了。

他知道邵佳恩出事的时候，盛北辰已经出国了，没有人告诉他那天具体发生了什么，他只在同学群里知道，苏老师的女儿撞死人被抓了。

他就像溺水一样，喉咙发紧。他开车去了她的学校，忍不住向烧烤摊老板打听她。

“就是一个比较白的女孩，大概有这么高，眼睛大大的，扎着马尾，来你这里买过烧烤。你有印象吗？”他翻出一张从苏老师微博上保存下来的邵佳恩的照片给他看。

“她不在这里了，她被抓起来了。”烧烤摊老板无限唏嘘地告诉他，“很好的一个小姑娘呢，我都记得她的名字，没有想到，真的没想到。”

真的没想到。那个黄昏很美，他一个人孤独地躺在车里，看着车子天窗外的天空，一朵云飘过来了，又飘远了，又一朵飘来，又飘远了。

哪里来那么多的来日方长，今天的这片云，肯定不是那天的那片云了。

他托人打听到了她所在的看守所，用别人的名义给她送衣服，给她打钱。

他想尽办法托关系，让她在里面好过一点。

他想过她会不会坚持到底做无罪辩护，会不会很快出来。

但是没有，拜托的朋友第一时间告诉他，她被判了四年的消息。

他活了二十多年，锦衣玉食，一路平顺，这是他第一次真切地感到心痛。

知道她被判刑后去了哪个监狱，他依旧想办法托关系，让她少受苦。

他的经纪人曾经非常担忧地劝他，不要和这件事情有牵扯，万一被媒体曝出来，会非常麻烦。

他真的管不了那么多。

他偶尔也会想，如果那天他下车了，和她打了招呼成了朋友，如果那天生日宴会他也在，他一定不会先走，那一切是不是就不会这样。

他真的很难过，那么像他的她，跌落进泥塘孤立无援苦苦挣扎，而他，他还来不及和她说句话，他还来不及，让她的记忆里有个他。

直到那天，去雁洄山的剧组，上山的路上，盛北辰的车突然停下。

“我们有通行证啊，车可以进去。”方勤说，“停一下也好，我去后备厢拿几瓶水。”随即下了车。

坐在车里玩手机的他突然发现盛北辰不对劲，于是顺着盛北辰的目光看过去，看到了被小流氓纠缠却一脸漠然的她。

就像有一千万颗炸弹在胸腔里爆裂，他几乎没有经过任何思考，飞快地下车冲了过去，一脚踹翻了那个踢她桶的人。

他慌慌张张地掩饰对她的思念，他假装根本就不认识她。没有人知道，他有多激动，看着她慌慌张张地跑走，他在心里暗暗发誓，他一定会把这几年的时光，补回来。

3.

编创部和特种设备部一起出游的消息传来的时候，整个编创部都沸腾了。编创部多是年轻人，女多男少，除了方勤和几个美编之外，难得招进几个男编辑，长得再帅的基本也只能当姐妹。编创部工作繁重，很多女孩子到了适婚年龄都是单着，特种设备部也是一样，不同的是，他们是男多女少，于是领导们一合计，一起出游，为员工们谋福利。

女孩子们都很兴奋，商量着该买什么东西、去哪里买衣服、要带些什么，除了有点蒙的邵佳恩。

方勤看她目瞪口呆的表情忍不住问她："怎么啦？"

"我得问问我妈。"邵佳恩老实地回答。

她说的是实话，如果要出门几天，要看看妈妈身体怎么样，她能不能放心地出门。

"去得不远，开车两三个小时。集体活动最好不要缺席，有什么突发状况随时可以赶回来的。"

或许是因为方洛洛这层关系，方勤对她一直很照顾。她太沉默内向，方勤希望她尽快融入办公室这个小集体，她懂，再拒绝下去，就是自己矫情了，于是，她点点头。

回家提到集团要集体去旅游的时候她还担心妈妈不会同意，没想到妈妈很开心地答应了："出去走走吧，趁年轻多走走，多认识点朋友。"

等出游的日子真正到来的时候，邵佳恩还是忍不住有点激动，几辆旅游团崭新的大巴陆续开进了集团大楼前面的停车场里，早已等候在那里的打扮光鲜亮丽的年轻男女排着队往车上爬，各个颜色的日默瓦新秀丽拉杆箱在清晨的阳光下反射着璀璨的光芒，邵佳恩穿了一件薄毛衣、一条牛仔裤，她的背包和她的打扮一样简单。

张绮好奇地问："你不带衣服化妆品吗？这次出游，意义深重啊！"

邵佳恩笑了笑："带了。"

站在张绮旁边的美编彭露揶揄张绮："你期待什么啊，你有方总就够了。”

一向大大方方的张绮脸瞬间就红了，伸手去打彭露。邵佳恩偷偷看了一眼不远处的方勤，他假装没听到，面无表情地看着大家排队上车。

这个表情，当年经常在盛北辰脸上看到，恐怕又是一个落花有意流水无情。呸呸呸，为什么要想到盛北辰，这么风和日丽的出游日，还是想点风景吧！

邵佳恩摇摇头，爬上车。

集团的目的地是千岛湖。

这座人工湖风景秀美，据说是世界上岛屿最多的湖。旅游大巴进入淳安县境内，路边的风景就开始美妙起来，湖光山色，大家都很兴奋，旅游大巴沿着湖前进，在富丽堂皇的希尔顿酒店门口停下的时候，车里更是传来了大家激动的尖叫声，集团真是出手太大方啦，这么多人都住五星级酒店。

邵佳恩和张绮分到了一个房间，这是张绮提出来的，因为——邵佳恩行李又少，看起来又不是打算盛装打扮的样子，肯定不会和她抢洗手间。

邵佳恩倒是无所谓，睡在哪里不是睡，曾经一间二十个人，大家一起睡硬板床，她也睡得好好的。

午饭热热闹闹地吃过了千岛湖著名的鲜美的鱼头，大家就往此次的第一个景点梅峰观岛出发了，坐着游船抵达岛边，步行二十分钟就可以坐缆车到山顶一观整个千岛湖美景。

特种设备部大伙先抵达，已经在山顶等着大家了，年轻单身的女孩子们更加兴奋，两人一辆双人缆车纷纷上山去。

到最后，剩张绮、方勤还有邵佳恩。

张绮一个劲给邵佳恩使眼色，邵佳恩说："方总你们两个先上去吧，我想去下洗手间。"

"山顶也有洗手间啊！"方勤说。

"我现在想去。"说完，邵佳恩往旁边的洗手间跑去，等她再出来的时候，张绮和方勤已经坐着缆车徐徐上行了。

暗恋过才更懂这种滋味，力所能及地帮一把何乐而不为？

她一个人向缆车走过去，安全师傅帮她把安全护栏放下，她低头检查时，却突然觉得缆车一沉，一个人在她的身边坐了下来。

她转过头，盛夏的大脸就在她的旁边，他说："哈啰，人生何处不相逢。"

邵佳恩惊得目瞪口呆，师傅飞快地帮盛夏把安全护栏放下，缆车开始向山顶进发了。

横风有点大，吹得缆车有点晃，缆车越来越高，离地面越来越远，邵佳恩居然有点紧张。

盛夏其实也挺紧张的，他有点恐高，但是他怎么能表现出来呢，他豪气地拍拍邵佳恩的肩膀："别怕，哥在！"

邵佳恩被他吸引了注意力，忍不住问他："你怎么会在这里？"

"来看你。"盛夏答得是简单利落、干净明了，邵佳恩愣在那里不知道如何回答。

真是话题终结者啊！盛夏暗暗腹诽自己，他干笑两声："哈哈，开玩笑的，我陪我家人来看地的，可能打算在这里建一家酒店。"

邵佳恩有点反应不过来："你不打算当明星了吗？"

"嗯，拍完《锦绣江山 2》我就不接戏了，答应过家里了。而且，我也慢慢地不喜欢这种出门像做贼一样的日子了。”他的眼里似乎有隐隐的期待。

邵佳恩其实有点理解他。她是传媒大院长大的孩子，明星主持人见得不少，每一分的风光背后，其实都是代价。就比如现在的盛夏，他可能就没有办法，摘掉墨镜和帽子，大方地去楼下的超市买瓶饮料。可能他退隐几年，还会有狗仔来挖挖他的消息。如果过得好的话，自然是一番歌颂，如果过得不好，少不了一番冷嘲热讽。

“这样也挺好的。”邵佳恩说，“其实能自由自在地做自己想做的事情就很好了。”

盛夏心里一刺，这些年他一直处于矛盾之中，以房地产开发为主业的父母看不起他的工作，觉得他就是在瞎闹，特别是看他一些电视电影里有亲热戏，或者他死了的剧情，他回家的时候都少不了一顿批。另外一面，就是热情的粉丝们和鼎力支持他的娱乐公司，这种两极分化，总让他有点迷茫，可是此刻听邵佳恩这声淡淡的感叹，他突然觉得自己矫情得很。

他忍不住问她：“你呢，你想做的事情是什么？一直待在宏盛吗？”

“我也不知道，我刚进来，对现在的我来说梦想挺奢侈的，也没什么可选择的，做好工作，赚点钱，让我妈过得好一点就行。”邵佳恩没有发觉自己今天的话有点多，可能是置身于这浩瀚天地间，心中郁结的浊气，也跟着徐徐上行的缆车慢慢地蒸发掉了。

出来一趟真的挺好的，群山秀水旁，人是那么渺小，心里的那些小情小爱，在巍峨青山面前不值一提，那跟着爱恨情仇起起落落的灵魂似乎也受到了洗礼。

“苏老师还好吗？”

意识到自己心里的问题已经无意识地问出口的盛夏吓了一跳，呃……暴露了。

“挺好的。”邵佳恩点点头。不对，她突然意识到问题。

她转过头看着盛夏：“你怎么认识我妈？”

盛夏看着她尴尬地笑了起来正想找个理由解释，只听“咔嚓”一道快门声，把两个人对视的这一幕拍了下来。

原来已经到了山顶，山顶的缆车站口，一个中年男子在这里摆了一台照相机，随便谁上来，都给他们拍一张，然后问：“拍得很好看啊，要不要洗，要不要洗？”

等邵佳恩他们从缆车上下来，中年男子已经开始招揽生意了：“你看你们两个这样含情脉脉地看着，这张拍得真的很好看啊！才二十块一张，洗两张吧？”

含情脉脉？邵佳恩有点雷，她说：“不要。”

盛夏倒是挺有兴趣的，他说：“给你一百块，洗两张，顺便把底片删了。”

邵佳恩突然想到了他的特殊身份，原本欲走的她也转身走了回来，和盛夏站在一起看老板打印出照片后，当着他们的面删了底片。

一个人分了一张，两个人一起并肩走出了小小的缆车站。盛夏拿着照片欣赏：“确实拍得不错，有感情，值二十块。”

邵佳恩有点无语。

她正准备往人多的那块栏杆边走过去，看千岛湖的全景，却和盛北辰不期相遇。

这已经不能说缘分了，这简直就是冤家路窄。

邵佳恩礼貌地叫了声“盛总”，然后绕过他走开。

身后的盛夏很莫名其妙：“哥，你在这里干什么？”

“我跟特种设备部来看下部电视剧的取景位置。”盛北辰顿了顿，“你来这里干什么？”

邵佳恩的耳边只剩嗡嗡声，她越走越快，直到跑到方勤和张绮他们那里，她才觉得自己好了过来。

4.

随着大部队回到酒店的邵佳恩已经精疲力竭，下午和特种设备部联谊成功的同事们却是意犹未尽，大家相约一起出去吃烧烤。

邵佳恩实在没心思，每一次碰见盛北辰，她都会有精疲力竭的感觉。下午盛夏在碰见盛北辰之后就和他一起走了，一下午都没见过，本来就是萍水相逢，来去本是如此吧。

她回到房间，张绮已经和大家一起去湖边吃夜宵去了，她反锁了门，痛痛快快地洗了一个澡。从小到大，她一直很喜欢洗澡，她还记得刚进去的时候，又想洗澡又怕冷水，经常一边洗一边哆嗦，直到几个月前，回家了，终于可以洗热水澡了，水温调到40℃，花洒的水洒下来的时候她居然觉得烫得她都要跳起来。习惯真的是一个可怕的东西。

她穿着睡衣一边擦头发一边走出来的时候，正好有人敲门。

她以为是张绮落了东西，想也没想就把门打开了，直到看到门口的盛北辰，她本能地就想把门关起来，盛北辰已经快她一步，飞快地闪身进门，把门关上。

“盛总自重。”邵佳恩冷冷地提醒他。

她不知道他想干什么，但她并不怕他。她的胆子在这些年磨难惊吓后，其实已经变得很小，但是唯独不怕他。

怕什么，只是青春的时候爱错的一个人而已，她为这个错已经付出了那么大的代价，现在还能怎么样？

盛北辰面无表情地拿起一张照片递在她的面前，那是下午她和盛夏在缆车上被拍到的那张，从外人的角度来看，确实会觉得他们两个是在含情脉脉地对视。他说："你把另外一张照片给我，盛夏他不适合你。"

邵佳恩被激怒了，讥笑了一声："盛总是不是管太多了？"

盛北辰走近一步，邵佳恩本能地后退了一步。

盛北辰皱起眉："邵佳恩，发生这么多事情，都没让你长大吗？你去招惹盛夏干什么？盛夏不适合你，你们都会受伤害。"如果他们两个交往，当年的事情被狗仔挖出来，对她对盛夏，都是一次致命的伤害。

邵佳恩的嘴角高高扬起："盛总，你又不是我，你怎么知道他不适合我？"

盛北辰愣了一下，他看着她，她倔强地站在他的面前，湿漉漉的头发上的水一滴一滴地滴在肩膀上，她以前及腰的长发现在剪成了齐肩，以前圆圆的脸现在变得尖尖的，那双曾经神采飞扬的大眼睛，如今好像一潭死水，现在的她看见他，要么视而不见，要么阴阳怪气地笑。

他也想过不要理她，但是今天看见她和盛夏一起出现在山顶，看见他们两个含情脉脉的合照，他真的没有办法坐视不管了。

"盛总没事的话请回吧。"邵佳恩想绕过他去打开门。

他一把抓住她的手："邵佳恩，你为什么老是这样阴阳怪气地对着我？你是怪我没有帮你让林珈仪给你顶罪吗？珈仪如果真的顶替你进去了你自己会安心吗？那个被你撞死的年轻人的孩子只有七岁，你无心之失但也酿成大祸，我们都要为自己的行为承担后果不是吗？现在回来了，重新好好地开始生活不好吗？你去招惹盛夏干什么？你为什么总是这么任性？”

“够了！”邵佳恩冷冷地打断他，“盛北辰，你站在道德的制高点，看着我在泥潭里挣扎，可是，你问没问过我，我是自己跳下去的，还是被人推下去的？盛北辰，那天晚上，你看见我开车了吗？你看见是我撞死的人吗？盛北辰，我根本就不会开车，更没办法将车开上环线。”

邵佳恩的声音不大，却像山风挟带着冰雪呼啸而来，他的耳边如惊雷炸开，嗡嗡一片。

{ 第四章 }

噩梦终会醒，最怕醒来再见噩梦

1.

快五年了，一切想起来，仿佛就在昨日。

那天是邵佳恩的十八岁生日，天气很好，有阳光有风，除了始终对她不冷不热的盛北辰，她的人生已经不能更美好。

况且，盛北辰也答应参加她晚上的生日Party了，没有什么比这个更让人激动了。

林珈仪和方洛洛陪着她一起去S市最好的美发会所一人盘了一个精致的发髻。

看着三个人完全一样的发髻、相似的衣着，邵佳恩很满意：“这才叫花开并蒂，一眼看过来，就知道我们三个是姐妹。”

“佳恩，你真的很像公主！”迪奥的小礼服穿在邵佳恩日渐发育成熟的身体上，特别好看。方洛洛由衷地赞美着。

“下次给你们穿。”有好东西共享一向是邵佳恩的风格，她经常和她们两个共享衣服、饰品。

激动的方洛洛点头如捣蒜，林珈仪淡淡地笑了笑。

那一日的前奏太美好，以至于后来的时间里，她都不敢细细地去回忆，她只记得妈妈挽着爸爸的手穿梭在宾客之间，脸上是掩饰不住的“吾家有女初长成”的喜悦。她记得那晚高高的七层蛋糕，爸爸妈妈一起握着她的手拿着长长的蛋糕刀一层一层地往下切。她记得盛北辰送给她一个礼物，白色的盒子，用香槟色的缎带系起来，打着漂亮的蝴蝶结。她舍不得当着大家的面拆，一直抱着想拿回家后独享喜悦。

于是直到今天，她也不知道盛北辰到底给她送了什么。

那天晚宴过后，长辈们纷纷告辞，年轻人们意犹未尽地在酒店三楼KTV的VIP包厢里继续把酒言欢。邵佳恩倒追盛北辰的事情在这些年轻的世家子弟里几乎无人不知，于是大家一边打趣一边渐渐地把敬酒目标对向盛北辰和邵佳恩。

还有人跟邵佳恩开玩笑："放倒盛北辰，他就是你的啦。"

邵佳恩笑着抄起一个靠枕就朝那人扔了过去。

盛北辰那天倒是很给面子地笑了笑，别人敬酒他也不推辞。

欢乐的时光转瞬即逝，等大家陆陆续续散了的时候已经是凌晨两点了，方洛洛已经被她的堂哥接回去了，包厢里只剩下醉倒靠在沙发上睡觉的盛北辰和有点飘然的邵佳恩，还有林珈仪。

两个女孩一起连拖带拽地把盛北辰弄到酒店门口，两个人都累得够呛。

邵佳恩知道盛北辰住在哪里，林珈仪问："你知道他的车停哪里吗？"

邵佳恩环视了一周，盛北辰的白色宾利跑车停在远离门口的马路拐角处。

"我开车把他送回去吧，我没喝酒。"林珈仪说。

"你把车开过来，我扶着他在这里等你……"邵佳恩话还没说完，林珈仪已经把扶着盛北辰的手放开了。邵佳恩被盛北辰的重量压得一个踉跄，两个人差点摔在地上。

林珈仪赶紧一把扶住，她说："我们还是慢慢地挪过去吧。"

把昏昏沉沉的盛北辰放进后座，扣好安全带后，邵佳恩坐在了副驾驶座，扣好安全带，林珈仪发动了车子。

夜色很美风很凉，本来就喝了点酒的邵佳恩在晚风的吹拂下沉沉地睡去。

梦里的她在海上航行，突然船撞上了礁石，她整个人一震，一股巨大的力差点把她震飞了，又有一只无形的手把她拉了回来，她感到有人在拖她，她忍不住伸出手想去把拖她的人赶走，却什么都抓不到。

终于……一切平静了，她又沉沉地睡去了。

噩梦终会醒，最怕醒来再见噩梦。

当她被呼啸的警笛、嘈杂的人声、惊恐的哭声惊醒，看到眼前一切的时候，她用力地拍了拍自己的脸，问自己是不是梦。

真的不是。

她看到车前挡风玻璃碎裂得像覆盖了好多张蜘蛛网，她看到挡风玻璃上的斑斑血迹，她转过头，林珈仪在副驾驶座上，盛北辰在后座，都沉睡都婴儿。

“小姐，请出示你的驾照，你撞死人了。”

五雷轰顶不过如此。

“我没有驾照……”邵佳恩喃喃着，“可不是我开的车啊……”

“咔嚓咔嚓……”

旁边快门声不段，邵佳恩已经无力判断他们拍照片干什么。

“请下车，还能走吗？”测了酒精浓度后，一个警察帮她打开车门，另外的警察去叫醒了林珈仪和盛北辰。

“请跟我们去警局，你涉嫌交通肇事罪，我们现在口头传唤你去局里配合调查。”

“不！”邵佳恩惊恐地大叫。

围观的人越来越多，她看见林珈仪和盛北辰也从车上下来，她大叫：“珈仪，你快告诉他们，不是我开的车，为什么我会在驾驶座？”

林珈仪的表情和她一样惊恐，她说：“佳恩，我都说了我们打车回去，这要怎么办？呜呜呜呜……”她伤心地哭了起来。

邵佳恩肝胆俱裂，她震惊地看着痛哭流涕的林珈仪。

林珈仪那悲痛欲绝的表情几乎都要让她疑心自己的记忆出了偏差，可是明明不是她，她根本不会开车！她也忍不住哭了，她冲林珈仪大声喊：“你撒谎，是你开的车！”

盛北辰的酒也醒了，他看着眼前两个痛哭的情绪激动的女孩，看看自己撞得不成样子的车，再看到远处的地上盖着白布躺着的已经一动不动的人后，他的眼里，浮起了浓浓的悲哀。

三个人都被口头传唤，邵佳恩情绪非常激动，不敢去警局，两个警察一起过来拉她，她激烈地反抗。她太害怕了，为什么林珈仪要这样说，为什么她只睡了一觉却变成了嫌疑犯？

一个和她差不多高的警察看她激烈地反抗，拿出一副手铐往她手上铐。当手铐冰凉的触感从皮肤上传来，她忍不住一哆嗦。她突然想起什么，她大声对警察说：“麻烦你们帮我联系我爸爸，我爸爸是邵方安。”

2.

当天夜里，三个孩子莫名失踪了几个小时，几家四处寻找的时候，纷纷接到警局打来的电话。

全民新闻的年代，事件迅速发酵，当豪车、美女、官二代、富二代、我爸爸是×××，还有遇难者家属抱着年幼的孩子在家徒四壁的房子里放声痛哭这些视频在网络上开始疯狂传播的时候，邵方安知道问题大了。

但是为人父，怎么能死心，他一生正直清廉，恪守原则，但是此刻，爱女深陷囹圄击溃了他所有的理智，他开始疯狂地活动。

传唤室里的邵佳恩情绪太过激动，以至于不能完整地表达。警察反复给她做笔录，并没有什么有用的线索。

但是现在发现车辆的人证、物证都指向了她，无证醉驾撞死人，这不是小事。

第二天下午，当刑拘通知书拿来给她签字的时候，她双眼空洞地问："我的朋友呢？"

"他们已经回家了。"一个小姑娘，警察终究是不忍心。

"我签了字也能回家了吗？"

看起来和邵父年龄差不多的警察沉默了。

邵佳恩不想去想，她根本没看内容，疲惫地签了字。

她真的好想好好睡一觉。

那个时候她不懂，签下那个名字的那一刻起的往后四年多，她都没有一个好觉睡了。

邵佳恩按司法程序被带去医院尿检，年轻的警察拿着她的病历本寸步不离地跟着她，戴着口罩的护士看着检测结果非常不屑地看着她："没有怀孕。"

警察把她带回了警察局，然后，一副手铐又拿了过来。

她惊恐地大哭大叫，但是没有用，她还是被戴上的手铐，送往了看守所。

送去看守所的车上，年老的警察悄悄掏出自己的手机，对她说："给家里打个电话吧。"

邵佳恩一直记得他的样子，像一个慈祥的父亲，她接过手机，流着泪说了声谢谢。

她拨通了爸爸的手机，还没开口便已泣不成声。她听见爸爸在电话那头说："宝贝不要怕，爸爸会救你，盛家也会救你。"

她的泪水决堤而出，多少委屈在这一刻都得到了安慰。她不断地在心里默念爸爸的话，像催眠一样给惊恐又期盼地给自己勇气。

刚进看守所的第一天，她戴着手铐默默地看着警察在厚厚的一道道铁门上刷门卡，按密码，将自由一道一道地关在外面。

她被分到了 102。

刚进去，厚重的铁门"砰"的一声在她的身后关上，门外送她来的警察说，衣服快点换好之后就背对她们面墙而站。

她愣在那儿，二十双眼睛，空洞洞地看着她。

一个三十多岁的穿着 1 号囚衣的女人走了过来："把衣服脱了。"

女人边说边从一个空床底下的柜子里抽出一套旧衣服："把衣服脱了，去洗澡，把这个换上。刚进来都要搜身的。"

她没动，女人不耐烦地催了一句，外面的警察等得也有点火："快一点啊。"

她麻木地脱了衣服，女人皱皱眉：“还有内衣内裤。”

她领到了一个不知道是谁用剩下的塑料饭盒和塑料勺子，一根小得只能用手指捏着的牙刷，穿着不知道多少人穿过的公用的旧衣裤，被分到了最后一个床位21号，也就是最靠近厕所蹲位的那个床，如果她躺着的时候哪个上厕所的人冲水不注意一点，水都可能溅到她的脸上。

她的迪奥小礼服早已经成了皱巴巴的一团，被1号从铁窗里塞了出去，外面等候着送她前来的警察捡了起来，头也不回地走了。

夜已经很深了，因为她的到来有些些许骚动的监室很快又恢复了森冷平静，明亮的光线下并排躺在大通铺上的二十几个一动不动的人让这里看起来像一个太平间，她学着别人的样子在狭小的空间里铺好了褥子，躺了下来。

监室很高，几个长条白炽灯不分白天黑夜地照着，其中一条正对着她的脸，刺得她只能眯着眼。靠近监室屋顶的透气玻璃窗旁，常常有来来回回的警察巡逻，两个大大的摄像头像两只鬼魅的眼沉默地注视着监室的每一个角落。

她想不明白这是为什么，为什么一夜之间，天堂地狱。她幻想，也许明天早上一觉醒来一切都好了，爸爸就会来接她回家了。

但是没有，只有爸爸请的律师第二天第一时间来会见了她，当她戴着手铐穿着囚衣被一个警察带到了律师会见室，隔着铁窗看见那个叫贺平的律师的时候，她终于明白，命运给她开了一个残忍的玩笑，要有多无奈，才会走到律师会见这一步。

她从云端跌落，昨日的她红酒盛装，言笑晏晏，那多少美好还来不及品味，今日的她已是阶下囚。

她不能见父母，不能见朋友，不能打电话，通信要受审查，唯一能看见她的，就是这个承载了她亲人无数期望的律师。

她忍不住痛哭，把所有的委屈全部告诉了贺平，贺平在震惊之余开始细细记录。紧接着就是提审，公安机关针对案件的提审。警察很和气，但是也阐明了律法的无情和不可侵犯。祥林嫂一样重复了无数次那天晚上她所知道的所有事情之后，她开始陷入无止境的沉默。

她问得最多的一句话，就是我什么时候可以回家。

没有人可以回答她。

看守所规矩严谨，作息严格按照要求，遵循军事化管理，很少有同室欺凌，但是并不代表日子好过。

她熬啊熬，从一个礼拜，熬到十五天，从十五天，熬到了三十七天，却只等到了批捕通知书。她颤抖地在警察拿来的批捕通知书上面签字，没有人懂她的绝望。

贺平来看她的时候告诉她，批捕了。他去检察院查阅了案卷，对她说："案件比较蹊跷，车子开出的路段和出事的路段并无监控，没有什么有价值的线索，公安从交警那里调来的监控截图上，前排是两个女孩子，外形衣着非常相似，难以辨认，但是当时报警的人目击是你在驾驶座，而且，你被传唤那天，你鞋底的泥和出事车辆踏板上的也是吻合的……"

邵佳恩几乎都要相信那天晚上是她开的车，片刻之后她被这荒谬的想法震惊了，自己一定是被关傻了。她说：“如果是林珈仪刻意陷害我呢？”

贺平的眉头皱了起来：“这就是问题关键所在，谁指证谁举证，现在所有的证据几乎都指向了你，这对我们非常不利，但我们还是要尽力一试。”

顿了顿，贺平说：“邵佳恩，无论如何，你要先好好保重，留得青山在，不怕没柴烧，该吃就吃，该睡就睡，现在这个案件外面的舆论很不好，检察院阶段也是很难取保出来，案子从检察院到法院可能也还要三四个月，你先把自己养好。”

3.

像战斗前的养精蓄锐，她从几乎不吃不喝，慢慢地变成了和大家一样期待周一和周三有鸡腿有肉的日子。她几乎每周都会收到妈妈的信，给妈妈回信的时候，她总是多写一封给盛北辰，但从没收过回信。每一天听监室外的嘀嘀门响，她都渴望会有个警察进来和她说，邵佳恩，你可以走了。

但是没有，很多符合条件的陆陆续续地被取保了出去，又有很多像她一样迷茫又恐惧的被送了进来。

随着出去和进来的人越来越多，按顺序她慢慢地从 21 号排到了 13 号，慢慢地从只能被挤到侧着睡变成了可以平躺着睡，到第三个月的时候，她的日子突然变得好过了起来。

先是每个礼拜都有一大包洗干净的舒适新衣服送进来，每个月都有不同的人给她存钱，多到她根本用不完，再是突然就被调到了

3号。睡的地方更宽了，饭从第十三个吃变成了第三个吃，也吃得饱了。然后，监室所长开始找她谈谈心，偶尔开导开导她，她突然也不用做事了，她看着自己因为洗了三个月的所有人的饭盒在劣质洗洁精中长期浸泡而红肿溃烂的手，有点反应不过来。

她暗暗雀跃以为这是好兆头，或许真相即将大白于天下，她很快可以回家，但是没有。

她的好运气，仅仅就是突然很多人对她客气，仅此而已。

监室多了一个边疆的女犯之后，送餐阿姨每个礼拜会破例给她们发一个馕。对长时间吃土豆白菜白米饭不见油水的人来说，这真算得上是无上的美味了。二十几个人分，再大的一个馕到了手里都只剩一小块，邵佳恩咬了一口，她满足地眯起了眼。

门外的监室所长看见了，把她叫了出来，递了一个馕给她。

邵佳恩愣了一下，一向严肃的女所长难得一笑："拿去吃吧，我看你挺喜欢吃的。"

邵佳恩尴尬地笑了一下，这是很长时间来不曾有的温暖了，她向所长鞠了个躬："谢谢你所长，但是我不能要。"她指了下同室的室友，"她们那么多人分一个，我一个人吃这么大一个，我不好意思吃。"

女所长也愣住了，她的笑意加深了一点："那你带进去吧，你们分着吃。"

那一天开始，监室里大家的关系突然没有那么冰了，一个年龄和邵佳恩差不多的穿19号囚衣的女孩，吃了邵佳恩分给她的馕后问邵佳恩：“你是怎么进来的？”

“车祸。”关于这个她并不愿意多谈，“你呢？”出于礼貌，她回问了她一句，根本无心听她说什么。

结果她的声音不大，倒是把邵佳恩吓了一大跳。她说：“杀人。”

邵佳恩头皮一麻，突然意识到这是个什么地方，从骨子里都发出了森森的恐惧。19 号看她瞬间变惨白的脸，忍不住说：“骗你啦，我是故意伤害罪，人没死，不过我倒是希望他死了。”

邵佳恩没有搭话，她自顾自地说：“他和我妈妈有一腿被我发现了，他们两个不仅不收敛还变本加厉，有天我在我家里碰见他，他一边嬉皮笑脸地叫我乖女儿，还一边对我动手动脚，我顺手抄起水果刀就给了他几刀，结果呢，我可能要被判好几年呢，我妈也当没我这个女儿，别说请律师了，就是衣服都没给我送过，我爸更好笑，跟着我妈一起不理我。”

邵佳恩突然发现她一直都在穿公用的离开的人留下的旧衣服，觉得她有点可怜，对她说：“我衣服挺多的，也穿不完，你挑几套吧。”

说这句话的时候，邵佳恩想起了林珈仪，曾几何时，她几乎愿意和林珈仪分享一切，却分享出一把最毒的毒剑挥向了自己。

她忍不住问 19 号：“你后悔吗？”

刻意装出无所谓样子的 19 号像被击中了心脏，她停滞了一下说：“后悔，我真的很后悔。”

我也很后悔。邵佳恩在心里说，只是不知道，我该从哪里开始后悔。

一直到开庭的前一天，贺平来会见她，给她做庭前辅导。她被一个女民警从监室带出来，女民警带着她打开一道一道铁门一步一步地走往律师会见室。

她走到临近律师会见室的走廊的时候，突然看到走廊的另一端，一个穿着蓝色囚衣的中年男子，戴着手铐正低头走向靠右的律师会见室。

那个身影是那么熟悉，邵佳恩使劲地睁大了眼看清楚后几乎是像离弦的箭一样冲了过去："爸爸！"

"哎，你干什么？"女民警飞快地追上她拉住她。

她肝胆俱裂地哭喊："那是我爸爸！"

低着头的中年男子如被雷劈中，飞快地抬头看了她一眼，低头逃难似的冲进了律师会见室。

"不要发疯，3号，人家根本不认识你！"女民警严厉地对她说，几乎是把发疯一样哭喊的她拖进了最靠左的律师会见室。

看邵佳恩的样子，贺平知道大事不妙，他试图安抚她："你先冷静，你这是怎么了？"

邵佳恩绝望的眼突然转向了贺平："贺律师，你告诉我，我爸爸怎么了？"

真的太惨了。贺平还年轻，还没办法像年老的律师那样，对这些悲欢离合天降横祸保持漠然，看着这个人生几乎才刚刚启程的小姑娘，他的心也像灌了铅一样沉重，他有隐隐的预感，明天的庭审结果不会太好，可他又真的希望，不要这么残忍。

庭审那一天终于到来了，一夜没睡的邵佳恩站在法庭中央的被告席上，低垂着头，面前是严肃的法官，公诉人在左边，贺平在右边。

她被押上庭的时候认真地扫视过旁听席，她想见的人，一个都不在。

她的爸爸妈妈、盛北辰，还有她的朋友，一个都不在。

坐了满满当当的路人甲，她已经无意去揣测他们想干什么。

尽管贺平吞吞吐吐，她还是知道了，爸爸因为她的事情，违规操作，结果落马了，妈妈在配合调查期间，也被监视居住了。

法官确认了她的身份后，公诉人开始宣读起诉意见书。

浑浑噩噩的邵佳恩麻木地听着，昨天和爸爸的那匆匆一面不停地在她眼前回放，曾那么意气风发、在她的心里像山川大海一样的父亲，居然和她一样，成为阶下囚。

直到公诉人读到“证人盛北辰、林珈仪证言邵佳恩于 29 日凌晨两点驾驶白色宾利”时，她转过头看着一脸冰霜的女检察官一张一合的嘴，耳朵就像经过了一个爆炸现场，什么都听不见了。

贺平逐一辩解，被悉数驳回，最后的最后，她听见法官问：“邵佳恩，你认罪吗？”

“嗯，我认罪，我罪不可赦。”

贺平震惊地看着她。

法官说：“下面由被告人做最后陈述。”

邵佳恩笑了：“我无话可说。”

活着真累。她想，她曾听人说过，人生里美好的事物，是一颗颗散落的珍珠，最后时光会在合适的时候将它们串成一串美丽的项链。她觉得，过去的十八年，她人生里的美好，足以将它们串成最璀璨的项链，只是命运将项链戴上了她的脖颈，她还来不及低下头欣赏这些美好，项链已经被打上太紧的死结，勒得她无法呼吸。

4.

盛北辰忘记了那天是怎样从邵佳恩的房间里走了出来，她似乎一直在讥笑地看着他，直到和她同屋的张绮回来，目瞪口呆地看着他们，进退两难。

她的声音一直回荡在他的脑海里："盛北辰，那天晚上，你看见我开车了吗？你看见是我撞死人了吗？"

他认真地回想了又回想，他真的没有看见。

他记得车祸的第二天，一夜没睡的他被司机接回了家。一个晚上目击了鲜血淋漓，又马不停蹄地配合调查接受警察反复的询问，回到家的他已疲惫不堪。他穿过花园刚刚推开大门要走进去，就听到和客厅相邻的小吧台那里，他的爸爸和另一个中年男子在低低地说话。

他见过那个中年男子，是邵佳恩的父亲。

他听见邵佳恩的父亲对爸爸说："另一个姑娘是我司机的女儿，我已经和她爸爸商量好了，由她出面承认那天是她驾的车，她有驾照，那天也没有喝酒，这样事情就好办得多，只要我们尽力赔偿，最后的结果不至于太糟糕，希望盛总念在小女年幼无知，让北辰出面做证那天是另一个姑娘开的车，我们一起拉小女一把，我们邵家一辈子感激你们盛家……"

"够了！"他觉得自己再也听不下去，"你们怎么可以这样随意操纵别人的命运？你们说得轻巧，别人何其无辜？"说得倒是轻松，撞死一个人哪里是那么简单就可以了结的事情，逃过了刑事处罚，逃得过生活里的悠悠众口吗？说完，他转身就走。

邵佳恩的爸爸赶紧追了上来，盛父也跟了过来，他飞快地往车库走。太离谱了，他真是忍无可忍，迈开大步越走越快，前面停着的车里邵家的司机看见他们三个从里面走出来，马上从车里下来，站在车的旁边等他们。

他不理身后两个的人叫唤，低头只管自己走，却突然听见他的爸爸似乎惊疑地问了邵家司机一声：“你是文峰？”

邵家的司机也就是林珈仪的爸爸林文峰也是一副震惊的表情：“盛骥？”

盛骥难掩激动，快步向前一把抓住了林文峰的手：“兄弟，几十年了可算把你找到了，没想到你一直都在S城。”

邵爸爸沉默地停下了脚步。

人生真是意外连接着巧合。

三十年前，盛北辰的爸爸盛骥在福建当兵，那一年福建台风引发暴雨山洪，官兵们都去抗台抢险了，盛骥也在其内。当地的受灾群众自发组织了一个抢险队，配合官兵们抢险，林文峰正是抢险队的一员。那天暴雨中，体力透支的盛骥在过河时，一脚踩空直栽入水中，紧随其后的林文峰想也不想，飞快地跳下去，几乎是拼了半条命把他从河里捞了出来。

两个人的革命友谊就这么打下了。

但是那个年代，通讯极其不方便，救灾抢险工作在一个月后完成，盛骥回到了部队，开始的时候还有书信往来，慢慢随着盛骥的退役两个人社会身份的越来越不同，联系得越来越少，到盛骥发展到如日中天总想着要报答一下当年的救命恩人的时候，已经遍寻不见林文峰了。

没想到兜兜转转这么些年，两人居然以这种方式再见面。

那天之后，盛北辰就再没见过邵佳恩的爸爸，而他爸爸沉浸在与故人重逢的欣喜中，也没再提过让他出来做证的事情。

只是后来，在爸爸告诉他要送他和林珈仪一起出国上学之后不久，检察院联系过他一次，询问了一点情况。在问及是否是邵佳恩开车的时候，他点了点头。

不是她又是谁呢？

那个时候舆论攻击着被羁押邵佳恩也同样攻击着他，他的车牌号很快被人肉了出来，也被推到了风口浪尖上，加上林珈仪他们三个人只差大头照被挂上网络了。因那场车祸去世的当事人家属分别在他们两个学校门口拉横幅，给同学们发车祸照片求关注，他和林珈仪一度被人指指点点到不想去学校。留学手续齐了之后，他和林珈仪就一起出国留学了，一个上大学，一个去读研，盛家安排给他们的两套公寓是相邻的，加上华人留学生的圈子本来就不大，一来二去，大家也熟悉了。

林珈仪并不惹人讨厌，话也不多，做事也勤快，对那段不开心的往事，两个人都很有默契地闭口不谈。

那两年，盛北辰的身边偶尔也有女孩子停留过，但总是不长久，林珈仪从来没说过什么，总是默默地在能照顾他的时候照顾他。

后来有一天他突然发现她和他玩着同一个游戏还在一个区，她玩的是一个小峨眉号，经常在打怪和帮战的时候给他的天山号加血，看到这个的时候，他还是有点他乡遇故知的感觉。再后来，他先她回国，入公司高层打算做一番大作为，第一个想到拍电视剧，她淡淡地说，她写了一本书，写了好几年，看看改编成剧行不行。

意料之外的是，那本书的题材非常新颖，情节扣人心弦，非常精彩，出版成书先上市后就创下惊人销量，翻拍之后，更是收视率飙红。

他不是不欣喜的。

就是她了吧。他偶尔也会这样想，对女人他并不看重，但他并不讨厌她待在他的身边。

就这样，不咸不淡的四年过去了，林珈仪也回了国。那个时候她的父亲林文峰已经是宏盛集团的公会主席，林珈仪直接进了总编室，一切看起来都云淡风轻祥和美好地进行着，直到那天，遇见了邵佳恩。

第一次相见并无欣喜，隐藏多年的人生污点仿佛在看见她的那一刻瞬间被挖了出来，他觉得这只是一次不愉快的意外重逢，但天大地大，哪里会天天见。

却没有想到后来，她突然和堂弟盛夏有了丝丝牵扯。

他并不介意盛夏在和谁交往，可是偏偏邵佳恩不行，他们互相牵扯的那么多往事，一旦被媒体深挖，对谁都是伤害。

原来他只想敲山震虎，让她知难而退，却没想到她淡淡地质问他，你看见了吗？

他觉得他被邵佳恩敲了一个棍子，如果邵佳恩读过心理学，她一定是最优秀的学生。

他想起那天在雁洄山下的相遇，他开着车远远地看见摆在她面前的桶被人一脚踹翻，她茫然的表情居然让他的心也莫名地漏跳了一拍。他不知道，那天如果不是盛夏第一时间冲了过去，他是否会一直袖手旁观。他突然发现这个记忆里总是围着他转的女孩，一直刻在他的脑海里，他虽不去想，却从不曾遗忘。

他们有那么不愉快的过往，可是她始终蛰伏在他记忆的废墟里，从未消散。

而现在，她就如在沉睡中苏醒，她缓慢却坚定地从那片废墟里站了起来，她拍了拍岁月的尘埃，她目光灼灼地质问他："你看见了吗？"

是的，他什么都没有看见，就像默认太阳与月亮分别代表着白天与黑夜，几乎所有的人都默认她就是肇事者，他和所有的人都一样，从来没有想过，还有一种可能，让人震惊与恐惧的另一种可能……

一股寒意从他的背后袭来，他不寒而栗。

{ 第五章 }

珈仪啊，你偷走了我的人生

1.

邵佳恩在电脑前认认真真地写着稿子，张绮欲言又止地在她旁边晃来晃去，晃到最后，张绮拖了一把椅子坐在她的旁边小声问她："佳恩……为啥那天盛总拉着你的手啊？"

邵佳恩哆嗦了一下字都打错了，她有点语塞，张绮平时看起来风风火火的，可到底也还是一个年轻的女孩子，那天在酒店，她和盛北辰僵持不下的时候，被推门而进回来喷防蚊水的张绮撞个正着，张绮当时震惊又八卦的表情她现在还记忆犹新，当时应该是碍于盛北辰的身份不敢多问，但憋了几天，还是破功了。

"盛总暗恋你？"张绮继续猜测，她打量了下邵佳恩，"可是也不像啊，不都说盛总和总编室的林小姐是一对？"

邵佳恩不知道该如何接话，突然，办公室里一阵骚动。

有人惊呼："那不是盛夏吗？"

邵佳恩抬头望去，只见盛夏慢悠悠地从大门进来，穿过走廊，在全办公室女孩子们的注视下，状似无意地经过邵佳恩旁边，飞快地敲了敲她的桌子，然后一本正经地上楼找方勤去了。

张绮震惊地看着这一切："你们……你们好奇怪……"她估计觉得自己要疯了……

等盛夏跑到方勤办公室和方勤说明来意的时候，方勤觉得他也要疯了。

因为盛夏说："你的员工都这么勤快这么辛苦，你给他们一人发一部手机啊，威图就不用了，好歹一人发一部'苹果'啊……"

二少爷今天抽什么风……方勤决定不理他继续工作。

盛夏大剌剌地在方勤办公室的沙发上坐下："这么抠，一人发一部手机就可以啦。"

"少爷，你以为集团是我开的，我想发就发吗？图书部编创部人再少，也有一两百个啊，你怎么不来发？"

盛夏眉开眼笑："你叫我发的哦，是你叫我发的哦，那我下午叫人送过来。"

方勤这下真的觉得他疯了。

突然从天上掉下一部手机，图书部众人都很兴奋，包括邵佳恩。年轻的女孩子不爱电子产品的还是很少的，就是太贵了，想买又舍不得，这次集团居然发了一部手机，她真的很高兴。她如获至宝地在休息的时间研究了好久手机的各种功能，然后申请了一个微信。没有微信微博这个事情，她已经被大家诟病好几次，无奈之前那部小手机功能不全，短时间她也没打算换，就一直按张绮说的"简直生活在部落里"那样先凑合地用着。

大家欢天喜地，只有张绮，她看着桌子上方正的手机盒子，就像对着一盒炸弹。太诡异了，真是太诡异了，作为助理她第一时间知道了手机的来源。她战战兢兢，似乎敏锐地感觉到了盛夏的醉翁之意不在酒，这邵佳恩看起来毫不起眼，却频频让她大跌眼镜，想到自己从邵佳恩进单位到现在经常使唤邵佳恩做这做那，她不禁头皮发麻。

相比张绮心里的惊涛骇浪，邵佳恩还是显得轻松得多。生活真的越来越好了，苦难就是这样，经历得多了，等那些痛苦的煎熬过去之后，人生里稍微一点的奖赏，也能像嚼过青橄榄的嘴巴，品味出细细的甜。

她很满意现在的生活状态，失去的不可追，但是眼前的至少可以把握。

想到那天和盛北辰的意外冲突，她其实有点后怕，应该忍下去的，不应该去招惹他，他稍微发句话，她就得倒大霉。

她也曾想过当他们不存在，死心塌地、老老实实地把这口气咽下去，翻开那悲伤的一页，往好的方向走去，可是看到他冷漠的脸听到他几近嘲讽的那些话，她还是失控了。看着他失魂落魄而去，她不是不痛快，只是快感过后，想到对方的一句话就可以决定她在集团里的生死，她还是不禁打了个哆嗦。

想到他居然觉得她和盛夏有什么，她觉得有点好笑。

十八岁的邵佳恩在孤寂岁月里已然死去，带着那些缤纷又不切实际的梦永远地消逝在那些困苦的时光里，今天的她没有做梦的资格，也没有做梦的心。

对今天的她来说，盛夏是山川是大海，是夏日的风是寒冬的艳阳，是高悬天空的明月与星辰，那是超过美好一万倍，遥不可及的存在。

2.

张绮来通知邵佳恩和编创组一起去总部总编室开会的时候，邵佳恩想起上次在集团大楼那并不愉快的相遇，有点心慌。她本想问张绮是什么会，还来不及开口，张绮却意味深长地看了她一眼，她的疑问生生地咽了下去。

直到跟着同事们进了大楼坐在了总编室的会议室，看到坐在上首的盛北辰和坐在他右手边的林珈仪，她的不安几乎是达到了顶点。看到她进来，本来优雅淡定的林珈仪也是一脸震惊的表情。

主持会议的方勤感受不到席间几个人的暗潮汹涌，会议的主题是《锦绣江山 2》的进度。方勤介绍了一会儿之后，突然点了邵佳恩的名，说明了《锦绣江山 2》过审的这个大纲出自邵佳恩之手，颇有力荐这个新人的味道。

看着总编室的领导们纷纷投射过来的赞许的目光，邵佳恩有点不知所措地低下了头，盛北辰有点意外地看了她一眼。

会议结束后盛北辰挟着难言的气势率先离去，总编室领导们对这个年纪不大的新人的才华很是赞许，把邵佳恩叫住多说了几句话。等她走出会议室的时候，她的同事们几乎已经走光了，她刚想过去按电梯下楼，就听到后面陌生又熟悉的女声叫了她一声："佳恩。"

她没有回头。

后面的人却并不打算放过她："佳恩，好久不见。"

这么些年多少的磨砺讥笑指责欺凌，冷嘲热讽也罢，劈头盖脸一顿骂也罢，她都能做到忍气吞声波澜不惊，但是对着盛北辰和林珈仪，她发现她还是不行。她想过看见他们两个就绕道走，但她还是做不到。她慢慢地回过头，看着这个和自己一起长大的曾亲如姐妹的女孩。

林珈仪穿着尖尖的高跟鞋，看起来比她还高了一点，几乎是居高临下地看着她。她忍不住笑了："林珈仪，好久不见。"

她的笑容满是嘲讽，林珈仪凑近一步。林珈仪秀丽的脸庞因为激动而微微扭曲："邵佳恩，你为什么要回来？"

林珈仪的眼神，是过往的邵佳恩从来没有在她眼里看见过的怨怼。

纵然那些痛苦岁月里，她早就想明白了这件事情的前因后果，这一刻还是为林珈仪的毫无愧疚冷了一下心。

她看着林珈仪："珈仪，我一直以为你会愧疚的，现在看来，没有。"她没有再理会林珈仪，转身进了电梯。

似乎是没有料到邵佳恩会说这句话，林珈仪顿时不知道怎么反应。这么多年，她在邵佳恩面前伏低做小似乎已是骨子里的习惯，看着邵佳恩回过头讥笑地看着她，她的气势早已像皮球泄了气，直到邵佳恩已经走进了电梯，她才如同梦中醒过来一般，几乎是气急败坏地在后面喊了一声："你真是一点都没变！"

邵佳恩回头看她："不，珈仪，我变了。"

林珈仪脸色一变。邵佳恩伸手去按关门键，厚重的双开电梯门在眼前缓缓合上，把林珈仪远远地隔在外面。

昔日的形影不离，如今只差拔刀相向，也真的是很好笑。邵佳恩长长地舒了一口气，她想起总编室领导们的赞许肯定，这份工作真的很好，没有他们两个的话就更好了。

林珈仪死死地盯着关上的电梯门，从在会议室邵佳恩进来她就冷汗津津，直到方勤说明这个续集出自邵佳恩之手，她觉得就像当头被敲了一棒，这么多年她霸占着邵佳恩的东西自欺欺人，欺骗别人也欺骗自己，骗到最后自己都信了，这个时候邵佳恩却回来了！

林珈仪沉浸在混乱的思绪中难以自拔，直到她的背后，有人叫她："珈仪。"

盛北辰！林珈仪被吓了一跳，他刚才不是先走了吗，他来多久了？他看见什么了吗？

她有点慌张地回过头，不敢看他的眼睛。

盛北辰站在她的面前，背对着落地窗，脸上并无多少表情。

“珈仪。”他说，“其实这么多年，我一直忘记了问你，那天晚上，你没有喝酒，你有驾照，为什么不是你开车？”

很多年了，林珈仪想，这么多年，他们两个的记忆仿佛被抽取了一段封存了起来，把关于邵佳恩的，关于那个黑暗的夜的，深深地封存在地底。

他们假装忘记这个世界上有那么一个人，假装忘记自己曾经一起撞死一个人，假装忘记生命中那个带给自己欢笑和惆怅的，却在遥远的地方冰冷的监狱里苦苦煎熬的她。

直到有一天，她落魄地出现在了他们的面前。她和几年前一点都不一样，她不再张牙舞爪，不再笑笑闹闹，不再风光无限，可却在沉默中挟带着山雨欲来风满楼的气势，让她胆战心惊。

踏上国际航班出发去留学的时候，她曾觉得命运终于厚待了她，她在做出疯狂的决定之后，她的人生突然发生了惊天的逆转。

她多希望人生就这样下去，永远不更不改。

她不想再去想起那个独自在故去的母亲身边痛哭的无助的她，她不想再去想起别人问她你和邵佳恩都是有钱的大小姐的时候尴尬的她。

她很努力很珍惜，她风风光光学成归来，享受荣华与名誉，身边还有最优秀的男人。

可是，邵佳恩回来了。

她曾想过以邵佳恩的性格，见到她无非大吵大闹，甚至疯狂扑上来打她一顿。她倒是好解释，好脱身。

可是没有，邵佳恩淡定得让她心惊。

直到这一刻，那些罪恶，终于开始撞击封存它们的罐子，呼之欲出。她如芒在背，如履薄冰。盛北辰问她，那天为什么不是你开车。

她慌乱地找了个借口，她说：“你也知道佳恩的性格的，她想做的事情我阻拦不了她。”

盛北辰似乎并不在意她回答了什么，他看着她，依旧面无表情。

林珈仪在这种注视下艰难地保持镇定，或许，她得做点什么了。她得到拥有的这些太艰难了，她不能再失去了。

邵佳恩回到家的时候已是华灯初上。

妈妈苏素坐在阴暗的房间里没有开灯，外面的路灯从窗户投进来，照在她的身上让她看起来孤独又无助。

邵佳恩赶紧把灯打开，“啪”的一声开关响把苏素吓了一跳，她赶紧去抹脸上的眼泪，但邵佳恩还是看见了。

天气渐渐冷下来后仙草冻就不好卖了，小区里有户人家用一楼车库当门面开了一个小小的家政中心，帮周边的几个小区安排钟点工，苏素在那里报了名。

前面的几次还算顺利，今天要打扫的就是对面的小区。到了对方家里开始擦玻璃，却没想到遇见了自己教过的女学生。

学生已经长大生子，看到自己曾经美丽优雅的班主任苍老憔悴地出现在自己家里当钟点工非常震惊，她也坐不住帮着苏素一起收拾房子，走的时候还拿了很多东西一路送到小区门口。

这样的场景，是让苏素又尴尬又温暖又心酸，想到命运无常，她还是忍不住暗自垂泪。

知道事情经过的邵佳恩安慰了妈妈之后沉默了很久，她的心像灌了铅一样一点一点地往下沉，她想起今天下午的相遇，那双直视自己的毫无愧疚又凌厉的眼睛，粉碎了她最后一丝残存的情谊，珈仪啊，你偷走了我的人生。

3.

天气一天比一天冷，邵佳恩的工作倒是开展得很顺利，总编室来人找她谈话的时候，她以为是谈剧本，毫无防备地走进小会议室，却看到一张晚娘脸的简助理。

邵佳恩认识她，第一次去主楼，因为坐错电梯对她劈头盖脸一顿批的人就是她，第二次去开会的时候知道了她是总编室林珈仪的助理。

来者不善，对方也没等邵佳恩开口，指着椅子叫邵佳恩："坐。"

邵佳恩对简助理并没有好印象，但总归是总编室来人。邵佳恩顺着她指的椅子坐下，简助理直切主题："邵小姐，退出剧本编写，自动离职。你主动离职的话，我们会给你申请补偿，如果你不接受提议，等到被开除那天，那就什么都没了，还走得狼狈。"

邵佳恩被这几句话劈得有点蒙，她又惊又怒："为什么？"

"为什么？"晚娘简助理站了起来，"你是方勤引荐进来的吧，如果不出意外，方勤年底即将高升去总部，你就是他可能出现的'意外'。"

"我从进入集团从未出过差错，我现在参与重点项目也不能擅自离职，更没理由离职，而且，我并无过错为何会牵绊他的前程？"

"呵呵！"简助理冷笑一笑，"工作的事你不用担心，集团从来不缺人才，你过审的剧本大纲也是方勤力荐，我不管你和方勤是什么关系，这个集团方勤说了不算，至于为什么，无犯罪记录是宏盛招聘的基本要求之一，邵台长千金，这个要求你达标了吗？”

邵佳恩只觉得脑袋里“嗡”了一声，血往上涌。

看着脸色发白的邵佳恩，简助理满意地笑了。

邵佳恩浑浑噩噩地坐在办公桌前，失魂落魄，办公室的人都走光了也没有发现。天黑了，办公室被巨大的黑暗笼罩，她终于站了起来，走出大楼。

夜已经很深了，路灯一排一排地亮着，闪烁的霓虹灯让城市看起来氤氲又迷离，她想到简助理的威胁，想到方洛洛帮她找到工作时两个人兴奋的样子，想到方勤对自己的提携和鼓励，想到自己艰难的境况，头疼得要爆炸，走到小区门口的时候，手机突然响了起来。

邵佳恩看了下，是一个陌生的号码，她接起来：“你好。”

“你好，这里是中国 ×× 保险，请问你是邵佳恩邵女士吗？我公司最近推出最新险种投资低收益高……”一个男生在电话那端热情洋溢地推荐着。

“对不起，我没有钱。”邵佳恩沮丧地挂了电话。

电话又响了起来，还是那个号码。

邵佳恩有点无语地按掉，马上电话又响了，她接了起来：“不是和你说了我没有钱吗？别打了！”

“邵佳恩你是猪啊，我是盛夏！我的声音都听不出来吗？”电话那头的盛夏也很无语，假装保险推销员开个玩笑，这头猪居然真的就听不出来了……本来也不应该指望她能听出来的。

邵佳恩愣住了：“你怎么有我的电话号码啊？”

“上次你朋友说的啊，你还在外面吗？旁边风声那么大。”盛夏听到了电话另一头的呼呼风声。

邵佳恩抬头看了看天，夜色沁凉如水，呼呼的风声像夜枭的呜咽，她加快脚步走到自己家楼下推开铁门边回答盛夏:“嗯，起风了，我刚从公司回来到我家楼下了，正准备……啊……”

推开一楼沉重的铁门正准备往楼上走的邵佳恩看见一道黑影飞快地朝自己扑过来，她来不及躲避，脑袋遭受了重重一击，拿在手里的手机也被打飞了出去撞在墙壁上再掉落在地上。她伸出手，还来不及发出声音，眼前一黑，倒了下去。

本来拿着电话懒洋洋地靠在沙发上的盛夏只听电话那头传来一声尖叫，手机好像被摔远了之后突然挂断，只剩下了嘟嘟的忙音。

“邵佳恩？”他对着电话大叫一声。电话迅速断了，他再打过去那边已经关机了，他觉得头皮一麻，飞快地从沙发上弹起来冲出门外，正好和来他家找他的盛北辰撞了个满怀。

盛北辰猝不及防被他撞得差点摔在地上，站稳了之后疑惑地问他：“干吗？”

“我朋友好像出事了。”他一边说一边继续往车库跑。

盛北辰看他慌慌张张的样子赶紧跟了上来。

盛夏一边掉转车头加大油门，一边念念有词：“邵佳恩你这头猪挺住啊，你这是怎么了……”

坐在副驾座的盛北辰听到邵佳恩的时候突然转过头问他：“你哪个朋友出事了？”

盛夏拿出手机一边拨报警电话一边回答他：“邵佳恩。”

盛北辰愣住了，那些难以名状的情绪像潮水一样涌上来，他心跳剧烈得像要冲出胸膛，他被邵佳恩未明的情况和自己激烈的反应吓到了，看着车外不停往后掠过的灯光，他攥紧了自己的拳头。

赶到万芷路邵佳恩所在的安置小区，盛夏把车随便往门口一停就往里面冲。门卫室的大叔懒洋洋地问他：“你们来做什么的啊？”

盛夏一把抓住他：“邵佳恩住哪栋？”

大叔一副不耐烦的样子：“这么多业主，我怎么知道！”

盛夏觉得自己都要吐血了。

盛北辰掏出一包烟递给大叔：“大叔翻一下业主名单，邵佳恩、邵方安或者苏素都可以，请你快一点，她可能在你们楼道里出事了。”

看着大爷慢悠悠地翻着业主联系册，盛夏真恨不得掏出一把枪顶在他的脑袋上。

在盛夏快忍不住动手把大叔撂倒在地的时候，盛北辰按住了他：“大叔，两分钟内不找到，今天晚上就让你下岗。”

盛北辰的声音并不大却对大叔很有用，他飞快地翻动名册找了出来，9 栋。

盛夏在大叔话音落下的第一时间飞快地冲向笼罩在浓重夜色中的老旧小区，当他用力地推开门，看到邵佳恩蜷成一团毫无生息地倒在楼梯间肮脏的地板上，脑袋上的鲜血汩汩流出在她的头发下汇成一摊的时候，他觉得他的呼吸都要停住了。他冲过去一把将她从地上抱了起来往外面冲，盛北辰拦住他：“我来。”

盛北辰继续说：“你去开车，盛夏，你抱不合适。”

“我才不管，你去开车！”盛夏怒吼一声飞快地抱着邵佳恩冲了出去，邵佳恩你不要死，你的人生才刚刚开始，你不要死！

安静的病房里，邵佳恩的头上绑着纱布还在沉睡，失血过多的脸显得更加苍白瘦削。在医院门口被粉丝认出来的盛夏不得不先离去，盛北辰一个人坐在邵佳恩的旁边。他看见她露出被子的手，不像很多女孩子那样白皙细腻，她的手变得很粗糙，他想起刚才从医院门口抱起她的时候，她是那么轻，背上的骨头都硌到了他的手，她靠在他的身上，毫无意识，额头上的血不停地透过纱布渗出来，一点一滴，像是流在了他的心里，他突然觉得很心痛。

无论她曾做错了什么，岁月对这个女孩也过于残忍。他想起那天他问林珈仪的时候，林珈仪慌乱的样子，心里突然觉得很恐惧。如果一切都是错误，那么要如何面对这些可怕的过往？他忍不住伸手轻轻地抓住了她的手，她掌心的茧像是在向他宣告她这些年的苦难。他轻轻地摩挲了一下，正好被好不容易突破重围跑进病房的盛夏看到，盛夏马上嚷嚷了起来："你干吗你干吗，禽兽啊？她都晕倒了你还占她便宜！"

盛北辰很无语，放开了她的手。

邵佳恩还在沉睡，盛夏看着面无血色紧闭着双眼的邵佳恩，想到今天她差一点就没命了，他忍不住红了眼眶，又开始忍不住在心里问自己，如果那一天他下车了，如果那天生日他也在，今天的她还会不会这么可怜。他觉得这个想法都已经成了他的心魔，他无法淡定地自己风光去忽视这一次不应该的错过。每次看见她艰难地踽踽独行，他都恨不得能够立即陪伴她左右。

他也不懂，他对她的这种感情到底算什么，爱吗？他们真的没多少共同的过去，可是不爱，却为什么又总是对她这么牵肠挂肚？

年少的时候，对所谓缘分，他向来嗤之以鼻，可是等真正为邵佳恩心痛，为在高墙里的她深深牵挂，他突然真的相信这个世界上人和人之间是有磁场。

他也曾想过，如果那个时候真的下车了，他们两个在一起了，是会幸福地生活下去，还是大家在平淡的日子里开始互相嫌弃然后不欢而散。

可是这些都只是假设，嬉笑怒骂都没了机会，事实就是他依旧过得好好的，她过得那么惨。他觉得如果他是小王子，那么她一定是他的那朵玫瑰花，他没有保护好他的玫瑰花，她没有生活在玻璃罩里，风吹雨淋，让他心痛。

4.

邵佳恩悠悠醒来的时候已是清晨，她睁开眼，扑入眼帘的就是一室洁白。断片的记忆让她一瞬间没反应过来身在何处，等看清楚病号服和拉着她的手睡着了的盛北辰的时候，她更加迷茫了，这是梦？这是不是梦？阳光从盛北辰的背后洒进来，给他罩了一层金边，他睫毛很长很翘，鼻梁很高，他呼吸均匀，或许因为太过疲惫，他丝毫没有发现她的动静。

她看着他，没有动，一滴泪迅速地滑过了她的脸颊，被柔软的枕头吸了进去。她做过多少个醒来他就在身边的梦，梦醒时永远是一室凄凉。

多少个看守所里的不眠夜，她眯着眼睛看着头顶的透气窗，那些透气窗开在二楼民警巡逻用的走廊上，看不见云朵，也看不见飞鸟，看不见星星，也看不见月亮，她在向往着窗户外面的世界的时候，她无数次地幻想过她一觉醒来的时候他就这样守在她的旁边。

她想他，美梦噩梦里都有他，想得心都要痛出了一个洞，她才发现说爱他真的不是年少冲动，尽管是单方面，那也是她的初恋，她做过那么多的傻事，但是除了笨拙得不知道如何去爱，她其实真的没有做错什么，而他，等她质问他的那些话说出口，她发现，他其实也没做错什么。

因为从来没有注意过她，更不要提爱上她，所以他不会去深究那件事情的具体经过，不会去细想，不会不管不顾地只希望保全她。

或许后来的结果谁都没有想到，她年少冲动赌气一样认罪的时候，也没有马上意识到，原本那属于大学的，人生里无限美好的四年，却要挥别碧海蓝天，连站在星空下自由仰望都是奢侈的梦。

那四年的日子并不轻松，每个人每天都有很多活要做，她做得最多的工作是包书，一本书拿过来，塞到透明的封口袋里，封口。

人生那么美好的四年，她就像一本本书，被封口，封口，再封口。

她每天想想他，想初见的心跳，想再见的欣喜，想法庭上的绝望，想思念的痛苦，想着想着，终于有一天，发现其实一切不过这样而已。

她看着他的手，突然觉得很好笑，年少时她经常盛装打扮武装到牙齿去见他，他都不屑一顾，现在呢，他拉着她粗糙的手干什么，总不会是突然爱上她。

这恍如梦境的一室温情在盛夏回来的时候瞬间被打破，他刚从派出所做了笔录回来，一进病房一眼看见了趴在床边睡觉的盛北辰，关键的是盛北辰还牵着邵佳恩的手，他冲过去一把将他们两个的手分开。看见邵佳恩已经醒了，盛夏邀功一样马上表示："你昨天被人敲晕了那是我救的你！我刚才去派出所做笔录了，你不会以为是盛北辰救的你吧？大半夜的，我们没通知苏老师，方勤已经帮你给家里打过电话了，不过苏老师不好骗，她马上就要来了。"

邵佳恩如在梦中惊醒还是有点蒙，盛夏说："你昨天在楼道被人抢了，还被敲晕了，是我救的你……"

昨天晚上那恐怖的一幕慢慢地袭上脑海，额头的伤口仿佛也更痛了，已经醒来的盛北辰看见邵佳恩发白的脸色对盛夏说："行了，你怎么不带点早餐过来？"

"你自己出去吃吧。"盛夏没好气地说，"现在开始我自己在这里守。"

盛北辰站了起来，指了指邵佳恩："我是说带给她吃，那我出去买吧。"

"苏老师马上就要带过来了，我早就想到了。"盛夏坐在病床旁边的椅子上，开始绘声绘色地描述昨天晚上如何争分夺秒惊险万分地拯救了邵佳恩。邵佳恩感激地看着他，眼角的余光里，盛北辰高大的身影慢慢地走出了病房，拐个弯，就看不见了。

邵佳恩一夜未归，苏素睡得早竟然没有发现，一大早去邵佳恩的房间喊邵佳恩吃早饭发现房间里根本就没人，她吓得魂都要没了，飞快地翻出通讯录打电话给方洛洛才问出邵佳恩受伤住院的消息。方洛洛低声安慰她："阿姨你不要担心，她已经在医院里了，我们现在都在赶过去。"

她怎么能不担心，等她惊魂未定地拎着保温杯赶到病房的时候，正好看见帮邵佳恩倒开水的盛夏，她觉得她这一大早受的惊吓比她这几个月的都多，盛夏长大了也长高了，记忆里清秀调皮的小男孩变得十分俊美，但是，他怎么会在这里？

看着苍老了许多的苏老师，盛夏的心里其实有点难过，但是他马上切换对象向苏老师邀功去了。看着神采飞扬的盛夏，苏素的嘴角有了浅浅的笑意，这孩子还是以前的样子。

头部被重击，手机和钱包都丢了，万幸的是，除了轻微脑震荡偶尔想吐和额头上一个伤口流了太多的血人发虚，其他的并无大碍，医生建议住院一个星期，邵佳恩想到住院费心比额头还疼，但是无奈只能住下。

那个清晨之后她没有再见到盛北辰，倒是盛夏经常神出鬼没地出现，除了全程陪同的妈妈，让她意外的是除了方洛洛，方勤和张绮也买了花过来探望了她。这个案件在警方那边没多少进展，楼道里没有监控，那个小区又是鱼龙混杂，排查起来难度也大，大家都有点心有余悸，很久没被这么多人的关心，这让邵佳恩觉得很温暖，直到林珈仪的到来。

她穿着卡其色的风衣，脖子上松散地披着一条邵佳恩熟悉的格子围巾。邵佳恩有点意外，片刻之后，她就明白过来，她由盛北辰和盛夏送进医院，林珈仪怎么能按捺得住不来看看情况。她本无意理林珈仪，但是碍于妈妈在，不想让妈妈看出什么，她强颜欢笑，和林珈仪聊了几句。

看见林珈仪进来，苏素有点意外，她沉默地看着这个女孩子客套地和邵佳恩拉着家常。看着佳恩强忍着厌恶不想让她看出端倪而不得不应付林珈仪的样子，她的心一阵酸。

“珈仪，佳恩需要休息，你先回去吧。”送林珈仪出去的时候，苏素淡淡地提醒她，“适可而止，不要再来了。”

林珈仪清脆地笑了:“阿姨不要赶我啊，我和佳恩这么多年没见，很多话要说呢，以后要经常见面才好。”

苏素也笑了：“小小年纪天天活得像演戏，你累不累？”

林珈仪的脸白了白，想开口说什么被她打断了。

“烂船还有三斤钉，珈仪，”苏素说，“你是做得挺谨慎的，接下来要谨慎地过着才好呢，什么时候嫁给盛家那个傻小子，记得给苏阿姨送张请帖，得意不忘失意时，你自己下去吧，我就不送了。”

邵佳恩以为苏素什么都不知道，不想让苏素因为自己的冤屈而更加难过，在林珈仪来看她的时候，不得不强颜欢笑。然而，苏素知道的事比她想象的要早得多。

四年前林珈仪出国的前几天，林文峰和林珈仪来看望苏素。那个时候邵方安已经被抓了进去，林文峰正和盛父久别重逢，真正算得上是因祸得福，深得赏识。在邵父出事之后很快去了盛家做事，父女俩一起来邵家和她告别，林珈仪拉着苏素的手抹着眼泪说了很多贴心的话。

末了临走的时候，苏素送他们到楼梯口。父女俩走了大概十来级楼梯，林珈仪突然噔噔噔地跑上来一把抱住苏素大哭："苏阿姨，我舍不得离开你。"

苏素也忍不住鼻酸，这个几乎算是自己半个女儿的孩子很快就要到国外去不知道什么时候再见，她也忍不住流泪了。

林珈仪紧紧地抱住她，把嘴巴贴近她的耳边，用几乎听不到的声音说："人是我撞的。"

苏素震惊地看着她，都要以为自己是幻听了。她挂着眼泪的脸上却露着痛快的笑意："人是我撞的，我走了。"

苏素眼前一黑差点晕了过去，她不可思议地看着林家父女扬长而去，无力地坐在地上。

她真的恨不得冲上去杀了林珈仪，但顷刻间她明白了这个恶毒的女孩子的用意。

邵家大势已去，林珈仪就等着她自乱阵脚。她不知道这个女孩子为何会挟带着这么多的恨意如此恶毒，但是她深深明白无论如何不能落入林珈仪的套。

她第一时间和贺平律师说明了情况，但是没有用。

林珈仪她真的非常聪明，一切做得天衣无缝，如此一个完美的计划，就等佳恩往里面跳，加上不利的舆论，佳恩几乎毫无胜算。

然而这口气一咽就是四年多，她被监视居住，眼睁睁地看着林珈仪远走高飞，佳恩锒铛入狱。

人生如戏，她很少去回想自己是如何熬到了今天，她只知道她在这个世界上，还有一个和她一样伤心绝望的人需要她，那是她的孩子，她必须坚强地熬下去。

林珈仪看着苏素转身离去，直到她纤瘦的身影在拐角处消失不见，才回过神来。医院里触目可及的都是洁白，鼻子里都是消毒水的味道，其实，她讨厌这里，但是她阻止不了自己想来的心。她难以表达她听到邵佳恩遇袭住院，还是盛北辰送邵佳恩去医院的时候她震惊的感觉，这世界是怎么了？

她慢慢地走下楼，太阳很大，刚走出医院的大门她被阳光晃花了眼，等她慢慢地看到不远处的一辆熟悉的乔治巴顿的时候，她的第一反应居然是飞快地躲了起来。

乔治巴顿里，盛北辰坐在驾驶座，对周边的一切毫无察觉，他仰起头看着住院部的某一个窗户。

林珈仪知道他在看什么，那是邵佳恩住的病房，她看不见他的表情，但这一切却让她不寒而栗，那些失去的恐惧如装满毒气的气球被扎破，“砰”的一声笼罩了她。

{第六章}

无论快乐悲伤，我们都回不去了

1.

八岁之前的林珈仪，生活在福建南部一个叫木兰的小村庄，那里山清水美，那是她的家。那个时候，父亲对她来说是一个熟悉的称谓陌生的影子，爷爷奶奶在世的时候，他会在每年过年前匆匆出现，过完大年三十就会匆匆地离去，爷爷奶奶去世后，他连过年回家都省了。

妈妈常和她说，爸爸工作忙，爸爸这么辛苦都是为了她们。妈妈是木兰这个小渔村里那种最普通的家庭妇女，温柔贤惠，带着留守的孩子，思念着外出打拼的丈夫，在家做点手工赚点零花钱。

她们做得最多的是织毛衣，村东头的胖阿姨去服装厂领了针线和图纸回来，灵巧的妇女们就三三两两领了回去织，织好了再交给胖阿姨。林珈仪还记得，织好一件二十块。

妈妈经常织到半夜。爸爸赚得并不少，林家是村里第一个盖起三层小楼的，妈妈其实带带孩子日子就可以清闲地过下去，但是记忆里的妈妈从来没有停歇过，好像永远在拖地、洗衣服、做饭、织毛衣。

偶尔，她半夜醒来，客厅的灯总是亮着，灯下妈妈织毛衣的单薄身影，又倔强又孤独。

那个时候的林珈仪也不懂，为什么妈妈就像陀螺一样停不下来，直到长大后的某天，看到书里说后宫的女人为了打发那寂寞的漫漫长夜，经常扔一把钱币在地上慢慢拣，她突然明白了妈妈那些从不曾说出口的悲伤。

她知道爸爸做什么工作，尽管沉默寡言的妈妈和难得一见的爸爸从来没有告诉过她，村里爱八卦的妇女们经常眼带羡慕地看着她："你看看你穿得多好看，鞋子衣服真好，你爸爸在大城市给有钱人开车呢，一个人就养活了你们娘俩。"

那个时候的她不懂妈妈在最好的年华里守望爱人的孤寂，不懂病弱的妈妈对爸爸的思念，她只知道，爸爸在不在，其实并不影响她的快乐，她有爱她的妈妈、无数的小伙伴，她在木兰温暖潮湿的时光里，渐渐地出落得像小树苗一样清秀。

她家不算富裕，但是村里更多的人家里却只能算温饱，她那在遥远的S城工作的父亲虽然难得一见却倒也惦记着她们，经常邮寄来各种吃的穿的用的，用来表达他的牵挂。很多新鲜新奇的东西甚至在木兰县城最大的商店里都没有，这一切都让她的小伙伴们羡慕不已，她享受这一切，这些都让她满足且快乐。

她的童年记忆里，那微风吹拂下飒飒的果林，那吃不完的龙眼荔枝、黄灿灿的橘子、绿澄澄的杨桃、台风过后从高大的橄榄树上掉下的满地的青橄榄，还有后山那漫山遍野的雏菊花、退潮后的海边滩涂上那两只脚的跳跳鱼和被海浪冲上沙滩的小贝壳，还有两个钳子不一样大的小螃蟹、一起嬉笑打闹在木兰溪的小伙伴们天真真诚的笑脸，那是她温暖的全部。

她曾以为她会在这亚热带海风的吹拂下快乐地长大，像邻居的哥哥一样考上县里的侨中，每个礼拜骑着自行车去上学。

但她还来不及细细品味生活馈赠的这些甜，她的妈妈病倒了。

妈妈的病发作得又快又急，那天她放学回家，妈妈在厨房里给她煮饭，她坐在靠门口的小椅子上闻着厨房飘出来的阵阵饭菜香写作业，突然听见厨房里“咚”的一声之后夹带东西打碎的噼里啪啦乱七八糟的声响，她飞快地冲进厨房，只见脸色惨白的妈妈躺在厨房的地上一动不动。她惊恐地冲上去喊妈妈，妈妈却没有回应她，她惊慌地跑出家门在门外迷茫地大哭：“我妈妈晕倒了！”

乡下每家大门都是敞开着，她家的动静很快惊动了村里人，大家七手八脚地把她妈妈送进了县里的医院。

一番抢救后她妈妈的命捡了回来，胃溃疡导致的出血，流了几天血之后失血过多导致休克，人是醒了，但是苍白又无力地躺在了病床上。医生嘱咐一个星期内不能下床。一个星期不能下床，那谁来照顾她们？妈妈和林珈仪都傻眼了。

接到村支书电话的林文峰在第二天的晚上抵达了医院，他皱着眉头看着自己的老婆并没有多说什么。林珈仪看着陌生又熟悉的父亲，三个人一时间竟然无言。

林文峰只请了两天假，不能久留，他当即决定把她们带去S城治病。妈妈的脸上露出了久违的笑容，S城那是哪里啊，林珈仪有点傻眼，但是看见妈妈舒展的眉头、苍白却开心的笑颜，她也跟着开心了起来。

他们坐上了火车，她好奇地趴在大大车窗上看窗外不断掠过的风景，木兰离她越来越远。那个时候小小的她除了担心妈妈的病，并没有意识到，她从离开木兰的那一刻到她的二十三岁，归期未定。

猝不及防的别离，她甚至来不及和邻居家的哥哥说一声再见，来不及穿上她最漂亮的花裙子，带上她的洋娃娃。

他们抵达S城的时候已经是次日，短暂地在爸爸S城的房子里歇脚之后，妈妈住进 S 城的医院。

S 城是那么繁华，那鳞次栉比的高楼，那川流不息的车辆，那光鲜亮丽的人流，那是完全不同于木兰的宁静安逸，像海市蜃楼一样喧嚣繁华的存在。

但没有人关心她在想什么，她悄无声息地淹没在这个陌生的城市里，像一尾孤独的鱼。

爸爸还是那么忙，他空的时候就来医院陪护，更多的时间，他神龙见首不见尾。林珈仪和妈妈一起住在病房里，照顾妈妈。因为来了 S 城，妈妈的心情变得很好，病情恢复起来也很快，很快就可以回木兰啦，林珈仪很高兴。

直到那一天，邵佳恩全家出现在病房里。

他们来的时候，她正疲倦地睡着，等她听到说话声迷茫地醒来的时候，看到一个和她年纪相仿的小女孩站在她的旁边，一张粉嘟嘟的脸上一双圆圆的大眼睛正好奇地看着。

小女孩的头发高高地梳了起来，在头顶上扎成了一个花苞。

小女孩穿着一条牛仔的背带裤，看她醒来开心地笑了，对她伸出手，说：“你好，我是邵佳恩。”

她的脸羞涩地红了红，说：“我是林珈仪。”

她伸手去握邵佳恩的手，却看见自己指甲里的泥，她紧张得都快哭出来。相比她的窘迫，邵佳恩倒是落落大方。邵佳恩毫不介意地一把握住她的手，她听见美丽的邵妈妈笑眯眯地看着她说：“小林家的闺女很漂亮呢。”

她看到陪着他们进来的爸爸对他们三个人的态度，客气或者甚至说是恭敬更贴切，小小的她突然明白了过来，这就是大家说的“你爸爸在给有钱人开车呢”那句话里的有钱人。

可是他们看起来是那么和气，林珈仪暗暗地喜欢上了他们。

受到邀请去邵家的时候，林珈仪忍不住在心里暗暗雀跃，她有了在这个陌生的地方第一个朋友了。

她跟着爸爸坐上了汽车，这是她有史以来第一次坐小汽车，爸爸开车的背影是那么高大，去邵家的那条路，阳光从树叶的缝隙里投射过来，像破碎的星光一样迷离美丽，她忍不住对她的新朋友充满期待。

走进邵家像童话宫殿一样美丽的别墅里的时候，林珈仪紧张地看了看自己的手，还好，这次洗得很干净了。邵佳恩看见她很快地冲了过来拉住她的手：“我们以后是好朋友啦。”

人生若只如初见，如果没有后面的那些年，如果匆匆一聚就分开，那些日子，那梦境一样美丽的几天，那和木兰天差地别的新鲜与热闹，一定是她林珈仪人生里最美的回忆之一。

但是上天总是那么吝啬，给你一点甜，就得让你品品生活的酸和涩，哪怕你是一个不懂事的孩子。

2.

她像对待木兰的好朋友一样对待邵佳恩，两个人聊天，玩游戏，一起画画。相比乡下生活的自由和多彩，邵佳恩每日重复在钢琴舞蹈书法的日子显得那么无趣，邵佳恩家的园子里有一棵高大的杨梅树，正是成熟季节，红红绿绿的杨梅沉甸甸地结满了枝头，她看到树，不禁手痒，她说：“佳恩，我去帮你摘点杨梅吧。”

看着哧溜哧溜麻利地爬上树的林珈仪，邵佳恩露出震惊又羡慕的表情。她很快爬到树干上，摘了一棵杨梅放进嘴巴里，满足地闭上眼：“太好吃啦！”

她摘了杨梅往下扔给邵佳恩，邵佳恩怎么也接不住，杨梅一颗颗掉在地上摔扁，邵佳恩也兴起，学着她的样子往树上爬。

邵佳恩学过舞蹈，手脚也很麻利，很快爬到了她坐的树干上，两个人并排坐在树干上，微风吹拂，那鲜红的杨梅和翠绿的叶子的清香就在鼻端，两个人一颗一颗摘着杨梅往嘴巴里丢，正吃得高兴，只听底下一声尖叫，邵家的保姆阿姨发现了树上的她们，惊慌失措地大叫她们不要动，要去搬梯子救她们下来。

本来玩得兴高采烈的邵佳恩被阿姨一叫也吓白了脸，往下看了一眼高度越发害怕，摇摇晃晃着越坐越哆嗦。树下的阿姨看着抖得像筛子的邵佳恩也不敢走开了，她扯着喉咙开始喊人，喊声响彻云霄：“快来人啊，佳恩在树上啊！”

终于，在她的尖叫里，邵佳恩剧烈地一抖，滑了下去。林珈仪手疾眼快地去拉邵佳恩，但没来得及，她眼睁睁地看着邵佳恩摔到了树下的草地上。

邵佳恩“哇”的一声哭了出来，房子里急急忙忙跑出了好几个人朝邵佳恩的方向冲了过去，没有人理会还在树上的她，她战战兢兢地从树上下来，正好碰到匆匆跑进来的爸爸。

爸爸看着躺在地上哭得稀里哗啦的邵佳恩，看看自己刚刚从树干上滑下来的吃得一嘴巴都是杨梅汁的女儿，气不打一处来，扬手就给了她一个耳光。

那一巴掌打得又重又狠，她耳朵“嗡”了一下差点整个人摔在地上，嘴巴里弥漫着淡淡的血腥味，一边脸又热又辣，她捂着脸沉默地看着爸爸一把抱起邵佳恩冲了出去，眼泪在眼眶里不停地打转，她忍了又忍没有掉出来。

大嗓门的保姆阿姨余怒未消地看着她：“你这个野孩子，这是你们乡下吗？这里的树是你可以爬的吗？”

她真的很想穿越过时光，去抱抱岁月里那个孤独的小女孩，她捂着脸站在那个豪华宽阔的庭院里，没有人在意她的悲伤。

邵佳恩的手摔脱臼了，接好之后恢复得很快。好了之后，邵佳恩又高兴地找她一起玩，她却不敢像以前一样放肆了，爸爸那毫不留情的一巴掌让她接连几天嘴巴吃饭都痛，她忍不住哭着告诉妈妈，一向疼爱她的妈妈居然也责备她不懂事。

她不喜欢这里，自从来到这里，连妈妈都变了。她开始想念木兰，那一山一水、一草一木，她天天期望妈妈病好了可以快点回去。但是很快，她的希望落空了。当妈妈欣喜地告诉她邵佳恩很喜欢她想和她一起玩，邵家要帮她办转学，他们家托邵家的福，终于可以一家团聚的时候，她觉得天都要塌了。

她硕果累累溢满快乐和自由的木兰，她就这样回不去了吗？

城市里更好的教育、更好的医疗，能一家人生活在一起，对林妈妈来说，这简直是天大的喜讯，她对邵家感恩戴德，连看见邵佳恩都是谦卑到都要低到尘埃里去，林珈仪的心越来越沉。

邵家很快帮她办好了转学手续，爸爸租住的房子离邵家别墅很近，每天早上她和爸爸一起出门，步行到邵家，爸爸再去车库开车送她们两个一起上学。苏素经常送衣服鞋子给她们，给她，也给她妈妈。最初妈妈不好意思接受，苏素笑着告诉她："都是一些不合适穿的旧衣服鞋子，希望你不要介意。"

妈妈哪里会介意，就算是她们不合适穿的旧衣服不要的鞋子，对她来说也比那些镇上或者县里买的新衣服新鞋子更好，面料剪裁皮质永远是那么好。对这一切，妈妈很感激，也很满意。

林珈仪开始和邵佳恩形影不离，邵佳恩能歌善舞，字写得漂亮普通话说得标准，成绩好性格开朗，加上良好的家世，人生几乎是一路绿灯，所有的人看见她，眼睛里都是欣喜。

而她就像邵佳恩的影子，没有人注意到灰蒙蒙的她，她从农村来，没有良好的底子，学习非常吃力，每次成绩单下来都让她绝望。

她越来越沉默，她的人生被迫依附在邵佳恩的身上，在木兰时别人对她的那些赞美肯定再也没有在她的身上出现过，她越来越惶恐，越来越自卑。

她们同进同出，从同学们最初好奇"为什么你老是和邵佳恩一起走，你们是亲姐妹吗"，到最后"哦，原来你爸爸是邵家的司机啊"了然不屑的样子，她宁愿坐公交车或者在木兰骑自行车上学，也不愿意活成一道卑微的影子。

她明白，她也应该感激他们的，没有邵家帮忙，他们一家还是要常年分离，但她已经没有办法把邵佳恩当朋友，却又不得不和邵佳恩做好朋友。

那些怨怼在黑暗中就像毒蘑菇一样暗暗滋长，长满了她的五脏六腑压抑得她透不过气，她惦记那些在木兰的时光，她的山村和田野，她的温暖与自由。

她的成绩越来越差，似乎也没有人在乎，因为她和邵佳恩的友谊，她家的日子越来越好过，爸爸很开心，因为爸爸的开心，妈妈也很开心。她觉得她就像一个古代陪伴小姐长大的丫鬟，陪伴是她的本职，其他的都没有关系。

那些因为郁结而无法入眠的夜晚，她就想想在木兰的夜。那皎洁的月光，那镶嵌在如深蓝幕布一般深邃的夜空里的星星，还有那些发自内心的自由与快乐。

只是她明白，现在的她，再也回不去了。

时光跑啊跑，一晃八年过了，关于木兰的记忆变得越来越模糊，她们都长成了婷婷的少女。

这一年，邵佳恩碰到了盛北辰，林珈仪却要面对她十六年人生里最苦痛的一个劫。

这一年，妈妈的身体越来越差，有点油尽灯枯的意味，原本就不爱出门的妈妈更是整日蜗居在家里，一天天地消瘦下去。到了妈妈生日的前一天，似乎一生无所求的妈妈破天荒地对爸爸说，想去看一看西湖。

很少陪伴她们的爸爸想了想同意了，他们一家几乎没有一起出游过，这一次让母女俩都很兴奋。爸爸向邵父请了假，邵父大方地让他开车带她们去西湖玩。

他们一家在凌晨开车出发，林珈仪准备了很多零食，对这两天的短途旅行充满了期待。一向严肃的爸爸被母女俩满溢的幸福感感染了，也多了很多笑意。

抵达西湖的第一天特别开心，湖光山色分外美妙，坐了游船吃了小吃看了风景。一家人从来没这么亲亲热热地出来玩过，林珈仪觉得特别兴奋，她觉得这是她长这么大最开心的一天，就像回到了无忧无虑的木兰。

然而，一切的美妙在接到邵家的一通电话之后戛然而止，邵父突发阑尾炎被 120 送到医院做手术了。听闻消息，爸爸立马掏出钱给她们，让她们自己玩，自己开车回了 S 城。

望着爸爸驾驶的汽车绝尘而去，妈妈不断地安慰林珈仪说她们两个可以自己自由地玩玩，却无论如何也掩饰不住眼底的失望。

天渐渐地暗了下来，她陪着妈妈沿湖散步。

走到音乐喷泉附近的时候，妈妈似乎有些疲倦，母女俩在观景位置的椅子上坐了下来。

等待喷泉开启的时间里，妈妈轻轻地抓住她的手。

妈妈苍白瘦小的脸上溢着奇怪的潮红，她有些无力地说：“珈仪，你长大了，以后要自己好好地照顾自己。”

林珈仪咬紧了嘴唇，一种不祥的预感慢慢渗透了她的四肢百骸。

妈妈说：“我们珈仪以后嫁人，不要嫁像爸爸这么忙的人呢。”她的尾音虚弱地淹没在突然响起的喷泉音乐里，无数道水柱从湖面喷出来，在七彩灯光下像绚丽的烟花一样变幻着。

妈妈轻轻抓着她的手慢慢地、无力地松开了，整个人往椅子上一瘫，那塑料的靠背椅差点翻倒了。

林珈仪飞快地抓住妈妈，看着妈妈瞬间变成青白色的脸，她的眼泪喷薄而出，她肝胆俱裂几乎是凄惨地叫了一声：“妈妈！”

从林珈仪懂事开始，妈妈似乎一直就是在孤独地守候。

木兰的那些年，妈妈所有的青春在无尽的家务和毛衣的一针一线里悄悄流逝，她守着灯光，等待着丈夫偶尔回一趟家。

在S城的八年，她在这个偌大的城市里，依旧无助地重复过着一个个等待的日子。丈夫的时间几乎都是贡献给了邵家，连女儿林珈仪，都成了邵佳恩的伴读小书童。她一定明白自己已时日无多，于是想一家团圆地出游。

却不料在生命的最后时刻，她守候等待了一辈子的那个人，还是没有陪伴在她的身边。

她客死异乡，在最美的风景里死去，留下她恐惧孤单的女儿。

林珈仪无助地抱着渐渐僵硬的妈妈痛哭，她们一起从木兰来，为什么要留她一个人在这里？

她看着来参加葬礼的邵家一家人，绝望地笑了。佳恩啊，什么时候我们的人生，颠倒一下才好呢！

3.

林珈仪白色的玛莎拉蒂缓缓地驶入盛宅大门口的私人道路，门口的保安远远地看见了她一边飞快地把门禁打开，一边对她敬了个礼：“林小姐。”

林珈仪略一顿首，一踩油门，轻车熟路地往盛宅的车库开过去。

她早已不是当年唯唯诺诺隐忍又渺小的影子，过去那个悲伤孤寂的少女早已消逝在无声的岁月里，她长成一个成熟又美丽的女子，裁剪得体的衣服裹在她年轻美好的躯体上，长长的卷发像瀑布般倾泻而下，衬得她心形的脸蛋越发白皙动人。

这几年盛宅她来了无数次，却没有一次像今天这样心思复杂。没有邵佳恩的那些年，老天像突然开了眼，她想要的一切都扑面而来，她做梦都没想到她爸爸和盛北辰的爸爸有那么深厚的过往，与有荣焉，她如鸡犬升天，突然一夕似乎变成了真的白富美。

她曾惶恐东窗事发，没想到一切比她期待的还顺利，如有神助，平步青云。

盛家送她和盛北辰一起出国留学，近水楼台，盛北辰曾是邵佳恩人生里唯一的求之不得，她暗暗发誓要把从来对邵佳恩不屑一顾的盛北辰收入囊中，她沉着淡定不动声色，机关算尽却从未表露，她默默守候，岁月似乎终于要给她馈赠。他们两个之间从来不曾挑明，却似乎心照不宣，仿佛就再等一些时间，她的名字前面就可能冠了他的姓。

却不曾想到，邵佳恩回来了；更不曾想到，今天的盛北辰，仿佛和五年前的盛北辰隐隐不一样了。

他看着她的时候，眼波依然平淡似水，可是他看着邵佳恩所在的病房的时候，那眼里难以名状的东西，又是什么？

她感到强烈的不安，她从来没有曾想过从木兰出来爬上原本不属于她的世界去争夺，可是命运既然把她推到了这里，她只能认命地争下去抢下去，她早已经没了退路。

今天盛父在家，她拿起放在车后座的食盒里自己做的点心，打开车门下车，往盛家大宅走去。

盛北辰走进盛家餐厅，看到端坐在父亲身边的林珈仪他并不意外。过去那么多年，这样的场景重复了无数次，他从未有过什么感觉，但今天看到这张笑得柔媚端庄的心形小脸，却突然想起了邵佳恩，那苍白的脸无力地靠在他的身上，那双原本应该白皙细腻的手上布满了大大小小的茧子。

一顿饭吃得心不在焉，林珈仪就像淑女生产线出来的优质产品，轻声细语地和盛家父母、盛北辰说说话，不冷场，却无趣。

盛北辰突然想到很多年前邵佳恩在背后大声地问他："你为什么不喜欢我？"他没有回头，却知道她红着一张苹果脸气急败坏的样子。

他认真地想一想，以前的他似乎真的没有对她有过好脸色，她太聒噪也太无知无惧，令人厌烦，出了事情之后邵父护短的样子更是让他反感，他把她抛到脑后，远走他乡。如今命运又把她推到他的面前，一见再见，她高了也瘦了，昔日的天真活泼被忧伤内敛取代，她缥缈得像雾，却牵动了他的心。

各种零碎的思绪织成一张密密的网，他突然发现今天这些天他似乎满脑子都是她。

在医院的一个星期对邵佳恩来说简直是度日如年，每天早上送来的账单就像炸弹一样炸得她心疼，好不容易攒的一点钱就像流水一样哗啦啦地流了出去，她真是恨不得半夜偷偷跑回家。

住院第五天的时候，盛夏匆匆来看了下她跟她告别，他要去瑞士拍个广告，几天后回来。这些天他一有空就往医院跑，对她无微不至。

从他那依依不舍的样子，苏素似乎也看出了点什么，盛夏走后，她问邵佳恩：“你和盛家兄弟……”

“妈妈，那天只是巧合，你放心，我不会痴心妄想了。”邵佳恩淡淡地打断了妈妈的话。

苏素看着她淡然的样子如鲠在喉却不知道要说点什么。

当年邵佳恩倒追盛北辰的事情无人不知，他们做父母的也被邵佳恩的执着顽劣气得半死，但是后面这四年的劫难，却像一剂太猛的药，断了邵佳恩的念想也伤了邵佳恩的根本，想到邵佳恩天天要在盛家集团里工作，她隐隐地开始担忧起来。

操心钱不够用的邵佳恩根本没有想过妈妈担心的那些问题，好不容易医院批准可以回家，她第二天赶紧赶去上班。

意料之外，办公室的气氛不似平时的轻松，显得很压抑。张绮看着她，欲言又止。方勤把她叫到了办公室。

方勤眉头紧锁，先客气地问了邵佳恩的恢复情况。邵佳恩一一回答，她看着他凝重的表情，预感大事不妙。果然，方勤说的话马上验证了她的预感，他说：“佳恩抱歉，总部来函，建议辞退你。”

邵佳恩愣在当场，额头的伤口已经愈合留下淡淡未消的疤，这一会儿又抽痛了起来。她不知道该说什么，那种孤独无助的感觉瞬间将她淹没，她的眼泪就快涌了出来，喉咙又酸又涩。她听见自己艰难地发出声音问：“我做错什么了吗？是因为我请假了一个星期吗？这一次是意外，以后不会了……”

方勤摇摇头，似乎对集团要求劝退邵佳恩，他也很意外。

“佳恩，你一直做得很好，也不是因为你请假了一个星期，我今天收到这个通知也很意外，但是这个是总部的意思。”

邵佳恩站在那儿，方勤办公室的温度并不低，她却有点瑟索。她明白，方勤一直对她关照有加，如果不是方勤已经没有办法挡，他不会把她叫到办公室来和她说。她努力地让自己冷静下来，其实不用多考虑，她或许知道是为什么。

方勤的眼里有浓浓的疑惑，他并不是一个多事八卦的人，但是邵佳恩这样一个签着临时合同的非正式职工，盛北辰竟然亲自发函给他让他解聘，他真的觉得非常奇怪，想到那天她遇袭是盛北辰亲自给她请的假，去医院探望她的时候又在病房里碰到的盛夏，他心里的疑云越来越厚。他忍不住问邵佳恩："佳恩，你和盛总还有盛夏是不是有什么过往？严格说来，你签的是临时合同只归我管，集团总部人事部都不会管你，但是，今天盛总亲自发函，提出解聘，让你今天就离开，却给了丰厚的补偿，这个事情在我这里，史无前例，我也百思不得其解。"

盛北辰……邵佳恩只觉得自己的血往脑袋上涌，一瞬间头痛得要炸，盛北辰到底是多讨厌她，这样赶尽杀绝，难道还担心她会痴缠他吗？几年了，难道他心里的她还是这么愚蠢吗？

她谢过方勤，回到自己的位置上收拾东西。其实没没什么好收拾，属于她的东西是那么少，一个牛奶箱子都放不满。

张绮有点同情地看着她，她强忍着眼泪冲张绮挥挥手，抱着箱子离开了办公室。

快过年了，天气也越来越冷了，寒风直往脖子里面钻，邵佳恩抱着箱子往公交车站走，憋了很久的眼泪开始决堤。她疲倦地在路边坐了下来，忍不住趴在箱子上痛哭。

又要开始漫无目的找工作的日子，要如何和妈妈解释她突然间被开除，活着真艰难，像蝼蚁一样前行。她心中的怨怼越来越浓，忍气吞声退无可退，也换不来想要的安宁，她觉得她血液中那股不服输的基因在慢慢地苏醒。

她不曾作恶，为何命运如此弄人。

不远处的乔治巴顿里，盛北辰沉默地看着这一切，他紧紧地攥住了方向盘，拼命忍住开门下车去向她解释的冲动。那天，林珈仪走后，盛父把盛北辰叫进了书房。盛父毫不掩饰地直接要盛北辰尽快让邵佳恩办好离职离开宏盛的样子把盛北辰激怒了，他本能地反抗。盛父叹了一口气：“小辰，当年你们撞死的那个人的妻子，得了抑郁症，带着孩子跳楼了。”

盛北辰就像被迎头敲了一棍子，盛父看了看他，又说：“我曾答应你，会每年派人送点钱去，直到那个孩子长大，如今看来，这个承诺没有办法实现。我让他们调查了一下，抚恤金和我们每年送去的钱都被受害者的母亲、姐姐拿光了，受害者的妻子，这些年过得相当痛苦，就在前几天，带着孩子一起跳楼了，都没活下来。这一点，是我没有做好，爸爸很抱歉。”

盛父继续说：“当年你和珈仪都是参与者，尽管你们无辜，但终究有责任，我们一直在努力地压这个事情，不让媒体报道，但现在是全民媒体的时代，不是所有都尽在我们掌握中了。邵佳恩出来了，还进了集团，本来就是不应该的事情，她受伤，你抱着她去医院，如果这个事情被有心的人利用加以渲染，对你们都是莫大的伤害，对集团也会造成巨大的损失。”

盛父叹一口气：“小辰，宏盛早晚要全交给你，我不管你们当年是什么样的恩怨纠葛，现在又是什么情况，总之你需要决断需要快刀斩乱麻，你不仅代表你自己，你还代表我们整个宏盛集团，我希望你能想清楚。能让我放心。”

末了，他看着倔强不开口的儿子，拍了拍儿子的肩膀：“如果没有珈仪爸爸当年洪水里拼死相救，或许不会有今天的我们。当然，这个时代报答的方式千千万万，只是爸爸觉得珈仪是个不错的女孩，你需要一个贤内助。”

盛北辰想了很久，终于做出了艰难的决定。他并不害怕舆论会对他如何，他却很难想象，如今这样清苦孤独的她再一次面对这件事情的时候能否有勇气坚强面对。等这被尘封五年的不愉快的过往重新被深挖曝光于人前的时候，大家又该如何自处？而那扑朔迷离的过去，给他的心上也蒙了一层灰，他曾潇洒而去，而今却满心疑惑如铅沉重。

他想起她看向他的双眼，平静又冰冷，讥笑又嘲讽，他的心本能地哆嗦了一下。

4.

看着邵佳恩肿着双眼抱着纸箱子回到家里，苏素瞬间猜到发生了什么事情。邵佳恩讪讪着想开口解释，苏素却如释重负地说：“佳恩，这样也好，本来就不应该去那里工作的。”

其实邵佳恩很喜欢这份工作，但现在喜欢不喜欢都没有用了，事情已经无可挽回，所幸补偿还是很丰厚，也不至于一下弹尽粮绝。

盛夏一回 S 城马上去买了一部新手机，他抱着手机献宝一样跑到图书部的时候，却发现邵佳恩的位置上没有人，他无视一堆看见他少女心都要炸裂的女员工，上楼去找方勤。

方勤正在审进度表，一看到盛夏进来他头都痛了。盛北辰莫名其妙地开了邵佳恩，留下刚开头不久的剧本还要找人接，他已经烦得不行了，这还来一个盛二少，但是盛二少哪里是好打发的主儿，不同上次的婉转迂回给整个图书部谋福利，这次他直接多了：“邵佳恩呢？”

方勤瞬间无语了，他真的搞不懂这两兄弟和看起来沉默寡言老实巴交的邵佳恩有什么千丝万缕的联系，但是也不要这样把他夹在中间往死里整啊，一个一天帮她请假，他正在揣摩这是什么情况没两天就发函来要求解聘她，另外一个莫名其妙开始喜欢往这里跑，你们盛家把人开了现在问我要人！方勤也没好语气：“我怎么知道她在哪里，前几天盛总把她开除了。”

“What？”盛夏觉得自己的耳朵一定出了问题，他露出不可思议的表情问方勤，“你说什么？”

“盛总毫无理由发函来建议我劝退邵佳恩，留下一堆烂摊子给我收拾，还有倒霉的邵佳恩，估计回家哭去了。喏，这是她代林珈仪写的剧本，刚开了个头就被解聘了，我现在在找人接呢。”方勤忍不住向盛夏抱怨。

盛夏愣住了：“邵佳恩还会写剧本啊，我以为她在这里打杂呢，真不错……”

方勤无语：“不错什么啊，不一样还是被劝退回家了……”

盛夏这才反应过来，他心里的火苗腾腾腾而起，他觉得他的小宇宙都要爆发了。他忍不住怒吼：“盛北辰他有病吧，邵佳恩在这里碍着他了？”说罢“嘭”的一声摔门而去。

方勤觉得他的神经病都要爆发了，这都是什么破情况。

盛夏怒气冲冲地冲到三十楼盛北辰的办公室，盛北辰正一个人站在玻璃幕墙旁看远处的如黛青山。

盛夏毫不客气地推门而进，那腾腾杀气让门口的一秘二秘都不敢吭声，他看着盛北辰的背影气不打一处来：“你装什么深沉呢，你凭什么把邵佳恩给开了？我就不应该让你和我一起去救她，你有病吧你！这么大一个集团这么多事你不够管，管到图书部一个小员工身上去了？”

盛北辰的眉头皱了起来，他转过头冷冷地看着盛夏：“怎么现在有兴趣管集团的事情了？”

盛夏冷笑：“盛总好兴致，当年袖手旁观远走高飞，现在赶尽杀绝，你吃饱了撑着了吧，邵佳恩在图书部碍着你了？”

“不该你管的事情你别管，以后你也和她少接触，你会害了她。”盛北辰头都痛了。

“我要和谁接触你管得着吗你？我家老头子都管不了我你就别在这里拿着鸡毛当令箭了，你管好你家那个装腔作势的林珈仪好了，续集都不会写还要邵佳恩写，装什么状态不好，我看第一部也是抄的吧！”盛夏越说越火大，连带林珈仪一起拉进来奚落。

盛北辰也怒了：“你什么都不知道不要在这里胡说八道，快点回去，这是办公室不要在这里瞎闹！”

盛夏跳起来：“我什么都不知道？你以为啊！我什么都知道，佳恩当年在哪个看守所哪个监狱哪个房间哪个床位吃的什么做的什么每天睡几小时工作几小时病了几次转了几次房间我全都知道，是你什么都不知道！你们三个人，为什么是喝成那样的她开车？为什么你们两个好好的，她那么惨？你带着一个白眼狼一起去留学还当宝贝稀罕着，那林珈仪当年像佳恩的跟屁虫似的，现在邵家落难直接装陌生人，邵佳恩比她好一万倍！不就把佳恩开除了，有什么了不起，她想工作我去给她找工作，她不想工作我去养着她去！你以后再欺负她我就对你不客气，你是我堂哥又怎么样，不就比我早生了几天，你做的事情，配当我哥吗？”

盛北辰震惊地站在那里，他被盛怒之下的盛夏说出的那些他不知道的过往震惊了。

看到盛北辰异样的表情，盛夏突然后悔了，贬低林珈仪夸赞邵佳恩，万一盛北辰后悔了和他抢邵佳恩怎么办？当年邵佳恩可是喜欢过盛北辰的，有点危险。他突然觉得自己有点脑残，邵佳恩从盛北辰这里离开不是挺好的，省得以后对盛北辰旧情复燃他还要拼命去抢……他赶紧改口：“算了算了，开除就开除了，她确实没什么能力这里也不怎么适合她，你家林珈仪挺好的，早点结婚吧，爷爷奶奶都等着抱孙子呢，我走了。”

盛夏开着车风风火火地赶到了邵佳恩所在的小区门口，看着副驾驶座上放着的新手机盒，他一时有点不知所措。盛北辰开除了她，他来给她送一部手机，他会不会被她用扫把打出门？家门不幸，怎么有这样的兄弟，害得他在这里畏首畏尾。

正在瞻前顾后，突然，他的手机响了起来，邵佳恩！

他激动万分地接了起来，本来想说“我还想找你呢”，一开口就变成了：“你给我打电话干吗？”

邵佳恩语塞，盛夏恨不得抽自己一嘴巴，平时自己以嘴皮子溜颜值正称霸江湖，怎么这会嘴巴跟抽筋似的不听话。

“呃……我就是想和你说声谢谢你那天救了我，哪天你有空了我请你吃个饭可以吗？”邵佳恩有点尴尬。

邵佳恩居然要请他吃饭！盛夏真是激动死了，他想一口答应，又怕自己看起来好草率的样子让邵佳恩对他的印象不好。他假装思考了一下说："小事一桩不用放在心上，改天我请你吃饭，不过我要先安排一下时间。"

"好的，等你什么时候有空了告诉我，我请你。"邵佳恩一边说一边从公交车上下来往小区门口走。

盛夏好想说我现在就有时间啊，又赶紧忍住，他说："好的，到时候联系你……"他美滋滋地靠在驾驶座上，到底说晚上有时间好呢，还是明天有时间好呢，脸上的笑意还来不及收起来，突然看见邵佳恩惊讶地站在他的车前，电话里她疑惑的声音传过来："呃，我好像看见你了。"

盛夏崭新的路虎停在这个基本都是电动车进出的老小区门口十分打眼，刚从公交车站走过来的邵佳恩几乎一眼就看见了。

看到邵佳恩就站在车旁，盛夏瞬间脑子都打结了，呃，这都是什么事啊，真是太尴尬了啊。

他赶紧下车和邵佳恩打招呼。

邵佳恩也很意外："你怎么在这里啊？"

故作矜持结果被抓个现行真是太丢脸啊，但盛夏是谁啊，他瞬间反应了过来："是啊，正好路过……"

他打开副驾把那个新手机拿了下来："那个……我抽奖抽到了一部手机，你的手机正好摔坏了，这个给你用吧，我也没有用……"

邵佳恩晃了晃手里的新手机："嘿嘿，谢谢你啦，我刚买了一部。"

这下轮到盛夏傻眼了，速度太慢，马屁没有拍上，但也不能拿回去不是。他一把把盒子塞给邵佳恩："那给苏老师用吧，不然我得扔了，我才不要。"

邵佳恩抱着手机盒子有点不知所措。盛夏想了想："邵佳恩，你不是要请我吃饭，那今天我去你家吃饭吧。"

"啊？"邵佳恩怀疑自己听错了，"那个，我们去外面吃吧，你想吃什么我请你。"

"你工作都没了还请我吃饭，我们还是去你家吃吧！"盛夏很是坚持。

邵佳恩有点尴尬："我虽然被开除了那什么，我有补偿啊，不少钱呢。"

盛夏也很无语："那你留着用吧，去你家吧去你家，正好看看苏老师。"

"我妈今天今天不在家……"邵佳恩没有撒谎，妈妈有事回老家去了。

盛夏有点傻眼："那你吃什么啊？"

"我本来打算煮面吃。"邵佳恩老实地回答。

"那我们一起吃面吧，我最喜欢吃面了！"不等邵佳恩拒绝，盛夏赶紧把他塞进车里，把车开进小区。

盛夏在邵佳恩楼下找了个地方把车停了，两个人一前一后地上楼去，楼道里碰到正下楼的经常和妈妈一起去买菜的邻居阿姨，她饶有兴趣一脸八卦地盯着盛夏看，随口问邵佳恩："佳恩啊，这是带男朋友回家呢。"

邵佳恩脸一红正要解释，盛夏笑嘻嘻的："是啊，阿姨好。"

邻居阿姨突然一拍楼梯扶手："你长得很眼熟呢，像那个什么明星……"

邵佳恩惊出一身冷汗，盛夏笑眯眯的："是啊，都说我长得像个明星，回见啊，阿姨，我们走啦。"

盛夏拉上邵佳恩赶紧跑，他真是魅力无边啊，在这里也能被认出来。

邵家和当年的邵家已经不能同日而语，但小小的房子布置得十分温馨，半旧的白色家具擦拭得干干净净，亚麻布艺的沙发，格子窗帘，白色的茶几上放着一个木制小茶盘，上面放着一个玻璃茶壶和四个玻璃杯，透明的茶壶里一朵大皇菊在水里热烈地盛开着，邵佳恩看着正准备拖鞋的盛夏说："家里有点小，你直接踩进来吧，不用脱鞋子，我家没有男士拖鞋，你先去沙发上坐一下。"

盛夏知道她父亲的事情，但听见她说家里没有男士拖鞋的时候心里还是难过了一下，他可以想象她们这些年的孤苦与绝望。

邵佳恩没有察觉出盛夏的情绪，她一边阻止盛夏脱鞋一边去洗手给盛夏倒菊花茶喝："这个皇菊是我之前的江西同事送我的，蛮香的，你喝下看看。"

盛夏坚持脱了鞋子，穿着袜子踩在地板上。

邵佳恩赶紧放下水杯，放了一双自己的拖鞋在他面前："要不你穿我的拖鞋？"

盛夏低头看了看粉红色的卡通小兔拖鞋，觉得他头顶有一排乌鸦飞过，最多 37 码吧，宽度估计正好够他塞几个脚趾，他本来想拒绝的，又突然恶作剧一样把脚塞进去走进客厅："嗯，我觉得挺适合我的。"

"你先坐一下，你随意啊，我去看看有什么可以煮面的。"邵佳恩一边招呼盛夏一边跑去厨房去看。

盛夏的嘴角越扬越高，进展得蛮快的，居然都可以到她家了吔。

"盛夏，你吃香菜牛肉面还是番茄鸡蛋面？"邵佳恩在厨房问在客厅的盛夏。

盛夏端着水跑过去站在小小的厨房门口，邵佳恩正蹲在冰箱前面看里面有什么，看见盛夏过来，她笑着问他："吃什么？"

那抹笑在她清秀的脸上像花朵一样绽开，盛夏不禁心里一动，他假装若无其事地喝了口茶说："香菜牛肉。"

邵佳恩熟练地洗菜切肉，她用一个锅烧水，另一个锅烧热后往里倒进一点油，生姜切末扔进去爆香，人间烟火的香气就这样袅袅地溢了出来，浓重的幸福感像香味一样溢满了盛夏的心。

他靠在厨房的门框那里，如沉溺般地看着忙碌的她，仿佛就怕一眨眼，重逢又是梦一场。

佳恩啊，你不会知道，这一刻我盼了多少年。

{第七章}

○

他依然是王子，她却已不是公主

○

1.

接到林珈仪的电话邵佳恩并不意外，现在的宏盛就是林珈仪的天下，打听她的电话号码对林珈仪来说简直易如反掌。电话里，林珈仪问她或者说是命令她更合适：“下午一起出来喝个咖啡，有事情和你谈。”

林珈仪找她摊牌这事她早就料到，不把她赶尽杀绝就不是今天的林小姐了。原本她只想安安静静地忘记过去重新开始生活，但是她发现不行，生活给了她那么多磨难，她还是有太多没有学会的东西。人性里的恶，她吃了这么多的亏，还是体会得不够深。但是她并不惧怕，纵然今天的彼此已经势如云泥，她手里也并非没有筹码。

咖啡厅三楼的VIP包厢，邵佳恩到的时候林珈仪已经在等她了。

她推开包厢门的时候林珈仪很开心地站了起来，对她挥挥手：“佳恩，你来了。”

邵佳恩认真地看了一下这个从童年到少年时的玩伴，从眼角到发梢，哪里还有一丝以前的样子。岁月里那亲密无间的两个女孩，虚无缥缈得像自己的错觉。

她在林珈仪对面的座位坐下，林珈仪也坐了下来。

林珈仪似乎想表达出友善，拿出一个牛皮纸袋放在桌子上轻轻地推了过来：“佳恩，这里是十万现金，你现在没有工作手头应该比较紧，你先拿着用。”

邵佳恩看着林珈仪，没有说话，也没有动。她再单纯，也不会觉得林珈仪是来雪中送炭的吧，不落井下石就算林小姐仁慈了。

她盯着林珈仪的眼睛，面无表情地看着林珈仪。

林珈仪在她的目光下败下阵来，图穷匕见，深吸了一口气："佳恩，你答应我离开这里到别的城市去生活好吗，我会给你安排好一切的。"

邵佳恩觉得有点好笑，这里是她的家，她生于这里，长于这里，连坐牢都在这里，她只想过在这个城市里一点一滴一步一个脚印慢慢爬起来，却从来没想过离开这里，凭什么她要离开这里？

她还是没有说话，眼睛看向窗外。天阴下来，窗外风推搡着树干，树枝摇曳，尘土和树叶随风飞舞。林珈仪看着她默不作声的样子有点着急，轻轻地叫了她一声："可以吗，佳恩。"

邵佳恩转过头来看着她，笑了笑："我怎么舍得你们？"

"佳恩，我也不给你绕弯子了，你也明白无论如何，你都回不到过去了，你、我、盛北辰，或者盛夏，再见面对彼此都不好。过去的已经过去了，无论怎么样都回不来了，我知道你恨我，但是你不觉得这是命运的安排吗？一切都是那么巧合，你就当冲着我们那些年的感情成全我一把，你离开这儿，你选一个城市和你妈妈一起去，选好了你告诉我，我给你们安排好，什么都给你们安排好，只要你不再出现在这里，你也可以重新开始。"

林珈仪的嗓音很甜美，表情也是那么热切真挚，她的话一字不落地飘进了邵佳恩的耳朵，邵佳恩觉得自己简直在听世界上最好笑的笑话。林珈仪几乎毁了她的一切，怎么敢还和她说感情？

她怒极反笑，声音有点凄厉："林珈仪，你怎么有脸和我说感情？

你怎么理解‘感情’两个字？你来S城，就是为了掠夺吗？我邵佳恩此生最后悔的事情就是当年可怜你让你留下来，但是你想把我从这里赶走，你在开玩笑吗？”

她觉得她血液里的那些不服输坚强乐观倔强都被这张无耻的嘴脸刺激得觉醒了。

林珈仪看着邵佳恩冷峻的脸有点心虚。太多年了，她一直在邵佳恩的鼻息下成长，她看着邵佳恩，就是本能地觉得压抑，无论现在的邵佳恩有多落魄，她有多风光，她还是从心里莫名地惧怕邵佳恩。她好不容易鼓起的勇气似乎有些泻了，她深深地吸了一口气：“佳恩，我知道你恨我，但是，佳恩，当年你就不应该让我留下的，你带我开阔了眼界，见识了你的世界，我却只能浅浅观望，我穿着你的旧衣服，过着为你而活的没有自由的日子，难道今天的一切，不是老天补偿给我的吗？”

“林珈仪，这么多年了，我为你找了无数个理由帮你开脱，说服自己有朝一日看见你的时候不要一刀捅死你，我以为你会愧疚，我以为你只是因为害怕而不敢承担，不敢站出来，看来我真的想太多，旧衣服？你何时穿过我的旧衣服？那个时候我妈妈给你们买衣服鞋子，是不想让你们觉得亏欠所以和你们说那是旧的，没有一件是旧的！”

林珈仪似乎沉浸在自己的世界里完全没有听进邵佳恩在说什么，她不死心地强调：“我不是让你白走，我会帮你打点好别的城市的一切，你相信我，你离开这里你会过得更好。”

暖黄灯光下她的脸因为激动而微微涨红，邵佳恩打断了她：“林

珈仪，那我是不是得谢谢你？”她讥笑地说，“林珈仪，我是不是还要恭喜你，写的剧收视率飙红，捧红了几个新人，连盛家都对你刮目相看？”

林珈仪的脸白了白：“你想说什么？”

“我在恭喜你呢。”邵佳恩的眼里满是讽刺。

林珈仪的呼吸急促了起来：“你到底想说什么？”

“真是好才华，当年我怎么没看出来，一本小说都看不完的你也写得一手锦绣文章？士别三日，当刮目相看了。”邵佳恩冷笑地看着她。

林珈仪谈判的气势全无，她有点惊慌，她觉得自己有点失败，酝酿了那么久，还是败在这个目光下。她假装看咖啡杯，努力地保持镇定：“我就当你是恭维我了。”

“呵呵，珈仪，百密一疏，当年车祸之后，我们被口头传唤，警察把我们身上的东西收走放在各自的档案袋里，后来，你们被释放回家了，我被送到看守所。然后呢，你把我的东西一起带走了，包括我存稿子的U盘，和我的笔记本电脑。你根本就没把我的东西交给我妈妈，当然，你要是交了，你的剧就交不出来了吧。”

“都是过去的事情了，时间太长了，我已经忘记了。”

林珈仪惊慌地试图打断邵佳恩，被邵佳恩阻止了：“你当然巴不得所有的人都忘记，可是，我不会忘记，我会一天比一天更清楚，你是怎样毁了我的人生抢了我的东西。我的电脑你早已经毁了吧，我写的稿子也变成你的了，而且，现在是全世界都以为那是你的，

2.

比起刚出来时候的迷茫与彷徨，现在的邵佳恩显得淡定了许多。脸上那因为久不见阳光的苍白已经褪去，眼神也没那么怯懦空洞。

知道她失业，盛夏很热情地邀请她去当他的助理。他哪里会缺助理，她知道这是他的照顾和抬举，但她还是在感谢了他之后拒绝了他。盛夏毫不掩饰地表达了他的失望。

她或许隐隐感受到盛夏对她的善意，她却越发清醒冷静，他是她攀不起的星辰，她也曾来自高山大海，如今却从云端跌落，她也曾和他有着一样的气息，却最终淹没在滚滚红尘。

在医院知道盛夏是妈妈的学生之后，对这个三番五次帮助过自己表达过友好的哥哥，她是感激崇拜的，拥有这样的一位朋友她非常高兴，但是非分之想，她不敢有。

如果当初，不对盛北辰有非分之想，今天的她，就不会这么辛苦。

盛北辰干脆利落地把她从宏盛解决了，补偿金给得倒是很丰厚。想起之前四处投递简历，连当服务员都没人要的经历，她放弃了这种漫无目的的找工作路，她想起上班的时候办公室的女孩子们经常在微信上叫甜品外卖，那些奶油蛋糕、曲奇饼干、酸奶等价格卖得很高却因为是私房制作用料讲究味道好深受欢迎，而制作并不难。邵家没有没落的时候，她和妈妈经常在周末DIY各种小甜品，对甜品制作颇有心得。和妈妈还有方洛洛商量之后，她决定去开一个以送外卖为主的小小甜品站。

确定之后她就开始找店面，外卖为主的店里两三张桌子就可以，不用太大，她很快在小区外面的临街商铺租到了一间小小的店面。租金合适，店面不大楼间距很高，有个小小的阁楼，她很满意。

盛夏跑来参观了之后下巴都要掉下来了："你要开店？"

邵佳恩点点头："是啊，我要开店。"

盛夏硬生生地把"等店倒了你还是来当我助理"这句话咽了回去，他怕被踌躇满志的邵佳恩打成猪头。

不过，既然已经来了，他还是帮邵佳恩一起出谋划策，他很快联系到了一个做装修的朋友，对方也是硬生生地把"您老怎么会有这种闲情雅致在这种小到转身都困难的店里出力"这句话憋在肚子里，客气地给邵佳恩一个好价格。

一切比想象中的要顺利得多，装修紧锣密鼓地展开了，方洛洛载着邵佳恩到处采购材料，到最后一步确定店名印名片做招牌的时候，大家各持己见毫不相让。

最后盛夏胜出，他说："不要选啦，就叫栗子私家烘焙吧，我喜欢吃栗子蛋糕……"

邵佳恩无言以对，方洛洛色令智昏毫无原则地支持盛夏去了，栗子私人烘焙就这么开张了。

比起邵佳恩，苏素的甜品手艺更胜一筹，主要负责制作，邵佳恩则身兼多职。宅在家很久的方洛洛仿佛也在栗子私人烘焙找到了人生方向，她表现出了极大的热情，像个白工一样鞍前马后任劳任怨，宣传名片印好后，每天上午和邵佳恩两个人就去附近的写字楼小区门口派发。

和预想的一样，店里并没有多少人来，但是微信和各个外卖平台上很快有了订单。

邵佳恩负责接单统计，每天下午三点统一送货，生活似乎又表达出了隐隐的善意。这种新的开始，让邵佳恩很满意。

那天盛夏在办公室里丢下的那些话，在盛北辰的心里无异于七级地震。当天他就让杨特助悄悄地查一下当年车祸的始末，他直觉地觉得很多事情远比他想的更复杂。回馈来的消息里，当年的过程一如他知道的一样简单，邵佳恩无证醉驾撞人致死，情节恶劣。他细细翻阅着杨特助交上来的材料，看到她被刑拘，认罪，坐牢，心中五味杂陈。

从现有材料表面上看似乎没什么问题，但看到当年林珈仪的爸爸林文峰大义灭亲实名举报邵方安的时候，盛北辰还是脊背一凉，太过巧合的事情，总是隐隐地让人觉得可怕。越往下看，再看到邵方安被羁押五个月后心脏病突发在看守所病逝，他觉得喉咙就像被一只无形的手扼住了。他不敢想象，这几年邵佳恩是如何熬了过来，他觉得他现在的心和思绪有很多被邵佳恩牵绊，她那委屈讥笑的脸，经常在他的脑海里浮现，他真的很想拨开落满尘埃的层层岁月，去看一眼他不该混沌的当年。

他真的很想知道，他又真的很不想知道。他不敢想，如果有一天看到当年的一切都和当年以为的不一样的时候，他要怎么样去面对那张淡然清瘦的脸。

他不明白当年的自己为什么那么草率那么想当然，他翻到一张档案，是当年负责邵佳恩案子的律师，贺平。他拿出手机，直接拨通了贺平的电话。

盛北辰和贺平约了时间之后直接开车去律师事务所找贺平，事务所所在的写字楼一楼有个咖啡厅，两个人就约在那里见面。

盛北辰客气地表明了自己的身份以及自己的疑惑和彻查这件事情的决心。这个案件，当年邵佳恩万念俱灰直接认罪抗拒全世界的样子，成了贺平这些年的一个心结，他也挺直接地回答：“我一直觉得这个案件是有问题的，但律师还是要用证据说话，当年掌握的证据并不多。”

“贺律师指的案件的问题是什么？”盛北辰若有所思。

贺平略一沉吟：“我当年刚和我当事人见面的时候，她第一次和我还原案发经过，她情绪激动，对被羁押难以理解，一直在强调，不是她开的车。那个时候她才十八岁，我的直觉和本能相信她不是撒谎，当然，我们是法律工作者，一切还是要讲证据。”

盛北辰的脑袋“嗡”了一声，脸色骤然一变，他看见贺平停在那里，他问：“那后来怎么会有那样的一个结果？“

贺平显得有点无奈也有点尴尬：“盛先生您应该知道的，当年您和另外一位当事人林小姐的证言也是她被公诉的关键原因之一，我不知道您今天找我的目的是什么，但我也是知无不言。这个案子虽然过去了很多年，但是一直成为我的心结，她回来有一段时间了，上次在办公室碰见她来送甜品，看上去精神不错，我才觉得稍微松了一口气。”

盛北辰觉得自己的心在一点一点地沉下去，他看着贺平：“谢谢你贺律师。”

贺平笑了笑，站起来和盛北辰握了个手：“那盛先生我回办公室了，我们再联系。”他顿了顿，“盛先生，当年她在里面的时候，我每一次去会见，她第一个问的就是你，关心你甚至超过她的父母。最近她每天三点多，都会来我们楼里送甜品，她开了个私人烘焙店，手艺不错。”

盛北辰客气地对贺平笑了笑以表谢意，贺平拿起外套离去。

看着贺平的身影慢慢地消失在大堂的尽头，盛北辰的目光转到了门口，他低头看了一眼手表，快三点了。

果然，没等多久，他就看见她了。她从自动门走进大堂，她还是那么瘦，及肩的头发梳了起来，在头顶扎了一个花苞，宽大的黑色羽绒服和一条大大的毛线围巾几乎把她整个人都裹在里面，她背着一个比她人都要宽的红色保温包，有点吃力地往电梯的方向走。

她并没有看见他。他的目光随着她的移动而移动，他想起第一次看见她，她也是这样高高地盘着发髻，没有像现在这样被风吹乱的碎发，那个时候的她精致又骄傲，站在香槟塔前身上仿佛有光芒流动，他从不曾承认，她其实曾经吸引过他，那日的地震，楼板摇晃的那一瞬间，他几乎是毫不犹豫地拉起她的手就跑。

只是后来真的太不美丽，她不会知道，他们全家去拜访他家之后，他父亲给他的第一句话就是要和这个女孩保持距离，她才十六岁，如果真的有感情纠缠，能长长久久自然是两全其美，一旦出了问题就是两败俱伤。他也只是初见惊艳，再见已经全无好印象，自然应从了父亲的话。

但是他盛北辰，从来没有想到，她的人生会因为他，变成这个样子。

事发那夜，他们曾同乘一辆车，灾难过后，他还是像王者一样活着，享受名利与地位、尊荣和财富，想要的一切都稳稳在手。而她，所有的灾难都像毒蛇一样冲她而去，她的人生翻天覆地，今天的她除了自己和饱受打击的母亲已经一无所有，她背负着看起来比她还宽的大箱子，肩负着生活的重担，踽踽前行。

3.

随着烘焙店的外卖客人越来越多，各种要求也是层出不穷，点单巧克力转印蛋糕和韩式裱花的越来越多，按利润来看，这两个类型都是很可观的，但是偏偏这两个邵佳恩和苏素都不会。方洛洛托了同学打听到邻市 H 城有个甜品大师周末要开一班为期三天的培训班，三天结束正好就是大年三十，大家都要放假过年了，想参加下一轮不知道要等到何时，过年过节又会有很多订单，方洛洛赶紧帮邵佳恩报了名。

来学甜品手艺的大多是年轻的女孩子，三天时间在友好融洽的气氛中一下就过了，最后一天，女孩子们一起聚了个餐互相留了微信。散伙后，邵佳恩从饭店出来，同伴们要去 KTV 唱歌，她急着第二天一大早赶回 S 城就先告辞了。她独自走回酒店的时候，却被冬天的第一场雨夹雪浇了个正着，雪籽在她头发上融化冻得她够呛，她赶紧跑回酒店洗了个热水澡，但是已经来不及了，躺到床上，头开始痛了起来，整个人一会儿冷一会儿热，想喝水又浑身软绵绵的，动弹不得，辗转反侧中，煎熬地睡了一个晚上。

迷糊之中她有点自嘲地想，人真的很奇怪，在里面的时候，洗冷水澡喝自来水吃得差睡得差反倒是很少生病，回来了日子过得好起来了，反倒一场雨就把她浇成了这个样子。

第二天一大早她昏昏沉沉地起床收拾东西赶去汽车站，S 城和 H 城三个小时的车程，她正好可以去车上睡一觉。

浑浑噩噩地买了票上了车，车上明明开着暖空调，她却觉得冷得要命，她无力地靠在车窗上，从来不晕车的她却有想吐的感觉。

一定是病了，熬一熬，三个小时后就到家了，这是出来之后和妈妈过的第一个年，虽然家里只有她们两个人了，母女俩还是准备了不少年货贴了春联。她整个人发软，回家的心情却很迫切，就在这奇怪的感觉里，她沉沉地睡去了。

直到车“吱”的一声停了下来，她差点吐了出来。她根本就没力气睁开眼睛，听到坐在她旁边的大婶说：“哎哟，我的天哪，怎么停下来了啊？啊，堵车了啊，大过年的怎么能堵车呢！”

她心里更加着急了，却没有力气搭腔，只能无力地靠在座位上，快点开车啊。

盛北辰看了看车前和车后的汽车长龙，把收音机切换到了交通频道，已经堵了一个小时了，他去 H 城办事赶回来过年，却没想到这个时间被堵在高速上，车龙越来越长，前后左右的车里已经有人下来活动了，他有不祥的预感，果不其然，交通频道也开始关注这个路段的消息——一辆装了三十吨易燃易爆有毒液体的槽罐车在前面侧翻了，高压液体从两个槽罐阀门口喷薄而出，消防、交警、路政部门都赶到现场了，保守估计堵十个小时以上……他有点无语，大年三十估计得在高速过了，他下车准备去后备厢拿点水，打开车门，却看见对面大巴车上有一个熟悉的身影——邵佳恩！

她双目紧闭、满脸通红地靠在车窗上，旁边围了几个人正指指点点地对她说着什么，他连车门都顾不上关，飞快地冲上开着门透气的大巴车。

他飞快地冲到邵佳恩的座位旁扒开人群："邵佳恩，你怎么了？"

邵佳恩双目紧闭似乎根本没有听见他说的话，他皱着眉头问旁边的大婶："大姐，她怎么了？"

大婶一看一个年轻英俊的小伙子叫自己姐，马上絮絮叨叨地跟盛北辰说开了，无非就是这个女孩子一上车就开始睡，刚才摸了下她的额头好烫，现在都开始说胡话了。

盛北辰靠上前拍了拍邵佳恩的脸："邵佳恩，快醒醒。"

邵佳恩仿佛非常难过，她也紧紧地皱着眉头，整个人在座位上缩成一团，看起来非常难受。开着暖气的大巴车上人太多，开着门空气也没好到哪里去，闷热里透着一股难闻的味道，盛北辰一把把邵佳恩抱了起来，往车门的方向走。

司机拦住他有点期期艾艾的："哎，帅哥……你就这样把她带走了出事了我怎么负责啊？"

盛北辰指了指旁边的乔治巴顿："你记住我的车牌，她是我的朋友，而且她现在病成这样，等会儿在车上出了什么事情，你可以负责？"

慑于他强大的气场，车上的人也怕邵佳恩出了什么事情连累了他们，没有人再阻止，大家一起目送盛北辰抱着邵佳恩回到了他的车上。

邵佳恩靠在盛北辰的怀抱里，下了车之后山野间清新的空气扑面而来，她冷得一哆嗦但是那种恶心的感觉也马上淡化了，她不由自由地往这个温暖的怀抱里靠了靠。盛北辰心里一动，这是他第二次抱着她，几年前他们的每一次见面，都是她生龙活虎地追着他跑，叽叽喳喳烦不胜烦，现在的每一次见面，她都是这么倒霉。

他把她放在副驾驶座上，再把座位放平。他其实没有多少照顾人的经验，但是这个时候他也没有办法看着她在空气混浊的大巴车上高烧不退。

他看着裹得严严实实的她，犹豫了一下之后还是把她半抱起来，把她的外套和围巾脱掉了。

烧得迷迷糊糊的邵佳恩瞬间觉得舒服了不少。

他从车载冰箱里拿出了一块冰毛巾垫在邵佳恩的额头上，又给她喂了两口水。她配合地喝了两口，又沉沉睡去。

盛北辰靠在驾驶座上看着她，她睡姿很稳，睡着的时候也是保持一个姿态不怎么动，长长的睫毛像两把小扇子，在白皙的脸上投下了两道阴影。她比过去瘦了许多，婴儿肥褪掉了，小小的脸、直挺的鼻子，显得很清秀，他的耳畔当年她甜糯的声音仿佛穿越时光而来——“盛北辰，站住！”

他吓了一跳，赶紧移开眼。

几个小时艰难地晃了过去，堵车形成的车龙还是一动不动，邵佳恩的手机突然在她的外套里响了起来，差点睡着了的盛北辰赶紧把她的手机从放在后座的她的衣服里拿了出来。

是苏老师。盛北辰犹豫了一下，还是接了起来。

听到盛北辰接电话，苏素简直是震惊了，盛北辰和她解释了缘由，她沉默了有半分钟，说：“谢谢。”

盛北辰愣了一下。

切断电话没有几分钟，盛夏的电话又打了进来，盛北辰看着邵佳恩的手机上不断显示盛夏的名字，本来是不想接的，但盛夏孜孜不倦，一副不打到没电不罢休的样子，他索性把电话接了起来。

果然，盛夏不可思议的声音从电话那端传了过来：“为什么是你接电话，邵佳恩呢？”

“在睡觉。”盛北辰承认他是故意的。

盛夏不相信，但他还是被气得差点吐血：“你在哪儿？”

“睡觉。”

“我问你在哪里？”盛夏觉得自己要爆炸了。

“再见。”盛北辰干脆利落地挂了电话，把手机调了静音。

果然，盛夏的电话马上又打了进来，这回他不理了。

盛夏又改打他的电话，他直接把盛夏丢进了黑名单。他还是很了解盛夏的，不这样的话，他今天就别想清静了。

天渐渐地暗了下来，堵车路段在群山之间更显得昏暗，盛北辰靠在驾驶座上，不禁暗叹这真是个让人意外的大年三十。

邵佳恩的体温一会儿高，一会儿低，一整天除了盛北辰喂的一点水，粒米未进。

盛北辰的车上除了矿泉水别无其他食物，他不断地关注实时路况播报，但是都没等到好消息，他真担心邵佳恩被烧成傻瓜，但是看着应急车道上都是车和人，他也明白除了帮她物理退烧根本没有别的办法。

浓重的夜色袭来，原本吵吵嚷嚷的高速公路也渐渐地安静了下来，焦灼地等待了一天的人都失望又疲倦地躺在车里睡觉，交通频道的广播里，除了实时路况的播报，也在欢天喜地地直播春节联欢晚会。盛北辰迷迷糊糊地睡着，却突然听见邵佳恩在呜呜地哭。

他瞬间从睡梦中清醒，他看到她紧紧地皱着眉头，整个人在座位上缩成一团，眼角挂着一颗晶莹的眼泪。他伸手去摸她的额头，滚烫的触感吓了他一跳，他赶紧去开冰箱拿冰毛巾，她突然含混不清地叫了一声“盛北辰”。

他如遭雷击，心里那块最柔软的角落仿佛被触动，他把毛巾对折后轻轻放在她的额头上，她似乎很惊慌很痛苦，伸出手似乎想抓住什么，眼泪不停地滚落出来浸湿她的头发。

盛北辰抓住她乱挥的手叫她：“邵佳恩，做噩梦了吗？邵佳恩，醒醒。”

邵佳恩并没有醒来，她闭着眼睛，抓住他温暖的大手，痛苦地呜咽过后，她充满恨意地喃喃：“盛北辰，我恨你……”

盛北辰愣在那里，夜晚的高速公路，暗淡的月光冷冷地洒下来，一排排的汽车冰冷又落寞，整齐得就像寂寥的陵园，车窗外的寒气直逼他的心，他的耳边，只剩邵佳恩痛苦的声音：“盛北辰，我恨你。”

4.

邵佳恩艰难醒来的时候，已是深夜。车内外漆黑一片，她迷迷糊糊地睁开眼，却发现自己紧紧地抱着一只温暖的大手。

她努力地睁大眼去看，以为自己还在梦中。

车窗微开，暖空调开得很大还是难抵凉意，盛北辰的一只手被她紧紧地抱在怀里，另外一只手垫在她的脑袋下，她的身上裹着他的羊绒外套，他穿着薄薄的黑色的套头针织衫，头靠在她座位的椅侧，呼吸就在她的发梢。她心中一动，眼泪差点滑出眼眶，多么后知后觉的人，付出了多大的代价，睡梦中却还是经常看见他。

忽然，马路上车灯尽数亮了起来，喇叭声大作，盛北辰很快醒了过来，他睁开眼看到傻傻盯着他的邵佳恩，她苍白的脸就在咫尺，有点干裂的嘴巴微张，眼神迷蒙又迷茫，他忍不住低下头，嘴唇覆了上去。

他的吻落在她的眼睛上。

直到那温暖的触感碰到自己的眼睛，邵佳恩才终于发现这不是梦，那清浅的一吻短暂得就像鱼儿跃过水面，像流星划破天际，她还来不及从震惊中恢复过来，盛北辰就已经放开了她，他恢复自然，坐直了身子。

堵了十几个小时的车龙终于缓缓而动，盛北辰启动车子。

“你发烧了。”他指了指旁边的大巴车，“你坐在那辆车上发烧了，我正好看到了。”

邵佳恩张了张嘴，艰难地说了句谢谢，却发现自己声音都变粗了，她有点尴尬，盛北辰忍不住笑了：“好点了吗？”

邵佳恩点点头。

大病初愈的邵佳恩还来不及竖起防御，盛北辰莫名地觉得安心，他有点贪恋这一刻的温情。

广播里主持人说：“新年的钟声即将敲响了，我们一起来倒数，十，九，八，七，六，五，四，三，二，一！”

远远的地方，有烟花绽放在夜空，轻轻“嘭”的一声，流光溢彩地划破天际，新的一年到了。

他们的车子缓缓地汇入了车流，两个人都没有再说话。邵佳恩的表情渐渐地冷下来，前尘旧事像一场无声的电影在她的脑海里凌乱地播放，那些欢笑的脸、悲伤的脸，那些期盼的夜、孤独的夜，那生不如死的一天一年。

她为她瞬间的意乱情迷感到羞愧，是有多愚蠢，才这么不清醒。

她对盛北辰，六年前初见倾心，对他浓烈的爱意塞满了心的每个角落，但在那些连活着都艰难的日子里，那些可笑的情意，在孤寂与绝望里一点一点地流逝，直到孤独的心变成一座荒芜的城。

曾经朝思暮想、心心念念，然而求而不得，等到终于熬过了那些苦难的岁月抵达这片微弱的星光下的夜晚，突然享受到他的照顾还拥有了一个莫名其妙的吻，却发现其实也不过如此。

他依然是王子，她却不是公主，没有在得到吻的瞬间背后迸发出光芒，天地间所有的遗憾都得到修复，失去的还是回不来，该痛的还是让她痛不欲生，只是她不懂，为什么在感受到他的气息后，有那么多酸涩的眼泪，默默地在心里流淌。

安置小区门口，盛夏招摇的迈凯轮停在那儿吸引了不少人侧目，刚提的车，本来想带邵佳恩一起去兜风来着，结果，风没兜成，他已经站在这里喝了一晚上的西北风了。盛家家族观念很重，每年大年三十家族团圆饭都是隆重又正式，大家盛装出席其乐融融，盛家老少从不缺席，今天盛北辰没有出现在晚宴上他就觉得奇怪了，好不容易熬到晚宴结束溜出来找邵佳恩，结果，打过去的电话居然是盛北辰接的！更可恶的是盛北辰不说在哪里也不接电话，这种一拳打在棉花上的感觉，让他很吐血。

他觉得他都在要小区门口等成一棵树了，又不想就这么放弃，虽然不知道他们干吗去了，但他就不相信大过年的他们不回来，熬着熬着，居然在车里睡着了，直到“叭叭”两声喇叭，他迷迷糊糊地醒过来抬起眼来，看到了盛北辰的车！他的睡意瞬间消失殆尽，盛北辰坐在越野车驾驶座上居高临下地看着车里的他。他的车太矮，他抬起头看着那张欠扁的脸突然发现这样他很吃亏，气势上已经输了一截，他开门下车去拍盛北辰那开了一条缝的车窗：“盛北辰，你给我下来！”

本来睡着的邵佳恩也醒了过来，高烧之后人还有点迷糊，她觉得饿得很，突然看到盛夏的脸她还是有点惊喜。

“盛夏你怎么在这里，新年快乐！”

看着邵佳恩的笑脸，盛夏的火气降了下来，他也冲着她笑嘻嘻的：“新年快乐，你快下来啊！”

盛北辰的眉头皱了起来，一切果然变成了最不好的样子，她看见他的时候像见鬼，看见盛夏的时候那种熟悉和放松，突然让他觉得很心塞，他把车窗全摇下来问盛夏：“这么喜欢这辆车啊，都睡车里了。”

盛夏真的很想说去你大爷的，老子还不是为了堵你，但是他大爷也是他大爷，大过年了还是礼貌克制点。他冷笑一声：“你对她做什么了？”他一边说一边去拉车门，“邵佳恩，你快下来，你怎么会和他在一起？”

盛北辰恶作剧似的“啪”的一声把车锁上，本来打算开门下车的邵佳恩不解地扭头看着他。拉门拉不动的盛夏跳起来对着盛北辰嚷嚷着：“你干吗？你干吗？”

邵佳恩伸手去拉锁。

看着邵佳恩着急的、一分钟都不想和他多待的样子，盛北辰觉得他的心已经快塞成心肌梗塞了，他突然没了心情，不动声色地把锁解了，邵佳恩如释重负地和他说再见打开门跳下车。

几乎是一天一夜粒米未进，脚碰到地的瞬间邵佳恩双腿一软差点瘫在地上，盛夏手疾眼快地捞住她：“盛北辰，你对她做了什么？她怎么了？”

盛北辰看到邵佳恩差点倒在地上心也是一揪，但看到像白痴一样的盛夏，他的火气也来了：“我能对她做什么？她发烧了一天没吃东西，你再继续摇晃继续吼等会儿可以直接打 120 了。还有，你是公众人物，S 城是不会有记者偷拍你，但围观群众的手机就说不定了，你爱上头条没关系，别连累了别人，还不快上车？”

盛夏被戳到软肋，只好悻悻地扶着邵佳恩上了后座，他第一次有点讨厌自己的身份，做什么都要瞻前顾后。

盛北辰胜了一回合有点得意："不要懊恼，当明星可是你小时候的梦想呢！"

"你还想当科学家呢，怎么没见你去？"盛夏反唇相讥。

盛北辰不置可否，一踩油门，车往小区里驶去。

新春第一天家里这样热闹是苏素没有想到过的，看到病恹恹的邵佳恩被盛家两兄弟送了回来，她也是很难说自己是什么心情，忙给三个人煮了点面。

刚才担心邵佳恩一个人回家会从楼梯上滚下去，盛夏坚持送她回了家，但看着盛北辰也跟着来了邵家，这画风就不对了啊！盛夏看着盛北辰越看越碍眼，一等吃完面，就拖着盛北辰走。

两个人勾肩搭背地走到楼下，盛北辰拉开盛夏搭在他肩膀上的手："你以后少往这里跑，如果真的想帮助她，换一个方式。"

天还没亮，风夹着雪往脸上扑来，昏黄的路灯投射在盛夏的脸上，他的眼睛里似有璀璨的光芒："盛北辰，我不是想帮助她，我喜欢她。"

盛北辰愣住了，他回过头看盛夏。盛夏一脸的坚定和执着让他莫名心惊。

"那你的 Amy、Candy、Emily 呢？"

"嗨，她们和她不一样，跟你和林珈仪那种直奔结婚的就更不一样了。"盛夏轻描淡写，四两拨千斤。

盛北辰怎么可能听不出来，还没等他开口，盛夏却盯着他悠悠道：“哥，从小我们喜欢的东西就不一样，希望这次也不要一样。”

盛北辰突然不知道自己要说什么了，他想说邵佳恩是人不是物品，但是又开不了口。他愣在那里，风往他的脖子里面灌，他突然觉得冷得不行。盛夏轻轻松松地抢在他的面前把“我喜欢她”说出口，他的喉咙就像塞了一团棉花一样，那种对着邵佳恩的时候复杂的情绪在他的心里百转千回，他百思不得其解。

他的人生何尝不是一路绿灯风光无限，他也曾交往过很多的女朋友，分分合合，合合分分，到最后回国拼事业就这么一直单着，林珈仪守候他多年不曾提出过要求，也不曾离去，他也曾想过以后就是她了，但是邵佳恩回来了。

邵佳恩轻描淡写，却摧毁了他对林珈仪的信任，或者说，他从来没有信任过林珈仪。他不懂他这是因为扑朔迷离的过去，还是怜悯邵佳恩这些年受的苦，从来没有人这样占据过他的心。

直到盛夏抢着宣告他的领地，他突然发现不知道什么时候开始，他也喜欢上了她。

命运给了他和邵佳恩相同的爱的种子，却给了他们不同的花期，邵佳恩的开得太早，来不及等她自己长大，就浓烈绽放，结出惨烈的果实；而深埋在他心底的这颗种子，却在这个寒冷的夜晚，迸发出灼热的温度，它生根发芽，盘踞他的心。

08

Jia Qi

Wei Wan

{第八章}

如果这些都是命运的考验

1.

栗子私人烘焙的生意好到让邵佳恩意外，微信很快被加爆不得不马上增加了一个微信号，单单靠邵佳恩母女和经常来帮忙的方洛洛已经是忙到恨不得个个是千手观音的状态，邵佳恩在店门口张贴了招聘启事，很快，就招了两个帮工，家境贫寒的陈南陈北两兄妹。

两兄妹勤快麻利，哥哥陈南负责送货，妹妹陈北负责在店里打下手，这让邵佳恩轻松了不少，仗义的方洛洛也是如释重负。有了陈南送货也不用非得等三点了，金额满一百随时都可以送。订单越来越多，日子过得忙绿又踏实。一个月的试用期过后，邵佳恩给陈南买了一辆电动车，稍微远一点的写字楼也可以送货了。

盛夏就比较倒霉了，年还没过完就被外派到中部地区的深山景区里拍电影去了，他一度怀疑盛北辰公报私仇，但看着盛北辰那一本正经的样子又实在抓不到把柄，再说了，演艺事业本来就是他自己的选择，当初全家族都反对也没能改变他的心意，这次真是搬石头砸自己的脚了。一想到要在这鸟不拉屎的地方待上那么长时间，盛夏觉得他的血都可以吐一桶了。

就在这个时候，栗子私人烘焙接到了第一个甜品台生意，来自邵佳恩一个叫简书墨的老客户，她是附近写字楼里一个大型广告公司的策划。栗子私房烘焙开业的第一天她就开始下单品尝，从最初简单的曲奇和奶油蛋糕，到后面的水果杯、木糠杯、栗子蛋糕等各种新品，她几乎每个都捧场，两个星期后是她的婚礼，对栗子蛋糕念念不忘的她邀请邵佳恩给她婚礼搭一个甜品台。

对甜品台的印象，邵佳恩停留在模糊的记忆里，酒店宴会厅水晶吊灯的璀璨灯光下，精致的小甜点整齐地摆放，身着华服的男宾女眷红酒盛装言笑晏晏……那是很遥远的事情了，以前的她是那美丽夜色下的一分子，她品尝那些美食享受着人生里的各种美好，却从来没想到有一天自己会成为这些美食的缔造者，她有点跃跃欲试。

上网查阅了各种关于甜品台的资料之后，邵佳恩买齐了材料。婚礼那天，她和妈妈凌晨五点起来，开始准备各种甜品，一个大甜品台加上当天的单子，全部准备好时已是下午了，她匆匆忙忙地和陈南背着几个保温包和摆盘赶去酒店。

简书墨是邵佳恩很喜欢的一个顾客，性格随和，长得也美丽，邵佳恩准备得格外用心。

酒店很奢华，宴会厅被布置成花海的样子，高贵又雅致。邵佳恩顾不上欣赏，时间很紧迫，和婚庆打过招呼之后，就跟陈南开始摆台。

等最后一个裱着奶油的水果杯被放上高高的点心盘，邵佳恩才松了一口气。晚宴已经快开始了，陆陆续续有人进场，很多人刚进场就被漂亮的甜品台吸引，好几个女孩还拿出手机拍照。

邵佳恩对成果还是很满意的，她开心地掏出手机拍了一张甜品台的成品照打算做宣传用，陈南已经收拾好了保温包，她转身正准备去和在门口迎宾的新娘子道个喜后离开，突然，一个年轻女孩的声音落入邵佳恩的耳朵，女孩跑到邵佳恩面前有点迟疑地看着邵佳恩之后似乎又自己确定了，她说：“你是不是 3 号啊？”

邵佳恩脑袋里“嗡”的一声，她当然知道 3 号是什么意思，在最痛苦的看守所的时光里，这个代号她用了几个月．那些酸涩的记忆瞬间被唤醒，明亮的灯光下，那些可怕的过往呼之欲出似乎无所遁形，她的脸唰地白了，她有点惊慌地回过头看那个女孩的脸。对女孩，她并没多大的印象，但是听女孩说话的意思应该以前和她是一个监室的。

陈南有点莫名其妙地看着她们，女孩看着她迷茫的样子提醒她："在看守所的时候，我们关在一个监室啊！你记得我吗？我是酒驾进去的，没几天保释出来的。唉，真倒霉啊，我们是战友啊，我刚进去的时候没有衣服，是你分的衣服给我啊，你忘记啦，我对你印象特别深刻！一直想谢你来着，你后来判了几年啊？"

年轻的女孩衣着时尚，说话的时候耳朵上的钻石闪闪发亮，看起来就像不懂事的富家小姐大大咧咧，说出来的每一句话却像炸雷在邵佳恩的耳边响起，炸得她眼前一片血肉模糊，那些她意欲深埋的过去，现在想来不过自欺欺人。

女孩的声音很大，原本围在甜品台边拍照的人似乎嗅到了八卦的味道，迅速地以她们两个为中心围成了一个小小的圆圈看热闹，有些从邵佳恩这里订过甜品的人开始窃窃私语。

邵佳恩脑子里嗡嗡作响不知道如何是好，她觉得她就像被人当街扒光了衣服一样难堪。

年轻的女孩冲看热闹的人叫："看什么呢？没见过故人重逢啊！"然后又问邵佳恩，"你后来判了几年啊？什么时候出来的啊？我那个时候听别人跟我说你和我一样是酒驾但是你特别严重……"

简书墨听到这边的动静也已经过来了，邵佳恩紧紧地攥着手中的保温袋，不知道该如何回答。她说不出辩驳的话，想逃脚似乎有千斤沉。简书墨穿着婚纱挤进人群里，她冲那女孩疑惑地问："干什么呢，丁玲？”

丁玲指着邵佳恩：“她以前和我关在一个看守所，帮助过我呢，正好碰见啦！”

简书墨有点火了：“你胡说八道什么呢！自己不懂事还到处瞎嚷嚷，她是我请来的甜品师。”

丁玲也有点生气，娇俏的小脸上眉头皱了起来，冲着邵佳恩问：“3 号，你说，你是不是 3 号？你说我是不是瞎嚷嚷？”

邵佳恩觉得自己下一秒就会晕厥过去，她的嘴巴张了张却没发出任何声音，脸色惨白。就在这个时候，一只温暖的手坚定地搭上她的肩膀：“小姐，你认错人了，她是我朋友。”

看着突然出现的盛北辰，简书墨的脑子都要打结了，丁玲不服气地还要说什么，被她一把拉住，她结结巴巴地对着来人说：“盛总你……”

盛北辰略一颔首：“百年好合。”

简书墨的老公丁辉也过来了。

丁辉在宏盛担任高层，是盛北辰得力的左膀右臂，从他认识盛北辰到现在，除了林珈仪他从来没看见一个女人在盛北辰身边出现过，更不用说盛北辰主动搭着人家的肩膀主动向别人介绍。

他不知道这个女人是谁，但是关系一定不一般。他有点晕，不知道简书墨从哪里找来这样一个大神帮忙搭甜品台，还有这个不知死活的丁玲啊，你知道自己在说什么吗？以后不想嫁出去了吗？

围观的人群预想的八卦没有出现，却被突然出现的盛北辰帅了一脸，看见新郎新娘都过来了，新娘是笑眯眯的，新郎那个冰块脸可真让人受不了啊，大家都四下散去。

丁辉马上勒令妹妹丁玲向邵佳恩道歉。在丁辉冰冷的眼神下，丁玲只好识相地承认自己认错人，向邵佳恩道歉。

邵佳恩有点讪讪的："没关系。"

她脑子里乱糟糟的，盛北辰搭在她肩膀上的手更让她心烦意乱，她稍微退开一点，躲开了盛北辰的手。

盛北辰有点怅然若失地看了一眼自己突然变空的手，不着痕迹地把手放进自己的口袋。这个动作被丁辉夫妇尽收眼底，当下热情地邀请邵佳恩一起留下来吃个便饭。

新婚夫妇热情邀约，邵佳恩以门店里还有很多事情为由拒绝了，她带着陈南拎着保温包飞快地走出酒店大门，仿佛背后有洪水猛兽在追赶一般。

盛北辰追上来，叫住她："邵佳恩，我送你。"

天已经暗了下来，邵佳恩站在酒店门口，听到声音回过头。她看着盛北辰从金碧辉煌的酒店大堂向她跑来，光明与黑暗，这就是他和她之间的距离，她扭头欲走，却看见刚从车上下来的林珈仪。

天气还是很冷，林珈仪羊绒外套里面只穿了一件薄薄的小礼服，又尖又细的高跟鞋踩在她的脚下让她看起来亭亭玉立娇俏动人，她熟练地把车钥匙丢给泊车小弟。一回头，她第一时间看见了盛北辰，惊喜在她的眼里只持续了几秒钟，在看见他根本没看她一眼径直跑向邵佳恩的时候，惊喜变成了满满的恨意。

邵佳恩掉头就走，盛北辰追上来抓住她："这边不好打车，我送你。"

"我没打算打车，我坐公交车。"邵佳恩头也不回。

林珈仪也跟上来："佳恩，你就走吗？那要不我送你？"

够了，大庭广众之下被揭开伤疤的难堪，回忆起那些痛苦岁月的怨怼，让邵佳恩突然之间就像火山一样爆发了：“你们两个，一起给我滚！”

盛北辰和林珈仪还有陈南都被她这惊天动地的一吼镇住了，她转身就跑，陈南赶紧追了上去。

盛北辰被邵佳恩眼里浓烈的恨意震惊了，他愣在那里，看着路灯下邵佳恩越跑越远，直至看不见。

2.

随着杨特助交上来的关于当年车祸始末的资料越来越多，盛北辰的心也越来越冷，直到他把林珈仪请到办公室。

听到暂停《锦绣江山 2》的项目，等她自己写完剧本再启动后，林珈仪手脚冰凉，觉得自己的血液都要凝结了。她强装镇定：“我最近状态真的太不好了，我怕耽误整体进度。”

“没关系，你调整好状态慢慢写，我们等你。我想过了，找团队帮你写，太过急功近利，很容易出反效果，‘锦绣’是你的心血，是我考虑不周。”盛北辰看着她刷白的脸，温和却坚定地重复了一下自己的意见。

林珈仪有点慌乱：“万一很久都没写好呢？”

“你努力就好，集团也会尽量配合你的要求，你从现在开始放假，我们等你写完，我相信你。”

盛北辰的声音还是那么平和，但听在林珈仪的耳朵里简直不亚于原子弹爆炸。曾经的他是那么顺着她，在宏盛和盛家她是那么顺利那么风生水起，事情的发展突然变成她陌生的样子，一定是哪里出了问题，一定是！

她看着盛北辰，他坐在办公桌后面，宽大的办公桌隔开了他们之间的距离，他语言温和却神情冰冷，过去那种一切尽在她掌握中的感觉消失殆尽。她没有想到，那么快，她连堂堂正正进出这栋办公楼的理由都失去了。

他说给她放假，但没说放到什么时候，如果她一直写不出他满意的剧本，是不是就不用再回到这里来？她要怎么办？她不敢明目张胆地找枪手来写，她怕被发现之后她会失去得更多，但是让她自己写，她怎么写得出来！

邵佳恩，她想起那天酒店门口，盛北辰看着邵佳恩跑远后那难舍的眼神，她的眼里突然浮起了怨恨——邵佳恩，一定是你！

接到顾客从芒果千层里吃到玻璃碴的投诉电话的邵佳恩简直是难以置信，芒果千层制作过程中哪里来的玻璃？但客户是老客户，众目睽睽的办公室里，从千层蛋糕里吃到玻璃碴吃出一嘴巴血确实是不容置疑的事实，邵佳恩觉得头都大了，她和妈妈交代要出去一下，就赶紧赶去医院。

顾客的嘴巴被玻璃碴割伤了，还不知道吞了多少玻璃碴进去，看见她非常愤怒，就差动手打她了：“先放五万块押金在这里，如果我出了什么事情，你的店也别想开了。”

五万？邵佳恩被震惊了，她和对方商量：“能不能先检查，到时候用掉多少医药费我会负责的。”

“只有医药费就可以了吗？我们的误工费、交通费，还有受这么严重的伤难道不需要赔偿吗？”

对方家人气势汹汹的质问让邵佳恩简直不知道怎么招架，她低声和他们商量：“先放一万块可以吗？我身上没有那么多钱……”

“你们店生意那么好怎么可能五万块钱都没有？你父母呢？叫他们来。”对方得理不饶人，看见只有一个小姑娘出现在这里更是气焰难平。

邵佳恩的脸僵了僵，她努力挤出笑容来：“我可以代表我自己，眼前最重要的是赶紧查一下是否有玻璃碴吃下去，无论怎么样，我会负责的。”

对方还在纠缠不休，邵佳恩的手机又响了起来，她毫无防备地接起来，不料电话里陈北带着哭腔惊慌失措地说：“佳恩姐，我哥哥去送货的时候把一个小女孩给撞了。”

邵佳恩只觉得眼前一黑，天旋地转：“他们怎么样了？”

“我哥和那个小女孩都昏迷了，路边的人看见他们打了120送到医院，我现在在医院，他们都在抢救，佳恩姐，我们要怎么办……”

邵佳恩扶住墙壁，太乱了，祸不单行，她真的不知道要怎么面对这些糟糕的状况。

她努力地稳了稳情绪问陈北：“你们现在在哪儿？”

“市人民医院。”

“我马上就来。”

吃到玻璃碴的顾客就医的医院和市人民医院有半个小时车程，邵佳恩向对方表示自己有急事，先留一点钱在这里，接下来会负责到底，但她现在必须离开一下。对方不依不饶，以为邵佳恩要推脱，非得要邵佳恩先放五万块钱再签下保证书，保证以后他身体有任何不适邵佳恩得负责到底。

面对这么无理的要求，邵佳恩也很难保持镇定了，她放下钱，飞快地跑掉了。

顾客的微信发过来：“你以为跑了就可以了吗？你会后悔的。”

急匆匆赶去医院的邵佳恩根本没有看微信。

陈南和被他撞到的六岁小女孩都在昏迷中，邵佳恩赶到的时候妈妈和陈北都守在手术室外面，一个三十来岁的少妇在手术室门口哭得肝肠寸断，应该是小女孩的妈妈，哭声凄惨。邵佳恩鼻子一酸，也跟着流下泪来。

苏素的脸苍白如纸，邵佳恩知道她一定是被眼前的一幕刺激，回忆起了那些不愉快的往事。

邵佳恩走过去抓住苏素冰冷的手。

苏素喃喃着：“佳恩，我们要怎么办？”

邵佳恩拉着苏素在手术室的门口坐下，医院里清冷的灯光下，清洁工推着长长的大拖把在拖地，福尔马林的味道格外刺鼻，她觉得很疲倦。

如果这些都是命运对她的考验，那么真的太多，也太残忍了。

守到凌晨，两个人的手术陆续结束了，都还没苏醒。

陈南陈北从遥远的西北来，没有别的家人，担心哥哥的陈北孤独地坐在病房里。被撞的小女孩是当地人，千娇万宠的独生女，一个晚上涌来的家属已经快把病房外的走廊都占满了。

陈南撞的小女孩，陈南还在昏迷，家属纷纷去围攻陈北，邵佳恩挡在陈北面前不停地跟小女孩的家人道歉：“我们会负责的，真的对不起。”

陈北看着邵佳恩泪如雨下：“佳恩姐，对不起。”

邵佳恩摸了摸陈北的头。陈北已经十八岁了，因为营养不良的缘故，看起来比同龄的女孩子要瘦小很多。因为以前一直缺吃少穿，在烘焙坊工作的时候很勤快对食物也很爱惜，做甜品剩的一点边角料都是很满足地吃掉，邵佳恩一直很喜欢她。

邵佳恩努力地给她打气：“不要怕，还有我们呢。”

陈北哭得都要崩溃了：“对不起，佳恩姐，对不起，你一定要原谅我们……”

混乱的一夜过去，邵佳恩先把妈妈送回了家，她去了趟银行，把所有的钱都归总在一起，不用的时候觉得挺多的，出了事就是杯水车薪。她看着那并不丰厚的余额有点担心，不知道接下来要怎么办，只能走一步算一步了。

她赶去烘焙坊，打算稍微整理一下东西，店先休业几天。人还没走到，却被烘焙坊前的人山人海惊呆了。

好多人拉着横幅，白布上面黑字写着“栗子私人烘焙坊黑店”“要吃芒果玻璃碴千层，请来栗子私人烘焙坊”，还有举着“盛夏粉丝后援会”旗子的少男少女，大家群情激奋，堵在烘焙坊的门口，弄得隔壁几家店也开不了，正在吵架。

邵佳恩的手机适时地响了起来，是方洛洛着急的声音：“佳恩你在哪儿？”

“我正准备去店里。”

“今天先别去了，你赶紧回家躲起来，我一会儿过来找你，你上下网看看，你被人肉了。”

“什么意思？”邵佳恩蒙了。

“我也是今天早上起床才看到，最开始是你店里顾客在网上爆料说在你的芒果千层里吃到玻璃碴，说你们不负责，拒绝赔偿，还配上了大量血腥的照片，紧接着就有人爆料说你坐过牢……到下半夜，有人爆料说你是盛夏的地下女友，还配上了你们在一块的照片。你也知道盛夏正当红，什么事情扯上他，就彻底无可控制，他的粉丝都暴动了。总之，现在很乱，说什么的都有，算了，你还是别上网了，也别去店里，快点回去躲起来。”

一夜没睡加上突然的各种刺激，邵佳恩只觉得一口气提不上来，手臂和脸都开始有点麻木，眼前的景物模糊又晃动，她有点站不稳地蹲在地上。方洛洛感觉到不对劲：“佳恩？”

电话里回应方洛洛的只有一片嘈杂。

强烈的眩晕感袭来，邵佳恩忍不住抱住头，手机滑落在地上。

不知道是谁发现了蹲在地上的邵佳恩，大叫一声之后，堵在烘焙坊门口的人纷纷迅速地围了过来，没有人注意到她的异常，指责的、奚落的、“咔嚓咔嚓”拍照的、推搡的，她被推倒在地，似乎有人踩到了她的手，手背传来一阵钻心的刺痛。

不知过了多久，恍恍惚惚中，邵佳恩觉得有白花花的阳光刺了一下她的眼，她被人从地上抱了起来，落进一个温暖的怀抱，一个熟悉的声音在她的头顶响起：“佳恩，坚持住。”

盛北辰很难形容他看见邵佳恩倒在地上被一群看热闹的人围在里面时的心情。他一向温和，那一刻还是愤怒地把围在最前面的几个推到旁边去。每天清晨浏览各种资讯是他的习惯，今天看到各种客户端铺天盖地的都是她和盛夏的新闻后，他就知道，出事了。

他已经没有几年前的潇洒和狠心，对着今天的她，他没有办法袖手旁观，他几乎是毫不迟疑地推迟了会议赶到了她的小区门口。果然，远远地，他就看见一群人围成一个圈，方洛洛在人群外哭喊着推着人群想冲进去，但是没有用。

他飞快地下车，拼命地冲进人群，那些挡着他的人，被他又狠又准地扔到旁边去，他看见她倒在地上，面无血色。

他不敢想象刚才到底发生了什么，但如果她出了什么事情，他一定会追究到底。他真真切切地明白了他的心，他再也不想让她一个人孤寂孤苦的了。

3.

邵佳恩看着坐在她面前的盛北辰，不知道该说什么。晕倒的时候摔到了右边手臂有点痛，她忍不住伸手去揉，伸出手却发现自己的手背上都是青紫。

盛北辰伸手拉住她的手，目光坚定又温柔，他缓慢又坚定地说："佳恩，我们在一起吧，让我照顾你。"

邵佳恩抬起头，猝不及防地对上了盛北辰的眼睛，她的眼泪瞬间涌上了眼眶，被她生生忍了下去。曾经千想万盼，终于到了这一天，却发现这句话如此苦涩。

苦难岁月里，她经常幻想，有一天她恢复自由，她从头来过站在云端，他爱上了她，她已经对他死了心，她狠狠地奚落他，再弃他而去。

但此时此刻，她的幻想只成功了一半，他真的说要和她在一起，却不是因为她重新站在云端，她也没有办法把他从心里排空狠狠地痛快地去践踏他，她一直压抑的感情就像汹涌的山洪一样铺天盖地地袭来将她淹没，她的喉咙又酸又苦，五年的时间就像长了翅膀一样疾疾飞去，却把她的心留在了孤独的原地。

她定定地看着他，那个冷漠的他，那个温柔的他。她其实很少能正视他的脸，记忆里最多的就是他皱眉离去的背影，却让她牵肠挂肚。直到今天，他温柔地牵着她的手说："佳恩，我们在一起吧。"

就像曾经做过的，希望永远不会醒来的那些梦。

可是最终梦醒了，她的希冀不过只是自欺欺人，她的父亲没能救走她，她期待带走她的盛北辰也没有出现，严肃冰冷的法庭上，一脸冰霜的公诉人说："证人盛北辰证言……"

时间没有带走任何的伤害，那致命的一击在这一刻想起依旧痛彻心扉。

她看着他温和俊美的无数次出现在她的美梦噩梦里的脸笑了，那笑容如蔷薇般绽放，就像十八岁的她一样笑得天真又灿烂。

她反手握住盛北辰的手，盛北辰几乎都要以为她要答应他了，她却说："盛北辰，你现在可以回答千岛湖我问你的那个问题了吗？当年，你看见我开车了吗？"

盛北辰就像被踩到软肋，他的心也痛了一下。

他沉默了许久，说："没有。"

"盛北辰，快五年了，也是这样一个寒冷的日子，我站在一个小小的被告席上，没有人来看我，你不在，我爸爸也不在，我妈妈也不在，公诉人说：‘证人盛北辰、林珈仪证言邵佳恩于 29 日凌晨两点驾驶白色宾利跑车……’我只听到这儿，后面我什么都认了。你们都那么信誓旦旦地证明，我差点自己都相信了，只是盛北辰，这么多年，我一直想问问你，当年，你真的看到我开车了吗？”

盛北辰不敢直视她的眼睛，只艰难地对她说：“对不起。”

他的心阵阵刺痛，懊悔与心痛像烟雾一样将他笼罩。他抓住她的手握在手里，近乎恳求：“佳恩，都过去了，让我补偿你好吗？我们有漫长而美好的未来，你相信我。”

邵佳恩的眼泪滑下来，盛北辰觉得那颗泪直接击碎了他的心，他把她的手握紧，她却把她的手用力地从他的手里抽了回来，她就像用尽了一生的力气般疲倦：“补偿我？你用什么补偿我？你能补偿给我四年自由自在的生活吗？你能让我回到四年前吗？你能把爸爸还给我吗？”

她疲倦的声音，每一个音都像敲打在他的心上，他像一个溺水的人一样做着最后的挣扎：“佳恩，我已经在调查这个事情了。不久之后会有结果，我会给你一个公道，无论如何。佳恩，无论当年是什么样子，未来我都愿意和你共同面对。”

“面对？怎么面对呢？公道？什么是公道？今天的你，喜欢我也罢，可怜我也罢，对当年不清不楚的事情心存疑惑于是想调查清楚给自己一个交代也罢，可是你凭什么说给我一个公道？”

她举起自己的手伸到盛北辰面前，那些密布的茧子和因为天冷而复发的渗血的冻疮裂口触目惊心。

“盛北辰，这双手不应该属于我，这就是你们永远给不了我的公道。我恨你们。”

她掀开被子下床，盛北辰没有再阻拦她，他的心又酸又涩，回不去的当年，为什么那时的他要那么草率地做出证言，为什么不尽力救助她于水火之中，命运于他就是一个弧，当年甩出的每一鞭，邵佳恩痛七分，今天的他也要痛三分。

邵佳恩恍恍惚惚地走出急诊部才发现这是吃到玻璃碴的顾客范某住的医院，她转身往住院部走去。

邵佳恩做好了被大骂一顿的准备，意料之外那家人的态度简直就是来了个一百八十度的大转弯，她再送去的钱他们也不要了，一再申明范某没大碍很快就可以出院。

邵佳恩有点莫名其妙，或许是因为事情闹到网上已经不可收拾闹得太大，他们觉得愧疚吧。她想。

看着范某生龙活虎的样子，邵佳恩准备告辞，范某亲自下床送她出来。范某握住她的手，几乎是卑微地恳求她：“邵小姐，我有眼不识泰山，希望邵小姐在盛总面前美言几句，如果因为我，宏盛和我们公司的合作终止的话，我是万死难辞其咎……”

邵佳恩停留在脸上的笑容僵住，社会之现实，她理解得还是太浅显，她抽回自己的手，一句再见都哽在喉咙。她扯出一个非常难看的笑容，点了点头转身走。

医院门口就是十字路口，邵佳恩站在那儿，不知道往哪个方向走，春天已经到了，春寒料峭，树上却悄悄地发了新芽，她的脚冻得有点发麻，城市大得发空，她却不知道要何去何从，一个年轻的父亲抱着穿成一只大白熊的女儿从她的身边经过，两三岁的大眼睛女孩俏皮地趴在她爸爸的肩膀上，小女孩的妈妈拎着粉红色的卡通水壶跟在他们后面，小女孩紧紧地搂着爸爸的脖子：“爸爸，我今天乖乖地检查了耳朵，我可以吃巧克力了吗？”小女孩爸爸宠溺地说：“当然可以啦，爸爸马上带你去买。”小女孩妈妈有点愠怒地说：“发烧不许吃巧克力。”小女孩赶紧往爸爸怀里一缩：“妈妈好可怕，爸爸我们快跑！”

一家人笑着走远，邵佳恩的喉咙仿佛被棉花堵住了，回忆瞬间涌上了脑海，她心痛得几乎要站不住。人来人往的大街上，她的眼泪不受控制地滑落，她才发现，对父亲的想念是那么痛入骨髓。

五年了，那个隆重热闹的生日宴上，爸爸对她说：“别玩太晚，爸爸一会儿叫林叔叔来接你们。”

那个时候的她满脑子都是盛北辰，巴不得父母快点走，于是点头如捣蒜，推着爸爸妈妈送他们进了电梯。

那个时候的她，充满了兴奋与期待，从来没想到，灾难即将迎面袭来，也是他们父女面对面说的最后一句话。

被送到看守所前最恐惧的时间，她有幸打了一个电话给爸爸，爸爸对她说：“不要怕，爸爸会救你。”

她用这句话，熬过了那么多漫长恐惧的日子，直到那一天，在看守所的走廊，那肃穆漫长得就像一样望不到尽头的人生一般凄清的走廊，她毫无防备地看见穿着天蓝色囚服的清瘦落魄的爸爸，她的世界顷刻崩塌。

她就像沉入了漫无边际的黑暗中。她自闭了很长时间，她不敢去回忆，她曾经那美满幸福的家，那温馨美丽、明亮的灯光下永远欢声笑语的家。

她假装没有记忆，假装不去想，爸爸就一直在。直到本能地对盛北辰说出压抑在心里太长时间的话，她才发现，那佯装的平静，不过是自欺欺人。

她想念活着的爸爸，想念那个优雅美丽插花画画的妈妈，想念那个幸福得像小公主一样的自己。

她清晰地记得那么多关于曾经幸福的事情，却小心翼翼地自我催眠。

她不敢去回忆一家人温暖的曾经，不敢去翻看有爸爸的照片，不敢怀念那个有爸爸的家，曾经有多美满，现在就有多心痛。

爸爸就是她和妈妈的天空和大树，她从没有想过有一天天空会坍塌，大树会倒下。那个时候妈妈常说等邵佳恩高中毕业了就安排她出国深造，爸爸总说舍不得，还是上个离家近的大学好了，两个人常常为这个事情发生小小的争执，然后分别跑来拉邵佳恩的选票。后来的事情谁也没想到，她出不了国也上不了离家近的大学，那原本属于大学的时光，她锒铛入狱。

判决书下来后，从看守所转到女子监狱之后就可以探视，每个准许探视的时间妈妈都会来看她，爸爸从来没有来过。她觉得不安，极度渴望听到爸爸的消息，又不敢问，直到有一天，妈妈主动提起："佳恩你要坚强好好照顾自己，等你回来的时候，爸爸也回来了，我等你们。"

她虽然难过爸爸的遭遇，但也绝处逢生般燃起了希望，与家人团聚的渴望让她不再颓废，在期盼中强打起精神熬过每一天。

直到她走出女子监狱那堡垒般厚重的大门，站在湛蓝广阔的天空下，看到憔悴又单薄的妈妈一个人站在门口光秃秃的水泥坪上，她的心里开始有了不祥的预感。

妈妈带着她熟练地乘公交车，看着妈妈摸出公交卡在公车刷卡器上熟练地刷了两下，那嘀嘀两声就像针一样扎进她的心里，曾经连公交线路都弄不清楚的妈妈啊，而她也总是私家车接送，那个时候偶尔和同学挤一次公交车，全家都担心得不行，如今妈妈这娴熟自然的神态，让她心痛。

她们一起回到了外婆留下的安置房，没有正规的物业管理整个小区显得杂乱无章，楼下的花坛里种着乱七八糟的蔬菜，几棵树之间拉了晾衣绳晒满了花花绿绿的衣服，楼道里堆满了各家的杂物，她们两个不得不侧着身上楼，妈妈的表情一直很平静。直到回到了家，推开门的刹那，小小的客厅里赫然放着爸爸的遗像。

她残存的希望瞬间破灭，她的世界天崩地裂。她跪倒在地，妈妈蹲下来紧紧地抱住她。

妈妈说："佳恩，爸爸去了四年了。"

她哭不出来，她真正明白了什么叫心如刀绞。

今生今世，再也没有人对她说你是爸爸的小公主，她多大声地喊爸爸，他都不会匆匆忙忙地跑过来。

今生今世，再没有人在推开家门的时候就喊她的名字，说宝贝看看爸爸给你买什么了。

今生今世，再没有人会牵着她的手陪她走过长长的红毯，把她的手交给另一个男人说我把我的掌上明珠交给你了。

今生今世，和爸爸只能梦里相见，她的孩子不会有外公，她的妈妈与孤独相伴，她的心，缺了一块。

她趴在地上，所有的愧疚与悔恨像潮水一样一阵阵地将她淹没，妈妈边哭边用力地想拉她起来，却突然手一松，“咚”的一声，晕倒在地。

绝望震惊的她手忙脚乱地去扶妈妈，等狼狈地把妈妈扶到沙发上之后，她突然明白，现在的她连悲伤的资格都没有，她的肩膀上，全是生活的重担，还有自己犯的错。她要好好地，她要好好地代替爸爸照顾妈妈。

醒过来的妈妈收起了爸爸的遗像，所有的思念都压在心底。而她逃避着这些记忆，仿佛她不去多想，爸爸总有一天会回来。

她想起盛北辰那双温柔的眼，记忆里就算是梦中也未曾见过的温柔的双眼，一切，都太迟太迟了。

4.

也不知道走了多久，居然走到了安置小区的门口，远远路过烘焙店的时候，门口还是人山人海地被围着。她觉得疲惫又绝望，那些等待她出现的记者，那些看热闹不嫌事大的路人，那些拿着旗子的粉丝，她真的好累，她真希望一切都是梦。

她低下头飞快地跑进小区，头也不回地飞快地冲进楼道一口气爬上楼，气喘吁吁地走到家门口，却看见门口的地上坐了一个人。

是烘焙坊商铺的房东太太。房东太太好像已经等了很久，一脸愠色，一看见她马上利索地从地上爬了起来：“邵佳恩，我都等了你大半天了，你这电话也不接一个，你干的好事，你是做了什么惹了那么多人堵在我们商铺门口，旁边几个铺面也跟着做不了生意！我们一家老小就靠着这几个店铺过活，你这不是要把我们往死里逼啊？”

邵佳恩蒙了，呆呆地看着房东太太像机关枪一样嘴巴一张一合。

房东太太一边说一边飞快地掏出一张纸：“门口那些人说了，不等到你出现绝对不走，你的新闻我们手机上都可以看见，你的事情我们也都知道了，我看那店你也没办法开下去了，谁还敢吃你家的蛋糕啊！算我求求你了，我们两个把合约解了，不然旁边几家也要跟着你倒霉！”

邵佳恩接过房东太太手里的纸，是一张租赁解除合同，她有点意外：“姐我付了一年的房租呢……”

“退给你退给你，剩下的我全部退给你，继续租给你，旁边几家都要退租了。我们庙小，容不下你这尊大菩萨！”

邵佳恩身心俱疲，她实在无力消化这么多的讯息，她近乎请求：“姐，不会太长时间的，我已经尽力在解决事情了，很快就过去了，这个店我投了很多心血，再说我们有合同在的……”

她话还没说完，就被房东太太一口打断：“小姑娘，你家的事情我也是听说过的，我也觉得你挺可怜的所以没有为难你，你要是跟我说合同，那我就告诉堵在店门口的人你家住哪里让他们到你家来堵你，到时候你连家都没得回……”

邵佳恩头皮一麻，她无法想象好事者堵着家门妈妈出不去回不来的场景，她没有再说话，接过房东太太手里的解除租赁合同，草草地看了一眼，飞快地签了字。

房东太太似乎很满意，一把抽回了合同："那我一会儿先去把你的招牌拆了啊，这样人家就不会再来了，你的东西，我先让你放几天，等风头过了你再来拿。"

邵佳恩点点头，房东太太开心地拿着合同走了。

邵佳恩只觉得疲倦无比，连掏出钥匙开门的力气似乎都没有了，她靠着门，慢慢地滑坐在地上。

看到新闻从连夜从山里赶回来的盛夏第一眼看见的邵佳恩就是这个样子，昏黄的楼道灯光下，一个单薄的身影孤单地抱着腿低着头靠着门坐着，她一动不动，看起来又孤独又凄凉。她似乎睡着了，盛夏的脚步声都没有吵醒她。

盛夏在她的面前蹲下来，轻轻地拍了拍她的肩膀："佳恩。"

邵佳恩迷迷糊糊地抬起来，一张英俊的脸几乎都快贴到她的脸上，她吓了一跳，定睛一看，盛夏！

不同平日里总是嘻嘻哈哈的样子，盛夏难得皱着眉头："佳恩你怎么在这里睡着了，很危险。"

就像漂浮在茫茫大海上遇见了一根浮木，看到盛夏站在自己的面前，邵佳恩莫名有了安心的感觉，她有点想哭。盛夏把她从地上拉了起来，有点不高兴地批评她："你们这个小区不是很安全，你怎么能在门口睡觉呢？"

邵佳恩刚睡醒，脑子有点转不过弯，老老实实地道歉："对不起。"

盛夏突然觉得有点好笑："还不开门进去。"

邵佳恩看着他，似乎对他的突然出现很难以理解："你不是去山里拍戏了吗？"

盛夏有点无语："我难道不能回来吗？我们快进去吧，我刚下飞机就跑过来了，快饿死了！"

"哦。"邵佳恩赶紧转身开门。

盛夏有点无趣，讪讪道："邵佳恩，你难道不用感动地拥抱我一下吗？"

"啊？"邵佳恩有点反应不过来地回过身来。

"那我抱你一下吧！"盛夏装出有点嫌弃的样子一下抱住了她，"受苦了，邵佳恩，我回来了你别怕。"

邵佳恩的眼泪瞬间涌了出来，他的身上有着淡淡的烟草味，她太累了，那么辛苦渴望的不过也只是这样的一个怀抱，盛夏，你的肩膀借我靠一会儿，就一会儿。凌乱破旧的楼道在这一刻仿佛也温情脉脉了起来，她拼命地压住抽泣的声音，盛夏的肩膀瞬间湿了一大片，他的心里也是一阵酸涩。

山里通讯信号很差，白天手机什么基本都没信号，晚上到酒店连上无线看到邵佳恩蹲在地上被人群围攻的照片的时候，他觉得自己都要疯了，他不顾阻拦，连夜从酒店出发，出了高价找了个当地的老司机开车，半夜黑乎乎的盘山路一圈一圈地绕下来，再开了几个小时高速到了省城，到机场的时候已经是第二天中午了，临时买了机票飞回来，下了飞机直奔邵佳恩家。

他也不懂，他到底喜欢她什么，说漂亮，她肯定不是他身边女孩子里最漂亮的，聪明可爱这些，与现在的她也没什么关系，但是她总是能牵动他的心。

别的女孩都不这样，别人逛逛街做做指甲做头发，没事吃个甜品发个自拍，要么就去旅游，大家都过得好好的，唯独她特别，第一印象里的她就是个任性的大小姐，还没等两个人混熟，她已经成了倒霉蛋的样子。

她是真的很倒霉，随着她的倒霉，他也跟着倒霉，他本来过得好好的，人生是那么愉快顺利，因为她，他的心也缺了一块。

有一回拍电影他演男主，女主因为错手杀人被收监。女主被警车带走的时候，他痛苦绝望崩溃不敢置信，那悲伤惶恐的眼神、惊慌失措的举动，当时被各大媒体纷纷夸上天，说他当上影帝实至名归，演技爆棚。只有他自己知道，演技爆棚个鬼，他只是在那个瞬间，想起了被关在牢里的邵佳恩。

他低头看着她的脑袋，黑顺的长发柔柔地贴在肩膀上，他轻轻地摸了摸她的头，他也很愿意这样天长地久地抱下去，只是——

“邵佳恩我们进去吧，我好饿……”

邵佳恩有点尴尬地回过神来，赶紧站直，两个人一起开门进去。苏素还在医院照顾陈南没有回来，冰箱里除了几个鸡蛋几根青菜空空如也，邵佳恩拆了两袋泡面加青菜鸡蛋煮着吃，吃完都累得不想动，一个靠在沙发上，一个坐在地垫上，居然都睡着了。

下半夜盛夏在地上被冻醒从地上爬起来，路灯从窗外投射进来，邵佳恩蜷缩成小小的一团在沙发上睡着了，他拿起沙发上的毯子轻轻地盖在她的身上，一个决定在他的心里慢慢萌芽，渐渐坚定了。他掏出手机走到阳台，拨打了助理的电话。

地产大亨之子影视歌三栖明星盛夏拍完这最后一部电影即将退出娱乐圈接管家族产业的消息一经传出，即刻震惊了整个娱乐圈，占据了各大新闻头条。关于邵佳恩这个小小的花边新闻瞬间被压了下去，连吃到玻璃碴的当事人出来发帖澄清是诬陷都已经没有人关注了，影迷歌迷哀号一片，专访邀约像雪片一样飞来，被盛夏的助理统统挡了回去。

邵佳恩一觉醒来世界已经发生了翻天覆地的变化，但她不知道。她当鸵鸟已经成了习惯，逃避伤害成了本能，知道自己被人肉了被网络攻击的时候，她就从内心拒绝看新闻。她醒来的时候盛夏已经先走了，给她留了一张字条，她拿起茶几上盛夏的留言：

佳恩，这几天会很忙，事情也会很多，但是相信我，一切都会处理好的，等我。

阳光从窗户照进来，邵佳恩突然觉得充满了力量，她跑去洗了个澡，然后去医院。

一切似乎都在往好的方向发展，出门路过烘焙坊的时候，烘焙坊的招牌已经被摘了下来，但是门口已经没有人蹲守了。邵佳恩说不上自己是什么心情，一切心水付诸东流，好运刚刚开始又匆匆结束，但盛夏的出现还是给她带来了很大的力量，她收起纷乱的情绪，匆匆往医院赶去。

小女孩和陈南都已经醒了过来，这让大家都很高兴，小女孩观察几天就可以出院，陈南因为腿断了，要多住几天。但相对两个人昏迷时大家的担心和恐惧，这似乎已经是很好的结果了。苏素几天没睡好，眼睛下有了明显的黑眼圈，邵佳恩把她先劝回了家，然后去缴费处给两个病号交了钱。

回病房的路上，居然碰到了贺平。

五年未见，邵佳恩还是一眼就认出了他。在看守所的时候，贺平就是她角落里的阳光，每一次他的出现，给她带来外面的消息和无限的希望，虽然最后的结果不怎么好，但是对这个像哥哥一样的律师，她还是非常感激。

她有点激动地冲贺平挥了挥手：“贺律师！”

两个人在医院的小咖啡厅坐了一会儿。

其实隔了这么多年，当时觉得天崩地裂的事情，也这么悄无声息地过去。刚认出贺律师的激动过去了，邵佳恩也不知道要说什么，她低头看着自己手上握着的水杯，贺平看着她笑了笑说：“其实我看见你有几次了，你去我们办公室送过甜点。”

邵佳恩有点意外：“真的吗，那你怎么不叫我？”

贺平笑了笑：“我以为你会怪我。”

邵佳恩也笑了：“不会。我一直记得你对我的鼓励，后来的结果，其实和你也没有关系，是我自己的原因。”

贺平有点遗憾。

邵佳恩像想起什么似的说：“贺律师，其实你一直相信我的，对吗？”

贺平点了点头，似乎想了一下说：“其实我觉得还有一个人相信你。”

邵佳恩有点意外：“谁？”

贺平有点犹豫，但还是说了：“盛总，盛北辰。”

他继续说：“当年他出了证言，我觉得他应该后悔了，他现在在极力调查这个事情，我希望他有朝一日能还你清白，沉冤得雪，当年你太冲动了。我也在搜集关于当年的一些证据资料，如果能用得上，我会尽力。”

邵佳恩愣住了。

09

Jia Qi

Wei Wan

{第九章}

那些最美好的青春时光

1.

告别了贺平，邵佳恩在楼下买了点水果，准备回住院部去把陈北替下来，让陈北回家去休息一下，小姑娘也累坏了。

她刚刚走到门口，却听见病房里传来夹带着哭腔的陈北的声音：“哥，我真觉得这就是我们拿了钱的报应……”

邵佳恩本能地停住了脚步。

陈南有点痛苦的声音传来：“可是我们有什么办法，三万我们什么时候能凑齐？如果没有这个钱……”

“我们拿了这个钱但是害了佳恩姐，你知道不知道，你昏迷的时候，被你撞的小女孩的家人要打我都是佳恩姐替我挡了下来，你和小女孩住院的钱都是佳恩姐出的，佳恩姐和苏阿姨一直在医院照顾你们，那个吃了玻璃碴的人也要佳恩姐赔钱，还在网上骂她，现在佳恩姐店都开不下去了，我们也没有工作了……”陈北一边哭一边说，泣不成声。

“我有什么办法……我有什么办法……谁让咱们家里那么穷，如果没有那三万，妈妈就没救了……”陈南喃喃着。

邵佳恩震惊地站在门口，有点不敢听下去，她本能地拒绝听下去，脚下却似有千斤沉一般挪不动。

陈北继续哭着说：“不是只让我放了玻璃碴就可以了吗？为什么把人给撞了自己还成这样了……”

“我心里难受。”陈南也哭了，“我送了货就知道要出事，回来骑电动车还在想这个事情，那小女孩突然从巷子里冲了出来，我来不及刹车，撞了她之后，我自己也摔到沟里去了……”

“这就是我们的报应，我们怎么对得起佳恩姐，看她一大早赶过来交钱照顾你，我真的受不了，哥，这是我们的报应，我们还会有报应的……”

邵佳恩觉得浑身哆嗦，伸手去拉门把都有点抓不稳。

她哆哆嗦嗦地推开病房的门，手里的水果“啪”的一声掉落在地上，滚得到处都是。她伸手指着看见她突然出现受到惊吓一脸惊恐的两兄妹：“你们两个刚才在说什么？”

陈南陈北两个人飞快地在擦眼泪，陈北嘴巴哆嗦着也说不出话来，陈南慌慌张张地不敢看邵佳恩。

“佳恩姐，我们没有说什么……”

“你们两个狼心狗肺的东西，我哪点对不起你们了？”邵佳恩整个人抖得厉害。她为这个意外到处奔波，提心吊胆，出钱出力，连店都搭了进去，没有想到，始作俑者居然是眼前这两个看起来比她还惨的两兄妹！

老天这是和她开玩笑吗？

她愤怒地指着他们两个：“快说，你们两个刚才在说什么？”

在邵佳恩店里工作了一段时间，两个人从来没有见过邵佳恩这么失控这么愤怒这么凌厉地对他们说话，两个人都有点惊恐。

陈南打着石膏的腿吊在那里，愤怒的邵佳恩真想把他另外一条腿也打残了。本来坐着的陈北摇晃着站了起来，又突然“扑通”一声跪在邵佳恩的面前：“佳恩姐，别问了。”

邵佳恩觉得自己的心都要跳到胸腔外了，她努力地大口呼吸平稳情绪，冷冷地看着陈北：“不说，那我报警了。”

她作势要掏出手机，陈北爬过来一把抱住她的腿哭道：“佳恩姐，不要报警，求求你，我告诉你。”

两兄妹来自遥远的大西北，家境贫寒，父亲很早在矿难中去世，母亲在艰难中拉扯他们长大。本来他们都在家乡生活，哥哥在餐馆打工，妹妹还在上学，收入虽然微薄，但也勉强能够生活。

直到去年下半年，母亲在村里免费体检里被查出淋巴癌，家里的天一下塌了。好在病在早期可以治好，但是手术费，却是不小的一笔，靠着家里的一点地和哥哥一个月一千多的工资还不知道要攒到哪一年，都说南方富庶，妹妹便退了学，两兄妹一起南下打工。找工作也算顺利，来的第二天就看到邵佳恩烘焙坊门口的招聘启事，还包吃包住，一次还可以留他们两个，对他们来说，这无疑是天大的好消息，两个人便留在了烘焙坊，每个月的工资，都可以往家里寄。

家里没电话，每次打电话回家都要打到同村的姨妈家。直到半个月前，姨妈打电话过来说，妈妈病情恶化了，要马上做手术，得准备三万块钱。

两个人愁破了头，靠工资还要攒好几个月，就怕母亲等不住。

就在这时，有一个人找上了陈南。

她戴着墨镜，长得很漂亮，在陈南送货出来的时候拦住了他，简单明了地告诉他，要他帮忙做点事，小事一桩，酬劳很高。

就算是来自遥远的西北，陈南也知道天下没有免费的午餐，他摇摇头：“杀人放火我不干。”

对方“扑哧”一声笑了：“怎么会叫你去杀人放火呢？你帮我放点玻璃碴在栗子烘焙坊的甜品里，我付定金三万，事成之后，再给你三万，如何？”

陈南本能地就想拒绝，但是对方的条件太诱人了，正好是他需要的三万。他傻傻地问：“为什么要放玻璃碴在蛋糕里？”

“因为我们是竞争对手呀，我被她打压得都没有生意了，这样只是让她分我点生意，不会出什么大事的。做不做？这个机会不是天天有哦。”对方轻描淡写。

陈南犹豫了，他那么需要钱，道德感又提醒他不能这样做。

对方看他犹豫的样子，掉头就准备走，一副无所谓的样子：“算了算了，不放了，几万块钱，我卖甜品也要卖很久了，也不知道这个成本值不值。”

陈南看着她越走越远，忍不住着急起来，追过去：“等一等！”

……

邵佳恩怒极反笑，她接着陈北的话说完：“然后你们为了救你们的母亲，就拿了钱，往千层蛋糕里放玻璃碴，再送给客户吃，然后在回来的路上，因为做贼心虚撞了人？你们两个初来S城找工作，没地住我让你们住店里，就是方便你们在材料里放玻璃碴？”

陈北流泪满面：“对不起，对不起……”

邵佳恩不为所动，怒视两兄妹：“往蛋糕里放玻璃碴，这种事情你们也敢做，如果出了人命呢？你是准备拿三万块赔还是拿命赔？我现在是应该夸你们两个孝顺，还是应该报警把你们抓起来？”

陈北紧紧地抱住邵佳恩的腿：“佳恩姐，求求你，千万不要报警，求求你，我们错了，我们以后做牛做马报答你，我们真的没有想到事情会这么严重……”

邵佳恩觉得她已经无法待下去了，她努力强撑着理智地问：“叫你们放玻璃碴的人长什么样子？”

陈北没有见过，看着陈南。

陈南支支吾吾：“对不起，我忘记了……”

愤怒的邵佳恩一巴掌拍在他的伤腿上：“你给我说。”

陈南痛得龇牙咧嘴：“我真的忘记了……”

邵佳恩点点头：“好的，忘记了，我相信警察有办法问出来她长什么样子。”她掏出手机做出要报警的样子。

陈南经不起吓，一下慌了：“我说，我说，我想起来了，她虽然戴着墨镜，但是我见过她，我记得她。”

邵佳恩按住突突跳的太阳穴：“直接说，长什么样子。”她努力地回忆什么时候得罪了哪个做蛋糕的同行，在脑袋里搜寻了半天，竟然毫无头绪。

“就是上次……要送你回家的那个女的。”陈南一副恍然大悟的样子。

“哪个要送我回家的女的？”邵佳恩有点想不起来。

“就是我们上次去酒店搭甜品台，有一个男的和一个女的抢着要送你回来的那个女的。我那天太紧张了一下没看出她是谁，可是今天我在这里清醒地一想，可不是她嘛，讲话的声音都一样。”

栗子烘焙坊从开张到现在一共只搭过一次甜品台，根本不用去多想。林珈仪！邵佳恩只觉得喉咙一甜，一口血都快吐出来了，真是万万没想到，日子刚好过一点，一切又回到了起点。她挣脱开抱着她腿的陈北，哆哆嗦嗦地指着他们两兄妹："你们两个，好自为之，我再也不想再看见你们了。"

她转身就走，越走越快，背后的两兄妹哭成一团，她脑子里嗡嗡的，林珈仪！

等她反应过来的时候已经走到马路上了，阳光很好，心情却不能更差。她掏出手机拨通林珈仪的电话。

林珈仪似乎对接到她的电话很意外也很开心："佳恩，怎么会想起我给我打电话啊？要不要一起吃个饭？"

"不敢，我怕你往我饭里放玻璃碴。"邵佳恩冷冷道。

林珈仪一副听不懂的样子："佳恩，你在说什么呀？"

"林珈仪，你少在那里惺惺作态，你做的事情我都知道了，我奉劝你适可而止，你要知道，今天的你还可以风平浪静地生活已经是老天对你的恩赐了。"邵佳恩很愤怒。

林珈仪也懒得装了，不紧不慢地说："佳恩，成王败寇这个道理，你一直不懂，你是当惯了公主，不会当灰姑娘了，这些小事，只是生活对你的考验而已，小小的考验。比起我那些年的心理折磨，这根本不算什么。今天的你依然活在你自己的世界，你不用去攀比，你穷你的，理直气壮，你永远不会懂我的当年，那种看似拥有一切却又要时时刻刻提醒自己是个配角这一切都不属于我的日子，我现在想起来都会脊背发凉。我不想让你出现在我的生活圈里，随时提醒我那些让我不愉快的过去。对，我曾经不属于这里，但是现在不一样了，未来我会让你不属于这里。S 城有我没你，我那天和你说的话依然有效，带着你妈妈，走得远远的，你只要保证不出现在我的视线里，我保证你在另外的地方可以生活得很好。”

邵佳恩气得头皮发麻：“林珈仪，你忘记在咖啡厅我和你说过的话了吗？如果我把这个秘密公布于众呢？”

“呵呵，佳恩，你不会的。”林珈仪很轻松，“我那天被你唬住了，可是我很快就明白过来，你诈我而已，曾经的我有多恨你，今天的你就有多恨我，如果你手里有筹码，你不会留着不用的。再见，佳恩，晚上有派对，我要去化妆了。”

电话被挂断，邵佳恩一口气提不过来，差点晕过去。她坐在马路边的长椅上，行人匆匆过，没有人注意脸色灰败的她。林珈仪真是越来越聪明了，她有点不甘地掏出手机要报警，脑海里突然又想起陈北泪流满面抱着她腿的情景，她的心一软，放下了手机。

2.

盛夏来去匆匆，如果不是口袋里那张字条，邵佳恩真的会怀疑是盛夏的出现还有那个温暖的拥抱是因为自己太疲惫而产生的幻觉，她回到家拨打盛夏的电话一直无法接通，吃了晚饭洗澡睡了一觉凌晨醒来，手机上有个未读微信来自盛夏：“我已经回了剧组，你好好照顾自己，等我回来，一切有我。”

她想马上拨打个电话回去，一看时间又把手机放下了，第二天再打，又是无法接通。

妈妈一大早就赶去医院照顾陈南，邵佳恩没有阻拦妈妈。伤心的事情她自己扛就够了，不想让妈妈知道，让妈妈失望。

晚上，妈妈回来时很诧异地对她说：“医院里的人说陈南家一个亲戚给陈南和小女孩预存了一大笔医药费，够他们治好到出院了。陈南家还有个这么阔绰的亲戚，真是没有想到。不过这样真好，解了燃眉之急，我还在担心他们接下去的医药费怎么办。”

邵佳恩也觉得很奇怪，陈南出事之后，根本没有人来看过他，这个亲戚从哪里冒出来的？但一想到这两兄妹她的头痛起来，也就没有去细想了。

烘焙坊也做不下去了，以前母女俩一直隐忍着不提爸爸。

那天跟盛北辰那么一发泄，邵佳恩发现她特别想爸爸，她考虑了再三，还是忍不住问妈妈：“妈，爸爸……他葬在哪里？”

从回来到现在，邵佳恩一直都像鸵鸟一样抗拒面对这个现实，仿佛她不问不说，平静的假象就永远不会被打破，现在，她终于不想再麻痹自己了，她真的很想，去看看爸爸，和爸爸说句话。

苏素也愣住了，沉默了一分钟：“雁洄镇的公墓里。”

邵佳恩嘴巴张了张，艰难地从喉咙里挤出一点声音：“我想去看看他。”

天阴沉沉的，风很大，偌大的陵园里一个个墓碑孤独地竖立，邵佳恩没费多大力气就找到了爸爸的墓，青色的墓碑上一张小小的照片，爸爸慈祥地笑着。邵佳恩忍不住伸出手去触摸，石板的冰凉从指尖直沁她的心，她有点哽咽：“爸爸，我来看你了。”

她记得他们的分别，十八岁的生日宴会上，晚宴过后，长辈们陆陆续续地散了，年轻人们意犹未尽，以邵佳恩为首，纷纷表示要去KTV再玩一会儿。爸爸担心她但也顺着她，他摸了摸她的头发：“那你们别玩太晚，散了叫林叔来接你们，爸爸妈妈给你准备的礼物还没给你呢。”

那个时候的她满脑子都是盛北辰，根本不在意爸爸妈妈给她准备了什么礼物。

“好的，好的，好的，你们快回去吧！”她一边撒娇一边把父母往电梯里送。

妈妈佯装生气：“记得早点回来，散之前先给林叔叔打电话。”

她应该听话的，她不懂为什么她那天没有打电话叫林叔叔来接他们，是真的喝多了，还是贪恋和盛北辰待在一起的时光？但这一切已经不重要，分别时的言笑晏晏犹在眼前，今天却天人永隔。

她清楚地记得在看守所里和爸爸的最后一面，那一幕像烙印一样给她刻下了一生的伤痛。在看守所的走廊里，那长长的就像漫长得仿佛一眼望不到尽头的悲苦的人生一般的走廊里，那穿着天蓝色囚服的清瘦落魄的爸爸，在看见她的瞬间仓皇离去不敢相认。

她的爸爸一生清廉，人生里唯一的一次铤而走险就是为了她，却没想到，树倒猢狲散，一步走错，满盘皆输。命运这双翻云覆雨的手，将她捧上天空，又狠狠摔下，那无数个曾经憧憬的一家美满美好的未来，现在都是悲凉的笑话。

她不懂该恨谁，盛北辰？林珈仪？还是愚蠢的自己？

可是，恨了又怎么样，她美好的青春时光，她最亲爱的爸爸，再也回不来了。

下山的时候下起了雨，雨滴打在脸上和泪水混在一起，又冷又咸，她有点自我厌弃，没有带伞，也不想找地方躲雨，那些温馨美好的过往在她的脑海里一幕一幕地掠过。

“爸爸……”她喃喃着，一边哭一边孤独地走着，雨很快打湿了她的衣服，眼前的视线白茫茫的一片，爸爸，我真的好想你。

直到头顶突然出现了一片无雨的天空，她迷茫地回过头，却看见蹙着眉头的盛北辰的脸，他看着她：“邵佳恩，你不冷吗？”

邵佳恩没有理他，自顾自地向前走。

盛北辰碰了一鼻子灰并没有走开，他直接一把抓住邵佳恩的手往停在后面的车上带：“天都要黑了你一个人在这里淋着雨走，你不要命了想过苏老师吗？”

邵佳恩脑子“嗡”的一声，脚不听使唤地跟着盛北辰走，原来真的，她连自暴自弃的资格都没有，她还有妈妈，她想赎罪，就更应该照顾好自己，照顾好妈妈。

论谈判，盛北辰是祖宗，总是能在短时间内切到要害一击就中，可是天知道，他有多么懊恼。

邵佳恩的出现，他表面上波澜不惊，心里却慢慢地起了惊涛骇浪，对参与过却并非完全了解的过往的执着，对身处逆境的她的心疼，让他难过，也让他慌乱。

今天早上他也不知道为什么会驱车前往邵佳恩家门口守候，可是看见她出来，他鬼使神差地慢慢地开车跟着她。

他看见她上了公交车，再转小巴车，到了雁洄镇又坐了小三轮，到了山下慢慢步行来到陵园。他看见她在墓碑前哭，他看到她在雨中喃喃自语，踽踽前行，他真的没有办法假装看不见，他觉得他就像一个跟踪狂一样可笑，却又控制不了自己不去想。

他败了，早知今日，何必当初。

何必当初！

邵佳恩上了盛北辰的车，淋雨的痛快感过去后，冷得直打哆嗦，盛北辰拿出一块干毛巾扔给她，又把自己的外套脱下来递过去。

邵佳恩冷冷地看着他没有伸手接。

盛北辰有点烦躁地一把拿起毛巾擦邵佳恩的头发，一边去扯邵佳恩的外套。

邵佳恩警觉起来，天渐渐地黑了，她看不太清楚盛北辰脸上的表情，但是在夜色下的公墓旁的山路上，这一切太诡异了。

邵佳恩不吭声双手紧紧地护住自己的领子，盛北辰有点无语："你以为我想干吗？你外套全湿了现在不脱等着感冒吗？"

原来是想多了，邵佳恩没有再抗拒，顺从地把外套脱了。盛北辰飞快地把她的外套往后座一扔，把自己的外套罩在她的身上。

车里的暖气打得很足，交通频道悠悠地在放一首老歌，盛北辰一松刹车，车缓缓前行，他飞快地瞟了一眼一声不吭的邵佳恩，说不上自己是什么情绪，他忍不住对她说："佳恩，放下过去，你才能好好地生活，不要再折磨自己了。”

邵佳恩的心痛了一下，她何尝不想好好生活，但是生活的步步紧逼又何尝让她缓过气来，今天的生活，哪里由得她选择。

她没有回答他，他也没有再说话，浓重夜色下的小小车里，两个人都若有所思，她没有问他为什么他会出现在这里，她不断地想起爸爸慈祥的笑，又想起林珈仪猖狂的狠话，她的太阳穴突突地跳了起来，头一阵一阵地胀痛，她不是没有想过告诉他一切。

但是，她也不是没有听说过林珈仪的爸爸和盛家那盘根错节的因缘，说了又如何，毫无证据的一己之言，又能改变什么？她不会因为他一个许诺愿意和她在一起就相信他能为她伸张正义开始幻想，她就是因为太任性太幼稚白日梦做得太多才错得溃不成军，他们回不了过去，更回不到当初。

车子路过雁洄山风景区开始拥堵，紧随其后的一辆黑色 JEEP 不停地在按喇叭，盛北辰和邵佳恩都从后视镜了往后面看了几眼，夜色下并没看出什么，直到那辆 JEEP 艰难地挤到盛北辰庞大的乔治巴顿的右边。

车窗飞快地摇了下来，方洛洛的脑袋露了出来，她不停地挥舞着手臂。邵佳恩打开车窗，方洛洛脸上的表情是控制不住的惊喜：“佳恩，我就知道是你，我没有看错！你怎么在这里？嘿嘿，你们的车太好认了，刚才晃了一眼我就觉得是你。”

邵佳恩错愕，这也太巧了。方洛洛指着前面空旷的地方：“停那里会合。”

邵佳恩原本以为盛北辰会不耐烦，不料他却笑了，他毫无意见地按方洛洛的指挥和他们的 JEEP 并排停了下来。

邵佳恩下了车，等到看到和方洛洛一起下车的人后，她更加震惊了——居然是方勤和张绮，两个人还手牵手。张绮一脸甜蜜地和邵佳恩打招呼，方勤看向邵佳恩身后的人：“盛总。”

盛北辰点点头算打招呼，方洛洛飞快地冲过来拉住邵佳恩：“你们也是来看夜景的吗？你们两个怎么会在一起啊？”她狐疑地看了一眼邵佳恩身上的盛北辰的外套，“呃……”

邵佳恩有点不知道该如何解释，但还好方洛洛已经很快跳转到另外一个话题上了，她指了指方勤和张绮：“他们两个要结婚了，今天来雁洄拍婚纱照，晚上来看夜景，这个景区里有个观音洞你知道不知道？晚上许愿超灵的哦，我们都要去许愿，我们一起吧，一起吧。”

听到方勤和张绮修成正果的消息，邵佳恩还是由衷地觉得开心，虽然共事的时间不长，但是方勤一直对她照顾有加，她不太会说场面话，真心地祝福了他们两个。

方洛洛放开邵佳恩的手跑去找盛北辰了，她有点奇怪地问他：“为什么你会和佳恩在一起啊？我们去观音洞你要不要去？”

3.

邵佳恩本能地想出声拒绝，不料，盛北辰快她一步说出口：“好啊。”

方洛洛朝她比了一个“耶”的手势，她愣在那儿，方洛洛跑过来拉她：“那走啊，还要开一个多小时车才到呢，我要坐你们的车，哇哦，乔治巴顿，我还没坐过呢！”说完连蹦带跳地爬上了车，大家也各自上车了。

邵佳恩陪方洛洛一起坐在后面，方洛洛看了看在开车的盛北辰：“盛北辰，你这样有点像我们的司机。”

盛北辰和邵佳恩都有点无语，方洛洛显然已经忘记了刚才问他们为什么在一块的问题，她喜滋滋地说：“张绮说她就是在观音洞许了和我哥在一起的愿才和我哥走到一起的，这里真的超灵的，你们有没有愿要许？”

邵佳恩的心里有点苦涩，她有太多的愿望想许，但她知道，一定不会实现。

方洛洛自顾自地说下去：“你们两个还记得以前吗？盛北辰你在天龙的雁洄镇服务器玩游戏，佳恩去找你，这个消息还是我告诉佳恩的……”也许是感染了方勤和张绮的喜气，今天的方洛洛看起来特别开心。

她并不知道当年车祸的具体经过，只知道佳恩出了事判了四年，只知道佳恩喜欢盛北辰。

邵佳恩知道方洛洛为什么旧事重提，方洛洛或许还以为她喜欢盛北辰，今天看见他们两个在一起也许有了进展想撮合他们，可是四年的囹圄时光啊，就算没有那个陷害，她因错锒铛入狱，而他四五年的时间对她不闻不问从不曾来看她一眼，这得多坚强，才能继续喜欢下去，独角戏唱到最后，也得悲凉地散场。

盛北辰倒是被逗笑了，问方洛洛："是吗？"

方洛洛兴致勃勃："是的，她还跑到游戏里给你送了烟花，结果你不领情，真是的。不过我可是记得很清楚，那个时候佳恩迷你迷得不行，所有的密码都是我爱盛北辰的拼音，哈哈哈哈……"

邵佳恩的脑子里如同有道白光闪过，我爱盛北辰！

她瞬间想起了自己的邮箱账号和密码。是的，方洛洛没有说错，都是我爱盛北辰的全拼。

她的呼吸变得急促，脸微微涨红，因为激动，她有点颤抖。

手舞足蹈的方洛洛和盛北辰两个人笑得死去活来丝毫没有发现邵佳恩的不对劲，邵佳恩脑子有点缺氧，这一刻她仿佛穿越回多年前，方洛洛给她出谋献策，她再拼命地跑去盛北辰面前耍宝，只渴望得到盛北辰哪怕是一个微笑。

我爱盛北辰，就是我爱盛北辰。

她想起来了，混沌的脑子接到了提示瞬间清晰起来，她紧紧地攥住了自己的拳头。车缓缓停在了景区门口，方洛洛连蹦带跳地下车找张绮他们，盛北辰回过头看她，看见她红得异常的脸色，有点惊讶地问："你怎么了？"

"盛北辰。"邵佳恩叫他。

她的声音难得对他温柔，她的眼里仿佛有两簇小火苗在闪动。

盛北辰有点疑惑地看着她："佳恩，怎么了？"

"如果我有证据证明，《锦绣江山》原小说是我写的，你会怎么做？"

盛北辰震惊了，不可置信地看着她："你说什么？"

邵佳恩被他的表情刺痛了，有点倔强地笑了笑："我说，《锦绣江山》原小说是我写的，你信吗？"

盛北辰愣住了。

观音洞之行两个人变得心不在焉，扔硬币许愿的池子，盛北辰和邵佳恩盛情难却地接过方洛洛准备好的硬币草草一扔却意外地扔进了同一个孔，方洛洛噼里啪啦地鼓掌："你们一定会在一起的，永结同心。"

盛北辰笑了笑，张绮也赶紧赔笑，邵佳恩很无语，方勤更无语，邵佳恩和盛家兄弟这扑朔迷离的关系，他再也不想掺和，他才不想再当他们的炮灰。

回去的路上，方洛洛没坐他们的车，说是不想当电灯泡。和方洛洛幻想的郎情妾意浓情蜜意的氛围不一样，他们两个都很沉默，盛北辰默默地开着车，他被这突如其来的消息震惊了，他到底亏欠了邵佳恩多少。他愿意相信佳恩说的一切都是真的，又害怕这一切都是真的，他甚至自私地想过倘若当年的一切都是他以为的那样，那他也愿意陪她走余下的人生路，可是他们都无法自欺欺人，无论如何逃避，真相永远不偏不倚地深埋在某个地方等待挖掘，他们都已无路可退，只能迎头面对命运的每一次痛击。

邵佳恩误会了盛北辰的沉默，她以为盛北辰不相信她，不过没关系了，她会用证据来说明，她不会软弱地任林珈仪搓圆捏扁了！她看向盛北辰："盛北辰，你带我去一个有电脑的地方，我可以证明给你看。"

"好。"

盛北辰直接带邵佳恩回了他位于市中心湖边的公寓。邵佳恩本能地跟着他走，她并没有多想，也不在乎去了哪里，她只想证明，她一定要证明，《锦绣江山》那是她的心血之作，林珈仪踩着她一步一步地爬上去，这是她第一次找到的可以反击林珈仪的机会。

盛北辰的书房正对市中心的大湖，站在巨大的落地窗旁，整个城市尽收眼底，霓虹闪烁灯带如虹繁华又美丽，邵佳恩无暇欣赏，盛北辰站着帮她打开电脑，她当着他的面输入“我爱盛北辰”的账号不是不尴尬的，但是这会儿已经顾不上了，“叮”的一声，登录成功，她打开邮箱，就像打开了一个潘多拉的魔盒。

那些尘封的记忆在一封封自己发给自己的邮件里渐渐苏醒，邵佳恩控制不住地颤抖，她的眼睛亮晶晶的，握着鼠标的指尖微微发白。盛北辰震惊地看着那一封封邮件里保存的原稿，简直不敢相信自己的眼睛。他想起林珈仪把稿子交给他的时候那坦然自若的样子，不禁阵阵发寒，真相一点一点地抖落身上的尘埃显露狰狞的原貌，他的呼吸似乎都要停顿了，他不得不在心里承认，他铸下大错。

他要怎么办？

邵佳恩脸色发白，抖得厉害，他忍不住伸出手去拥抱她，她却将他一把推开，她的声音因为激动而尖锐：“盛北辰，你告诉我，你会怎么做？”

盛北辰站在那里，俊美的脸上有悲伤、痛心，更有迷茫，他真的一时半会儿，不知道要怎么做。如果是别人，马上可以有一千套解决方案，可是为什么，偏偏是父亲的救命恩人的女儿做的这个事情？他的沉默激怒了邵佳恩："这就是你说的给我公道吗？"

他伸出手，不顾邵佳恩的反抗紧紧地抱住了她。

邵佳恩被他紧紧地拥在怀里，拼命挣扎后又慢慢地冷静了下来，她曾经是那么向往这个怀抱，为什么此刻感受不到温暖？

悲伤的气息在偌大的房子里荡漾开来，邵佳恩听到他低低地说了一句："对不起。"

片刻之后，又听见他说："我一定会给你一个公道。"

4.

宏盛总裁办公室，盛父盛骥看着盛北辰拿过来的关于《锦绣江山》剽窃的材料，陷入长长的沉默里。和林文峰重逢五年了，故人相见，出于对当年的感激，以及重逢的感恩，他对林家父女，可以说是诸多照顾，万万没想到会出这样一个事情，还是这样敏感的人物关系。

他沉默了许久之后问盛北辰："这个原作者，你说是邵佳恩？就是邵方安的女儿？"

"嗯，是的。"气氛很压抑，盛北辰多少可以体会到父亲的心情。

"小辰你的意见呢？"盛骥询问儿子。

"爸爸，做事先做人，这是您教我的，错就是错，对就是对，公事公办。"盛北辰的脸上似乎看不到情绪起伏。

盛骥再一次陷入沉默，许久之后，他说："我先和文峰谈谈吧。"

林文峰被邀请到盛家的时候，并不知道他的平静日子，可能到这里差不多就结束了。

这些年，盛家他来了无数次，都被奉为上宾，家里大小都对他客气有加，和盛骥意外重逢后的这几年，因为盛家的照顾，他也算是平步青云，林珈仪留学归来，又争气地写出了好作品，《锦绣江山》收视长虹，每当电视重播，片头那先打出的"根据林珈仪同名小说《锦绣江山》改编"那行字，都让他觉得光宗耀祖，集团里人人都知道盛总器重他，女儿又才貌双全，早晚嫁进盛家，可以说，在宏盛集团，风头一时无两，日子过得好了，人也胖了头也秃了，随时看去都是一副富贵相，哪里还有当年单独在S城讨生活的时候清瘦清苦的样子。

他常觉得，他这也算时来运转了，一定是祖上显灵了。等到盛骥把材料摆在他的面前，要他细细过目问他怎么看的时候，他的震惊更是远远超过了盛家父子，他觉得他当场都要爆血管死掉了。

当年邵方安情急之下来求他，想让他劝珈仪去顶替邵佳恩，他刚和珈仪提了一下，林珈仪就直直地跪在他的面前，不吃不喝也不说话，他正着急左右为难想逼珈仪答应的时候，居然在盛家碰到了老朋友盛骥。

盛骥是谁？再也不是他当年从洪水中救出的那个奄奄一息的少年了，在S城，哪怕是整个Z省，他盛骥一句话，都是铿锵有力、掷地有声，傍上这样的一棵大树，他甚至连做梦都不敢想过。邵方安夫妻平日里对他并不差，但是那个时候，他还是狠了狠心，举报了邵方安，断了邵方安的念想。

他跟着邵方安多年，常在河边走，哪有不湿鞋，邵方安对他又毫无防备，可以说被出卖得彻底，没多久，纪检来了，检察院来了，公安局也来了，邵方安就被抓了。邵方安被抓了，他就失业了，正中他下怀，果然不出他所料，盛骥很快给他安排了工作，这次不开车了，直接安排在了集团工会。

都是一些不错的差事，凭着自己的圆滑和盛骥的器重，他很快做到了工会主席，前主子邵方安早就远远地被他抛到脑后，更不要说想起邵佳恩。哪里想到，林珈仪这作品，居然是剽窃了邵佳恩的！

他头上的血管在突突地跳。

盛骥的脸上倒是没什么表情，林文峰觉得不知道说什么好。

盛骥看他的样子，拍了拍他的肩膀："你先回去问问这孩子吧。"

他接了圣旨回到家，林珈仪正好打扮好从楼上下来准备出门，看见他这个时间回来有点莫名其妙地问他："爸，你怎么这个时候回来了？"

林文峰怒不可遏，重重的一巴掌挥了过去，林珈仪猝不及防被他这一巴掌打得摔倒在地，嘴角的血迅速地流了出来。她难以置信地捂着脸："你疯了？你打我干吗？"

林文峰掏出牛皮袋里的文件丢在她身上："你自己看！"

林珈仪捡起来一翻，瞬间脸色苍白如纸。她顾不上擦嘴巴上的血，飞快地从地上爬了起来抓住林文峰的衣服，凄厉地问他："你哪里来的？这个文件你是哪里来的？"

林文峰看着她疯狂的样子，原本的不敢相信慢慢坐实了，他的心一点一点地沉了下去。

他甩开她的手，愤怒地咆哮：“你还有脸问？哪里来的？盛总给的！看你干的好事！”

林珈仪被他一甩踉跄了几步之后站定了，她惊恐地问：“哪个盛总？盛北辰？”

“他们都知道了！你为什么要这样，你不这样做我们照样日子可以过得好好的，你为什么要做这种事情？”林文峰简直要崩溃了。

没有想到，邵佳恩真的有备份，她太轻敌了。

林珈仪懊悔已经来不及，不死心地问林文峰：“那他们相信吗？”

林文峰冷笑一声：“你说呢？”

林珈仪绝望地坐在地上，林文峰一把把她拖了起来，他近乎失控地摇晃她：“你给我一个交代，你必须给我一个交代，我要怎么向盛总他们交代？你告诉我！”他仿佛看见他的荣华富贵都长出翅膀即将飞走，功败垂成，他气急败坏、怒火攻心。

看着林文峰疯狂的样子，林珈仪倒是慢慢地冷静了下来，她擦掉了嘴边的血，一丝笑意在她的脸上浮现：“林文峰，他们都有资格问我为什么这么做，但你真的没有这个资格。”

听到女儿直呼自己的大名，林文峰愣住了：“你叫我什么？你说什么？我没资格？”

“对，全天下都有资格，就你没资格。”林珈仪在沙发上坐了下来。今天的林家和过去那个简陋但是温馨的有妈妈的林家已经大相径庭，真皮沙发柔软舒适，大理石地板被钟点工磨得闪闪发亮，偌大的房子却如样板房一般，精致规矩，毫无人气，毫无温暖。

林文峰不敢相信自己的耳朵，他喃喃着：“你说什么？”

林珈仪笑了笑，却发现笑得脸真疼，她龇牙咧嘴：“我说你没有资格说我，从你把我们扔下我妈一个人死在西湖边那天开始，你就没有资格了。你把我从木兰带到这里来，从来也没有问过我愿意不愿意，你没有出息，要听人使唤低三下四，你凭什么拉着我一起？你听邵方安使唤，我听邵佳恩使唤，这就是你给我安排的人生？我妈死的时候你在哪里？你在陪邵家！我被你打聋了一边耳朵的时候你在哪里？你带着从树上掉下来的邵佳恩去医院！陪邵佳恩上学下雨的时候，撑伞的是你，一根头发都不会湿的人是邵佳恩，淋雨的是我！是我！在木兰的时候，我天天看不见你，我过得很快乐，你硬把我带来这里，我天天看见你，却过得生不如死。”

林珈仪的脸上浮现出一丝奇异的笑容：“还好，老天有眼，一切都结束了，坐牢的坐牢，死掉的死掉，只是我不知道，为什么邵佳恩还要回来？为什么她不死掉？她永远消失了，我就可以开开心心地取代她过下去，为什么她还要回来？”

林文峰踉跄一下，他布满油光的脸上掠过震惊痛苦的表情：“你已经拥有这么多了，为什么还要多此一举？你为何如此不知足？”

“知足？”林珈仪喃喃地重复，片刻之后她又笑了起来，“我妈去世后我的字典里就没有这个词语了，我拥有多少，我妈都不会回来，而且，我想拥有的，不止这一点而已。”

“现在事情败露了，现在要怎么面对盛总？”林文峰觉得林珈仪已经疯了。

“你去杀了邵佳恩呀！”林珈仪轻描淡写。

林文峰气得跳了起来：“你疯了吧，在胡说八道什么！”

“呵呵，我没疯。林文峰，爸，你这么爱听故事，要不要我给你讲另外一个？”林珈仪的脸越肿越高，笑容在肿得变形的脸上显得特别诡异。

她幽幽道：“爸爸，当年那个车祸，对，我说的就是让邵家家破人亡的那个车祸，开车的是我，不是邵佳恩，人是我撞死的，不是邵佳恩，你们都被我骗了。”

林文峰觉得仿佛有人拿荆棘在他的背上狠狠地抽了一下，他本能地跳了起来之后仿佛灵魂被抽空了一般没有了力气，他颤抖地举起手指着林珈仪：“混账东西，你刚才说什么？”

林珈仪呵呵地笑了：“爸爸……您真的是年纪大了，耳朵不好了呢，什么话都要我说两遍。那好啊，我就再说一遍，当年那个车祸，开车的是我，不是邵佳恩，人是我撞死的，不是邵佳恩，你们都被我骗了……”

林文峰只觉得脑袋的血往上涌，一股腥甜的东西直冲喉咙，头像被剖开一样剧痛，他眼前一黑，晕倒在地。

10

Jia Qi

Wei Wan

{ 第十章 }

陪你把独自孤单变成勇敢

1.

林文峰肥胖的躯体重重地砸在了光洁冰冷的大理石地面上，发出了沉闷的声响，林珈仪的笑容僵在脸上，秀丽的心形脸盘刹那间苍白如纸，她“嗖”地从沙发上站了起来，难以置信地看着倒在地上抽搐的林文峰，漫长的如窒息一般压抑的几秒过后，她哆嗦着叫了声“爸爸”，她惊恐的声音迅速消散在宽阔的房子里，没有人回应她。

不远处的地面上，林文峰双眼紧闭毫无意识，手脚以奇异的姿态微微抽搐，林珈仪惊慌地跑到他的面前蹲下来：“爸爸？”

没有回应，她的喉咙就像被一只无形的大手紧紧地扼住，努力地呼吸了几口之后，她艰难地从喉咙里挤出声音：“我爸爸晕倒了……快来人……我爸爸晕倒了……”

她跌坐在地上，不敢去触碰他。她看着他的嘴角慢慢地溢出口水泡沫，看着他发出痛苦的声响，直到救护车呼啸而至，家里帮佣的哭声，戴着白口罩的医护人员忙碌的身影，世界在她的眼前晃动，她没有哭，她哆嗦地麻木地看着这一切，她被人搀扶着坐上了救护车，救护车刺耳又急促的声音声声敲打着她紧绷的神经。她沉默地看着担架上双眼紧闭的爸爸，天阴沉沉的，仿佛一场暴风雨随时准备铺天盖地而至。

恍惚间，她想起八岁那年的木兰，也是这样的一个阴沉的日子，命运的转折毫无预兆地袭来，她记得那个天真的小小的自己，她看着最爱的妈妈一动不动地躺在厨房的地上，她惊慌失措地跑出家门：

“快来人啊，我妈妈晕倒了。”那一夜月朗星稀，皎洁月光下，她的小脸苍白如纸。

救护车抵达医院，急救人员争分夺秒地迅速把担架上林文峰的抬下救护车，然后飞快地冲向手术室，她踉踉跄跄地跟在后面跑，直到手术室的门“嘭”的一声在她的面前关上，她愣了许久，直至无力地坐在地上。

手术室门上的灯不停地闪烁，漫长又绝望，时间一分一秒地过去，孤单与恐惧如烟雾般弥漫，路过的护士看见坐在地上的她关心地问：“小姐，你没事吧，你的脸要不要处理一下，涂点药水？”

她如在幻境中被人唤醒般迷茫地摇了摇头，护士圆圆的脸离她很近，她却怎么也看不清楚，她慌乱地摇着头，眼前似乎蒙了一层氤氲的水汽。

不知过了多久，接到消息的盛骥一行人赶了过来。

夜幕笼罩下的医院走廊阴气森森，坐在地上的林珈仪像一尊孤独又单薄的雕像，盛太太把坐在地上的林珈仪扶了起来，盛骥的眼中有着难以言说的情绪，他看了一眼林珈仪的脸，那些红肿和淤青似乎在宣告不久前惨烈的冲突。林珈仪如灵魂被抽空一般，她不停地喃喃：“爸爸，爸爸……”

盛骥的到来很快惊动了医院的高层，院长很快赶了过来，询问了一下医护人员病人的病情后有点沉重地对盛骥说：“脑溢血，时间耽误得有点久了，有点凶险。”

盛骥沉重地点点头，林珈仪无力地坐在医院走廊里的长椅上。

那一夜是那样漫长，她不知道盛太太是什么时候离去的，盛北辰是什么时候到来的，她看到盛骥坚持陪着她等林文峰抢救出来，她的耳朵嗡嗡的，头发乱糟糟的，一直沉默地看着窗外。

她知道她现在一定很丑，但是她已经顾不上了，她看着医院那并不宽大的长方形窗外的天慢慢地变成了墨色，又慢慢地、一点一点地亮了起来，直到太阳升起来，阳光透过云层，那些如棉花糖般柔软的云朵就像镶上了一层金边。她觉得她幻想的无数美好的未来，在爸爸倒下的那瞬间，如玻璃般碎成齑粉。

睡眼惺忪的值班医护人员开始出来洗漱，走廊里有了早餐的香味。盛骥的秘书买来早餐递到她的面前："吃点早餐吧，林小姐，不然身体熬不住。"

她摇摇头，盛骥的秘书正打算再劝一劝，手术室的门"吱呀"一声拉开，一脸倦容的主治医生走了出来，面色凝重地问了声："林文峰的家属在吗？"

林珈仪条件反射一般从椅子上弹了起来，秘书手里的早餐被她一撞掉在了地上，她的心急速地跳快了，她不知道她在惧怕什么。

看着她布满血丝的双眼，医生带着歉意说："请节哀，我们尽力了。"

林珈仪只觉得天旋地转，无力地后退了一步，她的嘴巴张了又合，嘴唇哆哆嗦嗦的，却发不出任何声音。

一直守在一旁的盛骥震惊地站了起来，盛北辰的眉头紧紧皱了起来，他看着手术室那敞开的门口。

抢救床被缓缓地推了出来，洁白的盖布下，林文峰一动不动地躺着。

林珈仪颤抖着要去揭盖布，盛骥拉住了她："珈仪……"

她的眼泪如山洪爆发："爸爸，你醒醒，爸爸……"她扑在已经毫无生息的林文峰身上失声痛哭。

她的人生这不长不短的二十几年，她的心里对爸爸充满了怨怼，小时候在邵家杨梅树下，那毫不留情的一巴掌打过来，让她的一边耳朵发炎后痛了很久，后来慢慢地，那边耳朵几乎都听不见声音了，谁都不知道。那些身体的痛慢慢地转移，转移成心底的怨恨，她也曾恨恨地想，如果有一天他死了，她一定不会哭。

她没有做到，那时的她还没有真正明白血浓于水这句话的含义，直到癫狂的冲突过后，看着眼前这具冰冷的尸体，她那控制不住的眼泪、那绝望的哆嗦，让她终于明白了她还是会心痛。

她真的变成孤儿了。

盛骥看着这一切，眼底满是悲痛。昨天匆匆一别，没想到竟是永别。他想起他们少年时，福建山区如水的月光下，两个人一人一个烤红薯、一筒竹筒饭，那清香犹在鼻侧，如今兄弟天人永隔，他扶起哭得几乎晕厥的林珈仪沉痛地说："珈仪别怕，文峰不在了，你还有盛伯伯，以后盛伯伯就是你的父亲。"

林珈仪难以置信地抬起头看盛骥，她的眼里有光芒一跃而过，她哭得越发悲痛，抱住盛骥："盛伯伯，我没有爸爸了……"

盛北辰攥紧拳头，离开了医院。太阳很大，他把车从地下车库开出来，眼睛有一瞬间的不适应，他想起了邵佳恩，她是如何一个人熬过了那些不堪回首痛失所有的孤单岁月，他又要怎样去面对她那张清瘦苍白的脸……

林文峰的追悼会由盛家主持，肃穆隆重又盛大，林珈仪很快从失怙的悲痛中清醒了过来。未来漫长的人生路啊，她要一个人慢慢地走完了。邵佳恩啊，为什么你总是不放过我呢？

追悼会上，她控制不住地跪在林文峰的遗像旁一直痛哭，压抑在心底多年的眼泪宣泄般肆意流淌。旦夕祸福，感叹生命之脆弱，让前来吊唁的人也禁不住湿了眼眶。

追悼会结束，盛骥亲自送她回家。林家的小楼远远地出现在了视线里，盛骥看着林珈仪那失魂落魄的样子，终究是不忍，说："珈仪，先去盛伯伯家里住一阵吧。"

盛家的帮佣们大包小包地搬着林珈仪的东西进来，盛太太和盛北辰都很意外，看着一脸凝重的盛骥，两个人都没说什么。

盛北辰正打算上楼回房间，盛骥叫住他："小辰，来下书房。"

盛骥背对着盛北辰站在落地窗下，林文峰的突然离去让他深受打击，他长叹了一口气："小辰，S 城有风俗，家里若有人去世，三个月内不结婚的话就只能等三年了，爸爸想，这阵子挑个时间给你和珈仪把订婚宴办一下，你看如何？"

盛北辰简直难以相信自己的耳朵，他眼里一向公私分明、重情重义、正直善良的父亲，居然在这个时候说出这样的话。

他简单干脆地拒绝了："不可能，爸爸，《锦绣江山》的事情现在还没给出交代，我理解现在情况特殊，我可以等些时日，但是你要我和她订婚，那不可能！"

盛骥有点诧异："你们不是一直挺好的吗？"

盛北辰站在那里："爸爸，她不配。"

盛骥有点愤怒地回过头来："哪里不配？我盛家从来不讲究门当户对，也从来不需要靠联姻来稳固自己在社会上的地位，珈仪哪里不好？"

盛北辰看着激动的父亲："爸爸，我盛北辰不需要门当户对，更不需要仰仗女人，我未来的妻子，我对她唯一的要求就是要足够善良真诚，发自内心的，善良真诚。她不是那个人。"

不等盛骥说话，他转身离去。

没开灯的房间，邵佳恩抱着抱枕坐在地上，当地晚报上的头版头条大篇幅地报道了林文峰因脑溢血意外离世的消息。报纸上说，疑因林珈仪是钦定盛家少奶奶，盛家全程操办葬礼。她在配图照片里看到了一身黑衣的盛北辰，配字是"知名编剧林珈仪悲痛欲绝，所幸有未婚夫陪伴身侧"。

未婚夫……她的心就像西沉的落日般一点一点地沉入黑暗，她想起那一夜月光下那个清浅的吻，她想起雨中突然出现在她头顶的那把伞，他想起他和她说的："相信我，我会给你一个公道。"

那些一点一滴填补着记忆里伤痛的美好像钝刀一般划过，竟然在心头生出了闷闷的痛。夜幕笼罩下来，小区里并不明亮的路灯渐渐亮了起来，她觉得沉闷又压抑，一直握在手里的手机突然在掌心振动，把她吓了一大跳，

她接了起来，是方洛洛。

"佳恩，林珈仪住进了盛家，这是要和盛北辰结婚的节奏？"

她一惊："什么？"

"我说，林珈仪住到盛家了，我也是刚刚听说的。哎，世事难料，没有想到最后是她……"

邵佳恩的心一冷，方洛洛后面说的话她已经听不下去了。她不知道她该不该继续对盛北辰的承诺抱有期待，但她明白离真相大白

似乎又远了一步。

2.

和林珈仪如共生一样长大，等撕下伪装的面具，她才发现林珈仪有多么可怕，她不知道这中间发生了些什么，但她知道，一切都往更糟糕的方向发展了。

她邵佳恩的父亲离去了，她除了母亲一无所有。

而林珈仪的父亲离去了，呼风唤雨的盛家却强势地站在了林珈仪的身后。从此以后，林珈仪不需要强，只要够孤苦、够弱势、够可怜，一定会有人出来帮她铲除她这孤儿人生路上的绊脚石。

比如她，邵佳恩。

邵佳恩躺在沙发上闭上双眼，那无助和悲伤的情绪将她包围，如果她和林珈仪的人生是一场博弈，她已损兵折将、溃不成军，而林珈仪已经重新洗牌，从头再来，就像蹦极般，跳下深渊，却高高弹起。

林珈仪苍白着脸坐在盛家花园的长椅上，她没有想到，林文峰的意外离去竟成为她逃过一劫的法宝。

盛骥对故友的遗憾，全部转移成了对林珈仪的关爱，他如兑现自己的承诺般，如她的父亲一样照顾着她。那关于《锦绣江山》的质疑如一根刺般横亘在她的心上，她想过万种盛骥来问她《锦绣江山》原稿的问题的时候她要如何解释，她却没有想到，盛骥慈爱地告诉她："什么都别想，盛伯伯会解决。"

她忐忑不安的心在得到承诺的时候安定了下来，她明白，这一次，她躲过了。

盛宅一楼盛骥的书房里，盛北辰和盛骥在对峙，资料齐全，证据确凿，盛北辰打算直接公开通报，走程序给《锦绣江山》著作权正名，盛骥激烈反对。

盛宅宽阔的书房里，盛北辰冷冷地质问他："你教我做人的原则呢？"

盛骥面有愧色，却显得非常强势："小辰，邵家那姑娘，我们以另外一种形式补偿她。珈仪刚刚失去了父亲，无论她做错了什么，现在的她都受不了刺激。况且，如果不是珈仪拿出这个原稿，这个作品也许现在也还不见天日，也算有得有失。这个事情你不要插手，我会处理好。"

父亲不分青红皂白的袒护让盛北辰齿冷，他觉得和父亲争辩已经毫无意义，唤醒一个装睡的人何其艰难。他没有再说话，看了父亲一眼之后转头离去。

盛骥站在那里，看着盛北辰走出房间带上了门，他觉得盛北辰这是妥协了，他放下心来，约见邵佳恩。

盛骥约邵佳恩在离她家不远的临湖的一家安静的茶楼见面。邵佳恩知道，她这块绊脚石，就要被以她还未猜到的方式铲除了。

她并不惧怕也不想躲避，欣然赴约，人在愤怒和绝望的时候反倒会充满无尽的力量，她从家里步行过去。

阳光下波光粼粼的湖面清晰地投射着古香古色的茶楼的倒影，

空灵的古筝音符在茶室里淙淙流淌，邵佳恩看着坐在她对面的盛骥，想到了很多年前，她和盛北辰刚认识的时候。

那个时候她也曾一家美满，一家人去盛家做客。眼前这位威严俊秀的长辈和他的夫人热情客气地接待了他们。他曾和她的父亲开玩笑，说要当儿女亲家。

七年如一梦，如今她孤单地坐在他的对面，她的父亲已长眠地下化成尘土，而这位曾对她说等她长大了当他儿媳妇的长辈，为他心里真正的儿媳妇人选而来，她神色平静，他看着她，神色复杂。

盛骥看着眼前这个清瘦的小姑娘，她的眼神清亮又倔强。

他面有愧色：“佳恩，我记得你叫佳恩是不是，佳恩，你愿不愿意听盛伯伯讲一个故事？”

盛骥和盛北辰长得并不像，两个人却有相似的王者之风，这一刻，她仿佛看到了多年后的盛北辰，她有点恍惚：“盛伯伯请说。”

袅袅茶香里，盛骥将他和林文峰的故事娓娓道来，那洪水中的惊险，被救后劫后余生的庆幸，对今天拥有一切的感恩，对这个意外的遗憾与愧疚。

邵佳恩承认，盛骥真的很会说话，所以到他最后问她，愿意不愿意给他一个机会，让他替已逝的故友向她道歉，用别的方式补偿她，《锦绣江山 2》由她接手来写，并且署她自己名字的时候，她居然不知道怎么回答。

邵佳恩被他眼神里和盛北辰一样的温暖和真挚打动，她的眼里有泪光流动。

邵佳恩在那个瞬间居然莫名地有点羡慕林珈仪，有一个这样的长者护她在身后，尽管她的行为是那么让人不齿，他都能视如己出不追究，替她铺路。

盛骥站了起来，充满歉意地给她鞠了一个躬道歉：“盛伯伯知道，这个要求非常过分，但是我希望，你能够体谅我的心。故友托孤，如果再出意外，盛伯伯会内疚一辈子。盛伯伯知道珈仪对不起你，未来的日子里将尽力补偿你。”

邵佳恩吓了一跳，赶紧站了起来：“盛伯伯你不要这样，我受之不起，我答应你。”

茶楼大门口的劳斯莱斯里，司机一踩油门带着心满意足的盛骥绝尘而去。

邵佳恩孤独地站在原地，太阳已经西沉，湖边的风有点凉，她的心仿佛也沉入了冰冷的黄昏里，尽管途经了无数的心碎，这一刻她还是难掩失望。就算没有抱很大的希望，但她也短暂地期待过盛北辰真的会给做到他承诺的，却没想到，这就是他们所谓的公道。

就像把她清理出宏盛，用盛家惯有的手段处理得简单利落，甚至连盛北辰本人都不用再出现。而她早应该明白，就算她通过别的渠道去为自己去申诉，在盛家的手腕之下也是穷途末路，她怎么能那么天真地就信了盛北辰？为了他那一刹那的温柔？还是为了那个明明就只是充满了愧疚的拥抱？早就过了做梦的年纪，怎么还能如此的天真！

事情仿佛平息了一个段落，邵佳恩接受了盛骥的提议动手续写《锦绣江山 2》。四年多的牢狱之灾带给她最大的改变就是容易接受所有原本不能接受的现实，她的心放佛回到了刚出狱的时候，波澜不惊、清醒冷静。她觉得她真是打不死的小强，越挫越勇，她认真地看了一下自己当年的初稿，又看了几遍电视剧，看了刚进宏盛图书部的时候写的大纲，去电脑市场买了一台上网本，开始准备写续集了。

她的日子突然非常平静，盛北辰没有出现，盛夏也没有，妈妈知道她想创作也表示支持，她开始了宅在家里的日子。

直到一张红色炸弹来袭。

是方勤和张绮的婚礼请帖。

方洛洛送过来的时候兴高采烈的："我们到时候一起去抢新娘捧花啊，哈哈，听说很灵的，看我们谁先嫁出去。"

邵佳恩调侃她："你这么想嫁人吗？"

方洛洛大大方方："那当然，嫁给盛夏最好了，你难道不想吗？"

话音刚落，只听盛夏的声音从客厅传进房间来："娶两个你要问问佳恩肯不肯，我愿意，哈哈哈哈……"

邵佳恩和方洛洛瞬间被雷焦了。邵家鲜有来客，刚才听到有人敲门以为是楼下小超市送米的，结果没想到居然是盛夏来了，招呼都没打。

盛夏一边笑一边在外面叫："快出来啊，我给你们带了好吃的。"

方洛洛尖叫着冲了出去。

邵佳恩也站起来，如果说对盛北辰的爱是伤是痛，那么盛夏就是她苦难日子里的阳光和雨露。他毫不吝啬地散发着自己的温暖，温暖她千疮百孔的人生，滋润她干裂的心，让她不由自由地想靠近。她曾想过，如果初见盛北辰那日，她先碰见的是盛夏，那么她还会不会爱上盛北辰，她没有答案。

她清楚清醒地知道自己和盛夏之间那难以丈量的距离，也不敢去奢望什么，但她渐渐地贪恋这份温暖，当他的朋友就很好。

多日不见，盛夏瘦了也黑了，却难掩帅气。他站在客厅里冲着邵佳恩笑，她也笑了：“你怎么回来了？”

“想你了就回来了。”他笑得人畜无害。

邵佳恩脸一红，不知道该怎么接话。

盛夏看了一眼在傻笑的方洛洛，转过头来对邵佳恩说：“回来休息几天，正好参加婚礼。”

方勤和张绮的婚礼如期举行，这也是邵佳恩多年来第一次去参加别人的婚礼，她有点紧张，在家里挑挑拣拣换了半天的衣服也不知道穿哪件，到最后索性双眼一闭随便套了一件，等她换完衣服下楼，盛夏已经车开到楼下等她了。

她原本有点疑惑，为什么盛夏要大费周章从那么远的地方跑回来参加婚礼，盛夏倒也不掩饰：“因为我听说你会去，盛北辰也会去啊。我还是陪你去好了，而且参加婚礼的都是熟人几个，我也不需要避嫌。”

酒店和邵佳恩家离得并不远，盛夏说这话的时候，他们已经都可以看到酒店如大海一般湛蓝的玻璃幕墙了。邵佳恩想打退堂鼓，被盛夏毫不犹豫地拖了进去：“来了就来了，一起去玩玩。”

直至走到似曾相识的酒店宴会厅，邵佳恩才发现这是多年之前和盛北辰第一次见面的酒店。多年没来，当年 S 城最好的酒店如今依然风姿不减，大部分的设施重新翻修过，地毯崭新干净，踩在上面像行走在云端，方勤和张绮的婚礼布置得温馨雅致，两个人都是宏盛的员工，来的大多是宏盛的高层和两家的重要亲戚，盛夏是个自来熟，又有很多人认识他，一路被打着招呼过来，不停地被要求合影，应接不暇，风头都快把新郎新娘压下去了。

邵佳恩有点无语，她和新人打了招呼送出红包之后很快找到了穿着香槟色小礼服的方洛洛，只是方洛洛忙得像只小蜜蜂一样，她只好自己随便找了个座位坐了下来，刚刚坐定，只听旁边有个声音传来："是邵小姐？"

3.

邵佳恩回头，居然是烘焙坊的老客户简书墨、丁辉夫妇俩。

看到他们，邵佳恩瞬间想起了上次的事情，有点尴尬。简书墨倒是显得很惊喜："你也在啊，都没我认识的人正觉得无聊呢，真好啊碰见你啦，我们一起坐吧？"她看了看邵佳恩，试探地问，"你一个人吗？是和盛总一起来的吗？"

邵佳恩友好地笑了笑，正准备回答，消失了有一会儿的盛夏不知道又从哪里蹿了出来，他大大咧咧地一把搂住邵佳恩的肩膀，笑嘻嘻地凑过来："和我一起来的。"

他问邵佳恩："你要坐这里吗？"

邵佳恩赶紧把他搭在自己肩膀上的手拉了下来。

简书墨自然认识盛夏，露出一个惊讶的表情，她想起前阵子在网上闹得轰轰烈烈的盛夏的地下女友事件，难道是真的？她眼里的八卦火苗簌簌闪动。相比她，丁辉倒是很淡定，很客气地和盛夏打招呼："盛二少。"

盛夏满头黑线："把'二'去掉。"

正说着话，门口突然一阵骚动，顺着声音看过去，邵佳恩的视线停滞了。

盛北辰一家正从宴会厅的花朵拱门那儿走进来，盛骥和盛太太走在前面，他和林珈仪走在后面。他脸上并无多少表情，却带着难言的气势，她远远地看着林珈仪似乎说了一句什么，指了指自己的脚，他低头看了一眼，林珈仪含羞带怯地笑了。

邵佳恩心里一涩，盛北辰似乎有感应一般抬起头，视线突然向她投来，她直视他的目光，他似乎愣了一下。来宾们看见他们一家纷纷上前打招呼，一瞬间如众星拱月般将他们淹没。

盛夏皱了皱眉，转过头对邵佳恩说："我先过去打个招呼，你在这里等我。"说完大步朝他们走去。丁辉也赶紧携着简书墨过去。

邵佳恩很好地掩饰着自己的情绪，却难以压抑内心的起伏，从去雁洄那日一别之后他们并没有再联系，她倔强地不去联系他心里也是暗暗地带着希望等待，直到那天，他的爸爸找到她。

独自从茶楼走回去的那个黄昏，她就明白她不应该再心怀妄想，尽管有那么多的不甘，可也只能无奈地压下去。她努力地不去注意他们，端起面前的铁观音假装平静地喝了起来。

盛夏再回到座位上的时候大家都已经入席，仪式也已经开始了，他有点讪讪的："我被我伯母拖住了，你一个人会不会很无聊？"

邵佳恩笑了笑："不会。"

婚礼仪式婚庆公司做得很用心，中间环节还用沙画做了一段VCR，浪漫地述说了两个人从相识到相恋的过程，看得邵佳恩热泪盈眶，盛夏有点无语："这个也哭，下次我们结婚也做一个。"

这下轮到邵佳恩无语了。简书墨和丁辉好奇地看着他们，邵佳恩赶紧解释：“童言无忌，他开玩笑呢。”

盛夏还想再说什么，邵佳恩飞快地踩了他一脚，她可不想明天上新闻。盛夏被踩了一脚正要叫，邵佳恩手疾眼快地抓了把腰果塞进他的嘴巴，世界总算安静了。

直到新娘挽着她父亲的手臂，走过长长的红毯，走到新郎的面前，新娘的父亲郑重地将新娘的手交到新郎的手中。

新娘的父亲有点哽咽地对方勤说：“我把我的掌上明珠交给你了。”张绮哭着抱住了她父亲。

邵佳恩也跟着红了眼眶，她拼命地忍住眼眶里即将喷薄而出的眼泪，看着一对新人宣誓，倒香槟。盛夏似乎知道了她为何如此动容，安抚地从桌子下面握紧了她的手。

礼成，新郎新娘鞠躬感谢来宾，就在这个时候，一个俊逸的身影缓缓地走上了台，他从司仪手里接过话筒。邵佳恩头皮一麻，呼吸急促了起来，盛北辰，她假装漫不经心地去看跑来跑去的两个小花童。

他先恭祝新郎和新娘喜结良缘百年好合，又客气地对来宾说，要占用大家几分钟，向心里一个亲爱的女孩，说几句话。

不同于盛夏的活泼外向，盛北辰一向安静沉稳，喜怒不形于色，在宏盛威信不次于他父亲，参加婚礼的大部分是宏盛的人，也都是年轻人，一看老板这样顿时就炸锅一样沸腾了，大家纷纷鼓掌，多数人以为他要向林珈仪表白，纷纷看向林珈仪。

盛家父母和林珈仪脸上都挂着惊讶的表情，盛北辰淡淡地笑了笑，他说：“佳恩，对不起。”

他的声音那么温和，却像惊雷一般在宴会厅的上空炸开，猝不及防。邵佳恩惊讶地回过头，难以置信地看向台上的翩翩少年。不，他已不是流年里的那个少年，他长成一个气宇轩昂的男子，他站在离她不远的婚礼舞台上，真挚温和地说："佳恩，对不起。"

盛夏攥着她的手轻而又轻地抖了一下，她的心也跟着哆嗦了一下。盛北辰的视线越过人群找到她，直直地看着她，她如被电击般愣在那里。

她听到盛北辰说："佳恩，我要先跟你道歉，这么多年让你吃了这么多苦，很长的时间里，我认不清对你的感情，不知道如何弥补对你的亏欠，只能一味地逃避，可是时间一天天地过去，我终于看明白，或许从很多年前，我们在这个宴会厅的香槟台前相遇开始，命运就安排我们走进彼此的生命里，你一直住在我的心里，只是我太愚钝太后知后觉，到现在才发现我有多么在乎你。"

穹顶上吊挂的晶莹的水晶灯投射出温暖的灯光，他整个人如发光一般闪耀，他看着她："希望你能给我一个机会，我想用我的方式去弥补对你的亏欠，守护你的善良，让你知道我会对你多好。"

他的话音徐徐落下，偌大的宴会厅在沉默了几秒之后爆发了如雷的掌声。林珈仪的神色从最初的隐隐期待到尴尬得苍白如纸，她端起面前的红酒杯，却止不住地颤抖着。盛骥欲言又止地看了她一眼，盛太太一脸疑惑地看着盛北辰。

盛北辰已经从台上走下来，他缓缓地向邵佳恩走来。邵佳恩看着他，她鼻子很酸，如同多年前深种于心的蛊虫被唤醒般伪装的平静内心被轻易击破，那么多次的失望，提醒了自己千千万万次，远离他，忘记他，可是只要他对她温柔地伸出手，她平静外表下汹涌的爱意却如即将喷涌的火山熔浆般躁动，她恨他不得，爱他不得，平静不得，她拼命地忍着眼泪不知道如何是好。看着盛北辰越走越近，她慌乱地站了起来对盛夏说："我去个洗手间。"

话音未落，她的手已经被神色凝重的盛夏一把拉了过去。

盛夏说："我们走。"

她的脚不受控制一般跟着盛夏走，盛夏拉着她，无视旁人惊讶的目光，越走越快，拉得她都快要摔倒了。

她没有回头看，也不敢回头看，仿佛一回头就会变成雕像。走出宴会厅大门，她强忍的眼泪终于一颗颗地滚落了出来，盛夏拉着她下到地下车库上了车，一踩油门，逃难般离去。

不知道过了多久，盛夏的车在越山山顶停下。越山是这个城市最高的山峰，站在山顶可以俯瞰整个城市。

盛夏一直沉默，他先下了车走到山顶空地旁的围栏上看着山下万家灯火，邵佳恩也跟了下去。

天已经黑了，霓虹灯、高楼景观灯一排一排地亮了起来，很美。风很大，把邵佳恩的脸吹得紧绷绷的。路灯下盛夏的脸有点苍白，他有点犹豫地问邵佳恩："佳恩，你会答应他吗？"

邵佳恩苦涩地笑了笑："我不知道他说的是谁，或许是和我重名的人。"

盛夏似乎也不想逼她承认说的就是她，他非常严肃地问她："邵佳恩，那我呢，你愿意和我在一起吗？"

邵佳恩浑身一僵。今天的一切状况都超乎她的预料，她真的不知道该怎么回答，如果说盛北辰给她带来的全都是不舍与心痛，痛得她鲜血淋漓却放不下，那么盛夏就是上帝赐予她的救赎。

那么温暖那么美好，她那么珍惜，但是好像，真的不是爱。是向往是崇拜，是不敢亵渎的高山大海。

如今他对她说“邵佳恩，你愿意和我在一起吗”。

邵佳恩，你愿意和我在一起吗？如果在最美好的时候遇见，今天的她是不是就是世界上最幸福的人？

可惜没有如果，所有的灾难早已席卷过她的人生，留下了满目疮痍，而他的人生光洁如玉、光芒万丈。她仰头看了看墨黑的天空，一轮新月皎孤独地挂在夜幕上。她苦涩地笑了笑：“盛夏，不要拿我开玩笑了。”

盛夏转过来抓住她的肩膀，逼得她直视他：“佳恩，你知道我不是开玩笑。”

他的表情是那么认真，她看着他眼里那小小的自己，突然觉得自己无所遁形，那些拼命掩饰和压抑的过去，原来真的不会随着时间的流逝而毫无痕迹。她张了张嘴，山风灌进嘴巴，她的喉咙阵阵发苦，她艰难地逼自己说：“盛夏，我配不上你，能和你做朋友我就觉得很知足了。”

盛夏笑了：“我说配得上就配得上，我就是喜欢你，邵佳恩，我真的很喜欢你，我也不知道我怎么了，但是我真的很喜欢你。”

呼吸太紧促，邵佳恩有点眩晕，她努力地平稳了自己的情绪之后心一横，她看着盛夏，月光下的他温和又美好，也许说出真相之后，这一切美好都将离她而去，但她更不能为了那些温暖停顿而隐瞒，她艰难地吸了口气：“盛夏，我说的配不上你，并不是指我比你穷，比你丑。盛夏，我坐过牢，我坐过四年牢。”

心底掩藏的秘密赤裸裸地暴露了出来，她觉得她就像古代被游街的囚犯一样难堪，亲口承认那不堪回首的过往犹如坐在囚车里被看热闹的人们砸了满头满脸的臭鸡蛋。

她预料的盛夏的惊讶嫌弃甚至弃她而去都没有出现，盛夏挑了挑眉毛：“我知道啊，现在回来了就行。”

4.

邵佳恩愣住了，她看着盛夏的脸，想探询这话的真假。

盛夏的双眼清澈如水：“邵佳恩，这没什么，也并不构成所谓的你配不上我的理由，你当年……刚进去的时候是分在看守所102，刚进去排21号后来调到3号……在看守所的第五个月判决，判决后，移送到女子监狱……那个看守所，就在这个山脚下，当年，我经常去。”

邵佳恩震惊地看着他。

“那个时候，我常来这里，躺在车里看天，我经常想，你会不会也和我一样，抬着头看天空。送去给你穿的衣服，我都会先给你洗一遍，我常在想，收到干净的衣服，会不会让你孤独少一点……你要原谅我，没有救出你，我真的很遗憾。”

“邵佳恩，你是不是一直以为我们两个第一次见面是在雁洄山下？其实不是的，很多年前，苏老师是我的班主任，那个时候我经常挨训被苏老师叫到办公室，在苏老师的办公桌上，我经常看见你的照片，照片放在一个法式的相框里，你在弹钢琴。”他比画了一下，“相框这么大，苏老师经常说，我们两个太像了，我常常在想，是一个什么样的女孩子，会和我那么像。”

他轻轻地握住了邵佳恩冰冷的双手：“那个时候，都说你喜欢盛北辰……”

他艰难地停顿了下：“后来我和他玩游戏的时候，你跑到游戏里找他，他正在和我 PK，被你放的一个烟花卡住了，然后被我杀了还爆了一个极品装备差点气死，我都快笑死了，就想着得去会一会你，后来，我去一中门口看过你，你和你的朋友一起出来，你们吃烤串去了，我本来想下车和你们打个招呼，结果接了个电话有急事就走了……几个月后回来……没想到……”

他轻轻地搓着邵佳恩冰冷的手，她粗糙的双手让他阵阵心酸，月光下，她的眼里被震惊填满，惊讶地看着他，她如小鹿般的眼神让他心里一动。他继续说：“对不起，那天如果我下车了，也许事情就不会那样了……我一直很后悔为什么我那天要走，如果我那天下车了，早一点和你见面，我保护你，你就不用受这么多苦，我喜欢了你这么多年，让我照顾你好吗？我不想再让你一个人，那日在雁洄镇的山下看见你，你不知道我有多激动，相信我，我们有无数美好的未来。”

前尘旧事涌上心头，邵佳恩的心里又酸又苦又暖，这么多年，她为盛北辰牵肠挂肚，爱他恨他期待他想他努力忘记他，满脑子都是他，却没有想到，有一个人始终在默默地守候着她，她想起她那些年少轻狂的少女岁月，想起艰难困苦的囹圄时光，想起监室里的人莫名其妙的客气，想起那一件件带着阳光和皂香的衣服，想起雁洄山脚下他的仗义相助，想起甜品店出事时楼梯口的那个拥抱……

盛夏看着她阴晴不定的苍白脸上的莹莹泪光，他忍不住想拥抱她：“邵佳恩……我可以抱抱你吗？”

邵佳恩忍不住大哭，扑进盛夏的怀抱。

盛夏难以置信地低头看着紧紧搂着自己脖子的她，他看着她扑在他的怀里泣不成声，轻轻地拥住了她。

他明白，她选择了他的怀抱，只是太脆弱太感动而不是因为爱，她的心依然停留在盛北辰那儿，可是他不在乎，他们还有冗长的未来，他会努力更努力地把她的心带回来，现在，只要人在他身边就够了。他知道，这个时间说出那些过去把她留在身边胜之不武，但是他真的没办法无动于衷地对着盛北辰宣誓般的告白，他真的不敢让邵佳恩冷静地自己选，他更不敢去试探邵佳恩是不是真的放下了盛北辰。

盛北辰给过邵佳恩那么多的伤害，但她看向盛北辰的眼神依旧是复杂的，怨恨又深情，决绝却又眷恋。

他从来没有想过他有一天会这么在乎她，他就像给自己挖了一个坑，跳进去之后还不停地挖土埋自己，可是他乐此不疲，也从来没有想过要出来。

盛北辰看着盛夏几乎是拖着邵佳恩落荒而逃，眉头微微皱了皱。片刻之后，他又释怀了，他们都需要时间，他不想去面对一桌探询的目光，直接离开了宴会厅。

当年事件的调查越来越接近真相，直面《锦绣江山》剽窃赤裸裸的现实，看着自己父亲不可理喻的处理方式，他明白，他亏欠她的太多太多。

他那深埋在心里的爱在那个寒冷的冬天被唤醒，在明媚的春天开出花来。他对她，是懊悔是赎罪，是让自己悔恨万分的后知后觉的爱，她让他心痛。

他曾给予她的痛在无声岁月里开始慢慢地一点一点地反噬给他。未来漫长的人生路，他会用尽所有力量去守护她。

从婚礼酒店回去的路上，林珈仪努力地想表现她一贯的端庄大方，却发现很难。她的心被怨恨填满，有一天晚上她无意听见盛骥问盛北辰意见是否给他们两个办个订婚宴，被盛北辰一口拒绝时，她还安慰自己，需要时间。

需要一点时间，把事情都理一理，把不该出现的人剔除掉，那么一切都会像以前一样好起来。

只是她没有想到，在她没有留意的短短时间里，很多事情已经天翻地覆地改变了。

记忆里的盛北辰是那么讨厌邵佳恩，可是今天的他深情款款地站在那儿，宣誓一般地向邵佳恩告白。

可全天下只要认识她林珈仪和盛北辰的都知道他们两个是一对，尽管从没有表白过，大家都这么默认了不是吗，这又算什么？

更可笑的是，在他深情款款地走向邵佳恩的时候，邵佳恩还和盛夏一起跑了。

她觉得婚礼上很多人那种意味深长的目光如灼热的射线般都快把她射成马蜂窝了，她如芒在背，好不容易熬到宴席结束，她的背上已经细细地出了一层薄汗。

盛骥关心地问她："珈仪，你还好吗？"

她懂事地笑了："还好，我可能有点感冒了。"

还好，还有一个重要的人在关心着她，还好，她人还在盛宅。

邵佳恩啊，你为什么不听我的话走呢？

她告别了盛家父母，回到自己的房间。盛家待她很亲厚，也或许是别有深意，让她住在了三楼和盛北辰房间相邻的一个套房，两个房间的规格一模一样，刚住进来的时候，一室奢华让她几乎忘记了丧父之痛，为进盛家而沾沾自喜。想当年，高高在上如邵佳恩，也只能来这边吃顿饭就走。如今她住在这里，所有人都对她敬重有加。她想得到的人就在隔壁，她一定不能让自己再从这里出去。

一定。

她痛快地洗了一个澡，吹干了头发后觉得有点闷，推开玻璃门走到阳台上，微风中，花香沁人心脾，她看着和她的阳台并排着的盛北辰房间的阳台，一个奇异的念头突然从她的心里涌了起来。

盛北辰离开酒店后并没有回来，也就是说，他的房间是空的，她想去看看。

她轻松地爬上了自己房间的阳台栏杆平台，往下看了一眼有点高，她咬了咬牙，大步一跃，跳进了盛北辰房间的阳台。

她轻而易举地打开了阳台的落地门。

房间里的吊灯开着，和多年前邵佳恩形容的一样，房间简洁大方，有一个大大的壁柜，摆满了各式手办。

她理解不了为什么会有人喜欢这些贵得要死又无聊的东西，翻动了一下就没了兴趣。她走到书房里，几个靠墙的红木书柜里摆满了书，红木书桌上一台银色的薄薄的电脑安静地摆着，桌上并没有多少东西，她有点意兴阑珊地拉开了他书桌的抽屉，一份牛皮纸包着的文件吸引了她的注意。

牛皮纸上，写着 828。

她头皮一紧，这是当年出事的日子，她一直想催眠自己忘记，但是这个日子却像烙印一般刻进了她的脑海中，她鬼使神差地拿起文件打开。

只看了一眼，她差点一哆嗦把文件全撒在地上。她颤抖着看完，刻骨的寒意铺天盖地席卷而来——盛北辰居然在调查她，调查当年的车祸始末！

她真的没有想到，她以为瞒过了所有人。

邵佳恩也是吃了个哑巴亏，因为根本没有人相信她，她也停止了申辩。

今天的她占尽上风，邵佳恩基本没有胜算。

但是她忘了，邵佳恩赢了他的心。

所以这一刻，是要把她林珈仪赶尽杀绝了吗？

房间里暖气开得很足，她的脸涨得通红身上却是止不住地发冷。

她哆哆嗦嗦地把文件放回原处正准备离去，却只听见“咔”的一声外面有开门声，接着是两个人的脚步声，然后，盛骥的声音传了过来：“你今天这样做考虑过珈仪的感受吗？”

林珈仪吓了一跳，飞快地躲进了旁边的一个大书柜里，真是祸不单行，她心里暗暗怨恨。

盛北辰的声音并无多少起伏：“她是她，我是我。”

盛骥的声音带着无奈：“我是越来越不懂你们了，我只是觉得你今天这样大张旗鼓地一闹，对珈仪不公平。”

“爸，你因为林文峰的关系对林珈仪百般袒护，你要和我说公平？你们做的事情，对邵佳恩公不公平？爸，你教会我很多人生道理也一直是我尊敬的榜样，我不希望你因为掺杂太多感情而是非不分。我是成年人了，我知道该如何处理我自己的事情，希望爸爸清醒一点也冷静一点。”

盛骥长叹了一声没有再说话，似乎是转身出去了。盛北辰也没有再说话，他去衣帽间拿了衣服，去了浴室，片刻之后传来水声。

林珈仪抓紧时间飞快地从书柜里跑了出来跑到阳台上，爬上栏杆平台一跳，就稳稳地站在自己房间的栏杆平台上。

就在这时，一道手电筒的光打了过来，楼下巡逻的保安发现了站在高处上的她，有点惊讶地叫了声：“林小姐？”

林珈仪高高地站着，进退两难，有点不知所措。

楼下的保安似乎会错了意思，只见他拿出对讲机：“巡逻队，巡逻队，速来后花园主楼楼下集合，林小姐似乎要跳楼。”

夜风呼呼的，吹得树叶飒飒作响，似乎只有一瞬间，楼下已经密密麻麻地站满了人，盛宅的灯尽数亮了起来，楼下草坪上迅速地铺好了救生垫，盛骥和盛太太也跑到楼下，仰着头，似乎在劝说着什么。

11

Jia Qi

Wei Wan

{ 第十一章 }

让我们看一看，这血淋淋的过去

1.

风从林珈仪的耳边呼呼而过，她突然觉得这一切都很可笑，她根本就没想过跳楼好吗，这是什么状况？但是这一刻，她又怎么向楼下这一大群人解释她大晚上站在这里吹风？

她看着楼下惊慌的人，突然想起了很多年前那个相似的场景，那个在邵家的午后，她和邵佳恩坐在杨梅树上，一颗一颗地吃着酸甜的杨梅，吃得肚子圆滚滚……那个时候，真美好。

只可惜，一抹冷笑浮上了她的脸。她想起邵家那个老保姆，尖锐地扯着嗓子喊："来人啊……"

她的人生在那一刻之后清醒地被提醒了自己和邵佳恩的区别，邵佳恩是岭上云，她是脚底泥。

那个小小的无助的她，那个初来S城什么都不懂的她，那么需要保护的她，那天有那么多的人，黑压压地围着躺在草地上号叫的邵佳恩，没有人管还在高高的杨梅树上被吓得摇摇欲坠的她，她哆嗦着爬下树，迎接她的，却是父亲重重的一巴掌和邵家帮佣的刻薄。那一刻，她多么希望摔下树的是自己。

而如今，这么多年过去，她成长为一个无坚不摧不动声色的大人了，她根本不需要保护，却是从哪里涌出了这么多人，或真心或假意地关心着她。

她看着底下铺好的厚厚的救生垫，心头涌起一阵豪赌的快意，跳吧，不怕死，才能不怕活下去。

她闭上眼，纵身一跃，就像一只孤独的夜枭，在惊恐的尖叫声中，"砰"的一声，落进了救生垫里。

她整个人被震麻，头晕眼花，有点想吐。她努力地睁眼看了看，盛骥夫妇惊恐的脸映入眼帘，一阵浓重的倦意袭来，让她陷入了无尽的黑暗中。

盛北辰听到嘈杂声冲到阳台的时候，正好看见林珈仪纵身一跃。她轻巧的身影直直坠下，落在蓝色的救生垫上，发出沉重的声响。他未干头发上的水珠滴落在肩膀上，风一吹是那么冰冷。

救护车的声音尖锐地在耳边响起，穿着白色大褂的医护人员抬着担架，林珈仪被他们从救生垫上抬起来放在担架上，又急急离去。

他站在阳台上往下看，那不算高的高度，那厚厚的救生垫，那密密麻麻的人群，他的心一点一点地往下沉。

这些年的陪伴，虽然从未爱过，但在他的心里，在发现这些不堪的真相之前，她也是像一个清秀善良的小妹妹一样美好的存在，她默默陪伴他在异国的孤独岁月，默默地为他的事业贡献着才华，直到这些时刻，那些隐藏在美好下的真相野心如雪融化在暖春，纯洁与美好一点点褪去，露出狰狞丑陋的真实。

风越来越大，月光暗淡了下去，他返回房间拿起车钥匙出门去医院。

“无论如何林珈仪不能再回盛宅住了，盛骥，我知道你重情重义，我理解你要报恩的心，但是这样一颗定时炸弹无论如何不能再进盛家，我也绝不允许盛家有这样的儿媳妇。”盛太太保养得当，看起来年轻又高贵，此刻她秀美的脸上眉头紧锁，她又惊又怒地重申了一遍，“我绝对不允许，况且，小辰中意的也不是她。”

躺在病床上的林珈仪的手指轻轻地抖了一下。她早已醒来，她浑身酸痛但是脑子清醒，只是不肯睁开眼。

盛骥尚未从目睹林珈仪跳楼的震惊中回过神来，他认为是林文峰的突然故去和盛北辰白天婚礼上对别人的告白让她心生绝望做出傻事，心中有愧，此刻被一向温柔的盛太太一顿数落颇无奈，他强调：“文峰于我有恩，这个孩子命太苦，我们应该照顾她。”

“我从来没有反对过你照顾她，还不够照顾吗？送她出国留学，给他们父女提供那么好的平台，改变了他们的生活也一直把他们奉为上宾，还要怎样？我盛家绝对不允许这种寻死觅活的人出现，报恩有万种方式，不需要这样，好在今天没事，毫发无损，药效过了就会醒来，但如果她今天真的在盛家出了事，我们又该如何自处？”

“至于照顾她情绪让她和小辰订婚，你就不要再提了，我绝对不会同意，小辰也不会同意！”盛太太说完就转身离去，剩盛北辰和盛骥在房间里。

冗长的沉默过后，盛骥把目光投向盛北辰：“小辰……如果你真的不接受和珈仪在一起，那么……那么让她当你妹妹如何？”

简直荒谬！盛北辰觉得盛骥一定是魔怔了，他知道，当年劫后余生一直是父亲的心结，但是没有想到严重到了如此地步。

他坚定地摇了摇头：“不，她是她，我是我，我没有妹妹。爸，我先走了。”说完他也转身离去。

盛骥长叹了一声，看向躺在床上脸色苍白的林珈仪。那些尘封在心里多年的秘密像毒蛇一样噬咬着他的心。

珈仪她，长得和那个人真的很像。

他不知道这个世界上有多少个男人的心里会清晰地记得自己的第一个女人，但是他记得。那么多年过去，那张清纯羞涩的脸经常在他的脑海里出现。

他从来没有说过，那年他被林文峰从洪水里救起后就发起了高烧，昏迷了好多天。部队驻扎的营地艰苦，医疗也跟不上，救灾还在进行也没有人能照顾他，他就被村委安排住在了林文峰的家里。

丹桂是林文峰的妹妹。那个时候，他烧得迷迷糊糊，林文峰作为村里民兵队的志愿者，一直在帮忙救灾，丹桂就负责照顾他。

少男少女的感情就在没日没夜的照顾里，在一粥一饭里慢慢萌芽了。他一直记得她的样子，和林珈仪一样有着尖尖的小脸、温婉的笑容、又黑又直的长发。她常常温柔地笑着听他讲他的家乡，那遥远的 S 城，她亮晶晶的眼里充满了向往与崇拜。

她经常给他做麦油煎，白白的面粉搅拌后加点葱加点盐巴，油锅上煎过之后，配着清粥小菜就是无上的美味。那灾后青青山脚下满目疮痍的山村里，在袅袅炊烟里，日渐康复的他，劫后余生的他，遇见了他人生的第一次心动。

她纯洁又羞涩，美丽又温柔，像田间枝头随风摇曳的栀子花，阵阵花香里，他从一个青涩的小兵变成情窦初开的少年。

部队的救灾工作在一个月后完成，他也完全康复必须归队。离别的前一夜少女的眼里充满了不舍与情意，他读懂了她的心，颤抖生涩地拥住了她。

离别的时刻终于到来，他向林文峰致谢告别，他的心意还来不及说出口，林文峰憨厚地笑嘻嘻地挠了挠头和他说：“兄弟，等我和丹桂结婚的时候你要来啊！”

他惊诧地问：“你们怎么能结婚？丹桂她不是你妹妹吗？”

林文峰羞涩地笑了：“她是我们家里领养的。我妈说了，再过两年就给我们办婚礼。”

他羞愧得都没有再见丹桂最后一面就仓皇离去。

后来他退役归来，娶了门当户对高贵温柔的妻子，有了自己的孩子，子承父业生意做得风生水起，那少年青涩时的记忆便被深深地埋在了脑海深处。

直到那一次的意外重逢。他甚至不敢问林文峰一声你是否和丹桂结了婚，就听到了她的死讯。

她曾生活在S城，头顶着和他一样的天空呼吸着一样的空气，她孤独地死在H城，离他一百多公里的城市。

三十多年过去，他成长为一个圆滑成功的商人，他们，是他的初心，是年少的情动，是感情的最初。

他何其聪明，怎会不知道林文峰的手脚、林珈仪的动作。他所保护的，不过只是那遗憾的年少、那不该的情动，和那失落的青葱少年时。

还有那张他不忍斥责的，和她相似的脸。

接到贺平律师的电话，邵佳恩非常惊讶，贺平约她在家附近的咖啡厅见面，详细地询问了她当年车祸始末和各种细节。

邵佳恩有疑惑但还是认真地回忆了，一一作答。

贺平做了一份非常详细的笔录。

细细回忆当年，邵佳恩难掩心痛。贺平看着她苍白的脸色向她解释：“佳恩，我并非无聊，我们打算给你翻案。”

邵佳恩一震，翻案？

“我们？”邵佳恩重复了一遍。

“嗯，是的。”贺平点点头，“还有宏盛的盛总，盛北辰，他一直在极力查这个事情，我也是受他所托……加上我自己的遗憾。”

邵佳恩有片刻的愣神，很快就恢复了自然，她谢过了贺平，却没抱希望了。

板上钉钉、证据确凿的剽窃都可以这样一笔勾销，更不指望那隔着无数困难的当年的真相。

出了咖啡厅刚走到家楼下，正好看见盛夏开着车过来。

盛夏看见她有点高兴："正要找你呢，陪我一起去看块地，在你老家。"

盛夏稳稳地开着车，他们要一起回雁洄镇，他要实现他的承诺，拍完最后一部电影，他要接手家里的产业了。

盛夏家主攻房地产和教育集团，未来要做要学的事情多而又多。所幸有她在，他觉得充满了温暖的力量。作为练手的第一个项目，他打算从雁洄镇开始，这是阔别多年之后他们重新遇见的地方，也是她的故乡，他打算在这里投资一个度假村。

高速公路上车不多，盛夏稳稳地开着车，邵佳恩坐在副驾驶座听着音乐昏昏欲睡，手机突然轻轻地振动了起来，一串熟悉的数字浮现在手机屏幕上，她心里一颤。

她没有存他的电话，但这么多年，他的电话号码，她早就烂熟于心。

听到手机铃声响，盛夏也转过头来看了看，看见手机上的号码，他欲言又止。邵佳恩沉默地看了一眼，把手机放回了包里。

她要忘记那些原不该有的苦难过去，忘记爱过恨过的自己，忘记他，她要勇敢地、头也不回地奔向温暖的未来。

比如盛夏。

包里的手机固执地振动一会儿之后趋于平静，她颤动的心终于随着平静下来的手机慢慢地平静下来，只是心为何这么空落落的？

车里陈奕迅的歌环绕在耳边：

陪你把沿路感想活出了答案

陪你把独自孤单变成了勇敢

一次次失去又重来，我们离开

陪伴是最长情的告白

阳光温暖地洒下来，她轻轻地闭上了眼。就这样吧，盛夏，谢谢你的陪伴。

白色的 G63 方方正正地驰骋在盘山的高速上，沿着葱翠的盘山公路盘旋而上，他转过头看了一眼戴着大大墨镜还闭着眼睛的邵佳恩，阳光洒满她白皙的脸，他微微笑了一下，轻轻地踩了下油门，手机嗡嗡地响了起来，他轻轻地接起来：“喂。”

电话里父亲的声音传来。

他握着方向盘的手轻轻颤了一下，墨镜下的脸变得苍白。他看了一眼引路牌，找到最近的路口，出了匝道，微微加快了车速，往返回 S 城的高速驶去。

副驾驶座上的邵佳恩靠在那里，似乎是睡着了。

2.

邵佳恩醒来的时候已经在自家小区门口，她有点不解有点迷茫地问盛夏：“我们怎么又回来了？”

盛夏笑了笑。

邵佳恩都怀疑是自己的错觉，盛夏似乎笑得非常苦涩和勉强。他说：“佳恩，你先回去吧，我们改天再去，我今天有急事必须去处理一下。”

邵佳恩赶紧和他道别下车。

盛夏立即发动车子，邵佳恩刚走开两步，他已经掉头绝尘而去，白色的车像一只骏马飞快地消失在车流里，平常盛夏总是把车开到她家楼下目送她上楼后再离去，今天总觉得有点不对劲，她的心里突然涌起了奇异的感觉，却又说不上来，她未知未觉地转身一步一步地走了回去。

盛夏一踩油门几乎是飞速前行，他握着方向盘熟练地在各车之间穿插而过，他的心跳怦怦怦，剧烈得像要跳出胸膛。半个小时前，他接到了父亲的电话，只有一句话：“马上回来，小辰出了车祸在抢救。”

他曾因为盛北辰对邵佳恩的薄情怨过盛北辰，也难以自制地夺盛北辰所爱，但无论如何，盛北辰是他唯一的兄弟。

他们一起长大，他们是手足。

父亲在电话里的语气着急又沉痛，他的心在接到的电话那刻跌进深渊。

走廊口有保镖护着，戒备森严。盛夏飞快地推开保镖身后厚厚的玻璃门疯狂地冲了过去，大伯母已经哭得晕厥了过去，大伯抱着头坐在椅子上，全无往日威严的集团大佬的样子。他跌跌撞撞地冲到手术室门口，什么也看不见。

他颓废地坐在地上。

邵佳恩回到家里，隐隐觉得不对劲，她想拨打盛夏的电话，又怕他在处理急事打扰他。

她给盛夏发了一个微信："忙好了吗？"

没有回复。

她拿起一本书看，一直到太阳西沉。

没有回复。

她又发了一条："你今天很忙吗？"

没有回复。

她打开电脑。

时间那么漫长，九点，没有回复。

她去洗澡洗头，又拿起了一本书。

凌晨，没有回复。

她终于不安地拨打盛夏的电话，她越想越觉得不安，他从来没有这样，抛下她匆匆而去。

关机。

她暗暗心惊。

漫长的一夜，她不知道拨打了多少个他的电话，都是关机。她的不安到达了顶点——盛夏，你到底出了什么事情？

她在通话记录里看到盛北辰的电话，或许他是唯一一个知道盛夏情况的人，但是，她不敢打。

在天空泛白的时候，她把手机来电音乐声调到最大，然后疲倦地睡了过去。

直到她的手机铃声欢快地响起，困顿之中她如被冷水淋了一般瞬间清醒，飞快地从床上爬了起来接起了电话。

是盛夏！她的心一阵轻松。她说：“盛夏？”

“佳恩，是我。”盛夏的声音听起来非常疲倦。

听到他的声音，邵佳恩高悬着的心总算放了下来，她笑着问他：“盛夏你没事吧，昨天一直打不通你的电话我很担心。”

“我没事……”盛夏的声音非常沙哑，邵佳恩的心又悬了起来，漫长地停顿着，电话里只剩电流声。

就在邵佳恩以为盛夏已经没在电话那端的时候，盛夏的声音疲倦地响起，他痛苦地说：“佳恩，我哥可能醒不过来了。他出了车祸，连人带车冲出高速滚下山坡。”

邵佳恩仿佛被抽了一个耳光般头晕目眩，她停顿了许久后迟疑地、小心翼翼地问他：“你说的你哥是？”

“盛北辰。”

她眼前一黑，几乎拿不稳手机。她难以置信地问他：“什么时候的事情？”

“昨天我们上高速的时候……你没接的那个电话……”盛夏已经说不出口。

邵佳恩摇摇晃晃地站了起来，手机“啪”地掉在地上。

她的眼前一片血色，仿佛回到了多年前在看守所走廊看见爸爸的那一刻，那些绝望像密密麻麻的针向她毫不留情地扎来，把她扎得千疮百孔、鲜血直流。

她突然用尽力气般捡起地上的手机：“盛夏……你告诉我，你们在哪个医院？”

她的口腔里充满了血腥味，房间里的空气如同被抽空了一般让她无法呼吸。她记忆里的少年啊，她的初恋，她曾日想夜盼捧在心上的人，她好梦噩梦里都不能释怀的那个人，她躲到世界的尽头爱过恨过却始终无法从心里剔除的人，他醒不过来了？

他曾是她无数梦魇的深夜里那抹微光，是希望是梦想，是互不打扰的心之所向，是无数次失望心痛却死不了的那颗心。

那日，方勤的婚礼上，她看着他从人群中缓缓向她走来，她几乎是落荒而逃，她怕她再多待一秒，就会和那个发誓放下他的自己握手言和，对他说我愿意。

过往那么多的伤与痛，她用惨痛的代价封印着对他的爱，当他温暖地向她伸出手，她不得不承认岁月里的那层坚冰在默默融化。

深爱一个人，是那么无奈，七年，她从骄纵的十六岁，到跌跌撞撞满身伤痛，她始终不敢承认，她从未忘记流年里那个牵起她的手救了她的少年。

她努力地憋着眼泪，颤抖着换上最满意的衣服，梳齐了头发，像要去参加一个隆重的仪式。走出房间的时候，妈妈有点惊讶地笑着问她："今天穿这么漂亮又要去参加婚礼吗？"

邵佳恩扯出了个笑容点点头："嗯，对。"

她如游魂般慢慢地走出门，走出小区，拦了一辆车。

那天林珈仪坠楼之后，在医院里住了一个星期已经完全康复。在盛骥的坚持下，林珈仪还是被接进了盛家。

盛太太心里有气，但也没有拂盛骥的面子，但这次她不敢安排林珈仪住在三楼，她让林珈仪直接住在一楼，吩咐家里的帮佣多看着林珈仪，并叫人去打扫林家别墅，准备几天之后让林珈仪搬走。

盛骥提出收养林珈仪的想法自然遭到了盛太太的否决，盛骥并不死心，开始叫助理通知律师拟订收养细则，还打算举办一个正式的宴会，通知各界林珈仪被盛家收养。

林珈仪沉默地看着这一切，那天不要命地纵身一跃的痛快过后，在病房装昏迷听到盛骥夫妻对话的她就知道，她失算了。

她到底还是太年轻，她用命要挟，可以让在意她的盛骥为护她不择手段，但是，却留下恶名，别人也没办法容她。

她不知道接下来要怎么办，盛北辰掌握的那些资料就像定时炸弹一样，她仿佛能听见炸弹上的读秒针跳动的声音。

她宁愿盛北辰跑到她面前来质问她当年为什么这么做，她可以想出无数的对策来对付他，但是他却不动声色地慢慢搜集。她不知道她当年留下了多少蛛丝马迹，她更不知道事情如果被揭穿，盛骥是否还会护她周全。

她的脑子每天都在飞速地运转，却始终保持着沉默。

她本身就是楚楚动人的长相，沉默配上悲伤的表情，对盛骥来说简直百发百中。他想尽一切办法呵护她，盛家帮佣都是擅长察言观色的人物，一个个也对她非常客气。

她却清醒地明白，山雨欲来风满楼。

她越来越依赖安眠药，渐渐地，已经到了没有安眠药不能入睡的程度。

直到那天早晨，她起床准备去餐厅吃早餐，却看见盛北辰缓缓走下楼来。

她本能地想避开，从那天在他的书房里看到那个文件之后，她看见他就本能地觉得害怕。他越波澜不惊，她越是心惊胆战。她匆忙想回房间的时候，眼角却无意地看见，盛北辰的手上，拿着那天她看见的那个写着828的文件袋。

她脚就像被钉子钉住一样站在那里。帮佣吴姐看见盛北辰下楼，就笑眯眯地打招呼："少爷，早餐已经放在桌上了。"

盛北辰微微笑着点了点头。他的笑容那么美好，他那么美好，却离她越来越远。

曾经的她觉得他已经唾手可得，今天的她却不再敢直视他的双眼。这些变化让她绝望。

她站在拐角处，再走几步他就要看见他了。

她几乎不能思考，看着盛北辰拿着文件袋向着餐厅的方向走来。

这个时候，盛骥在书房门口出现，叫了盛北辰一声。

盛北辰掉转方向，往书房走去。

她扶住餐厅吧台的大理石台面，脸因为惊恐而苍白。

盛北辰他拿着文件袋出来，他想去干什么？

是充分掌握了证据，现在想帮邵佳恩平反了吗？

为什么，为什么她都快没命了他还是不肯放过她？难道今天揭开这一切就能回到过去了吗？可是……如果揭开了这一切，她要怎么办？

她不敢想象，她害怕得哆嗦了起来，脚步虚浮地走到餐椅旁坐下，看到桌上帮佣给盛北辰准备好的早餐又吓得跳了起来。

温热的牛奶和糖心的荷包蛋散发着淡淡的香味。

牛奶，她也需要一杯牛奶。对，一杯牛奶加一点安眠药，她需要好好睡一觉。

顷刻间，一个恶毒的念头在她的脑子里浮现。

鬼使神差地，她摸出了口袋里白色的小小的药片，捏成粉后，倒进了盛北辰的牛奶杯。她如同被鬼上身一般，拿起搅拌勺，轻轻地搅拌了一下。

住在盛宅这一小段日子里，她觉得她还是有点了解盛北辰的，盛太太要求他每天必须吃了早餐再出门，他一般都遂了盛太太的心意，早上准备的粥或者牛奶、鸡蛋，走前一定会吃。

宏盛集团在郊区，和盛宅之间隔了不短的路，国道很堵车，盛北辰都是选择上高速。

半个小时，足够他上高速了。

祝你好运。她冷冷地笑了，摸出另外一片药扔进了嘴巴里，愿自己好梦。

杨特助打电话给盛北辰告诉他找到当年的目击证人的时候，盛北辰几乎跳了起来。事情出现意料之外的进展，让他非常兴奋。

盛骥深陷报恩这个漩涡里无法自拔，他已经放弃了和父亲沟通。他已经是一个成熟的男人了，很多事情需要自己去处理好。当年因他而起，无论邵佳恩是否原谅他，他都要帮她寻求应有的公道。

他拿起文件袋走下楼梯，帮佣吴姐笑着告诉他早餐准备好了，他刚准备去吃，就被盛骥叫进了书房。

盛骥固执地重提了一下当年林文峰几乎是舍命救他的事情，固执地想收养林珈仪，想给她一点宏盛的股份。

盛北辰说："我并不反对您给她钱，但是以后出现什么事情的时候，希望爸爸清醒冷静地处理。包括我也是，如果我哪天做错了什么，希望爸爸能够像以前一样，做我的灯塔和标杆。"

他没有再听盛骥说什么，走出了书房。

离书房不远就是餐厅，一天忙绿，午饭和晚饭经常在应酬，吃一顿妈妈亲手做的早餐已是他多年的习惯。只是今天他的心分外迫切，他甚至没有坐下来，端起桌上温热的牛奶杯，一饮而尽。

天渐渐地热了起来，花园里居然有了蝉鸣，真相越来越近，他的心是矛盾的，轻松又沉重。他走进车库，片刻之后，乔治巴顿绝尘而去。

二十分钟之后他和往常一样上了高速，他不知道为什么头越来越沉，一定是昨天没有睡好，好在这个高速并不长，很快就可以下高速，到了公司再休息一下好了。他用车载电话给邵佳恩打了个电话，他迫不及待地想和她分享这个喜讯。

方勤婚礼那天之后，她就避他如蛇蝎，他已经好一阵子没有看见她了，但是他不着急，他会像他承诺的那样，守护她，在无限美好的未来等待她。他想告诉她，他真的一直在为过去那个无可弥补的错误在默默地努力。

话筒里的彩铃欢快地循环重复着，始终无人接听。巨大的困意袭来，他的眼皮越来越沉，他把天窗开了一点缝想清醒一点，没用，脑子越来越混沌，只见一辆大货车突然超车，他来不及避让，本能地往右边打方向盘，车子撞上了护栏，巨大的冲力冲破了护栏，他刹车已经来不及，巨大的声响过后，车子滚下了山坡……

3.

车子在盛夏说的医院门口停下，邵佳恩默默地下了车。

天气很热、很闷，她的胸口很痛。偌大的医院里，她一栋一栋、一层一层地找着盛夏说的特护科室。

等到她走到层层守卫的特护科室的门口的时候，原本梳理得整整齐齐的头发已经凌乱不堪，额头也布满了细密的汗珠。

她盲目地就想往里面冲，门口的保镖一把拦住了她：“对不起小姐，你不能进去。”

她的头很痛，她本能地问：“为什么？”

“对不起，我们领导吩咐过的，闲杂人等不能进去。”

她不知道要怎么办，只能说：“我不是闲杂人等，我想去看盛北辰。”

保镖客气有礼，就是不让她进去。她站在那里半晌，突然想起打电话给盛夏。她飞快地摸出电话，电话里的女声机械地重复着：“对不起，您所拨打的电话无法接通。”

她绝望地推开保镖就要往里面冲，人高马大的几个保镖一把抓住了她，她尖叫：“你放开我，放我进去，盛夏，盛北辰，放我进去！”

她的眼泪流下来，整个人混混沌沌，一个保镖抓小鸡一样把她拉到电梯口，她还在尖叫：“放我进去！”

电梯“叮”的一声打开了，电梯里妆容精致的女孩惊讶地看着她：“邵佳恩？”

保镖客气地向女孩打招呼：“林小姐。”

林珈仪的笑容隐隐地在嘴角浮现，她轻轻地说：“放开她。”

保镖马上放开了邵佳恩。邵佳恩一个踉跄摔在地上，保镖马上回到原来的岗位去了，电梯口只剩下她们两个。

林珈仪在邵佳恩的身边蹲下，浅笑着：“你来干什么？来等盛北辰兑现承诺保护你一生一世？”

邵佳恩挣扎着从地上爬了起来：“我要去看看他。”

林珈仪耸耸肩膀：“如你所见，你进不去，不是谁都有资格看他的。”

邵佳恩不想理她，转身就想进去，却被她一把抓住。

林珈仪拖着她往消防楼梯走。

邵佳恩从来不知道，看似瘦弱的林珈仪力气居然这么大，她被林珈仪拉得踉踉跄跄的。

林珈仪推开沉重的消防门，一把将邵佳恩推了进去，随后她走了进去，“嘭”的一声关上了门。

邵佳恩靠在楼梯间的窗户上：“你要干什么？”

“呵呵呵……”林珈仪似乎是想到什么有趣的事情，“我想，和你说几个故事。”她侧过头，有点期待地问邵佳恩，“佳恩，你现在后不后悔当初没有答应我的条件离开这个城市？”

邵佳恩的脑子有点混沌，但片刻之后她似乎意识到了什么，有点难以置信地问林珈仪：“你想说什么？”

“邵佳恩，姐妹一场，当初你应该答应我的条件了，你走了，我爸爸也不会死对不对？你走了，盛北辰也不用这样昏迷不醒半死不活对不对？”并不敞亮的楼梯间里，她美丽的脸庞显得嗜血又残酷，“邵佳恩，你捅出《锦绣江山》的事情，气死了我爸爸，盛北辰他又那么急吼吼地为你出头，曾经的我还天真地想和他结婚到白头，变成今天这样，那也是下下之策。”

邵佳恩简直不敢相信自己的耳朵，林珈仪一定是疯了。巨大的刺激之下，她倒是慢慢冷静了下来，她问林珈仪：“你什么意思？”

“没什么意思啊，你知道的，我住在盛家，我也没给他下毒啊，雇杀手下毒手啊，不过一片安眠药而已，我一片他一片，我睡了一觉神清气爽，我怎么知道他要开车上高速啊……”

邵佳恩简直就是五雷轰顶，她扬起手就想给林珈仪一个耳光反被林珈仪牢牢抓住了手，林珈仪重重地甩开了她的手幽幽道：“邵佳恩，我们来一起回忆回忆当年吧……你十八岁生日那天。”

她似乎陷入了回忆中，邵佳恩头痛欲裂大口地呼吸着。

林珈仪说：“佳恩啊，那天，你高高兴兴地过生日，穿那么贵的礼服、盘那么漂亮的头发，你家给你开那么隆重的宴会，你可知道，那天是我妈妈的忌日呢。为了你，为了你们邵家，我林珈仪连妈妈的忌日都不能过，我和我爸爸，要开开心心的，在我妈忌日这天，陪你们邵家一起载歌载舞、欢喜鼓舞，想想都让人难过呢。”

她靠在厚重的安全门上，发出了“咚”的一声。

邵佳恩看着她，她继续说：“我一直没和你说，我是多么恨你。”

邵佳恩怒极：“我邵佳恩把你当我的姐妹，和你分享一切，掏心掏肺，换来的就是你的恨吗？”

“可那些都不是我想要的！我从头到尾不过想回家而已，从头到尾不过不想做你的影子想轻松地做回我自己而已！你把我留在S城，成为你的玩伴，就像你众多玩具中的一件。你有没有问过我，我想不想家，我当你的影子绝不绝望，和你在一起的那么多年，到处都有你邵佳恩，什么时候有我林珈仪？我恨你！你们邵家剥夺了我的一切，就连我妈妈去世那天我爸爸都和你们在一起，事情过了之后我还要年年在那个日子陪你一起庆祝！”

林珈仪的眼泪流出来，她飞快地擦干，精装的妆容被抹得一团糟：“我居然还会哭，呵呵，我以为我早就不会哭了。冤吧，你觉得很冤枉吧，我开的车、我撞的人，居然是你去坐牢，我们林家居然也有翻身的日子，我居然也可以把你踩到脚底，呵呵，你应该庆幸，你今天还活着。那天晚上，把车开出去的时候，我本来是打算我们大家一起去死的，我是打算撞护栏大家一起掉河里去死的！”

她冷笑一声：“天不亡我，我在开到最快打偏方向的时候，居然撞到了一辆违规上环线的摩托车，车子偏了方向才没掉下河。好车真好，开摩托车的人死了我没死，我还最先醒了过来。”她的眼泪又疯狂地流了出来。

邵佳恩紧紧地抓住窗台的铁栏杆，她觉得她已经快晕厥了。

林珈仪用手背胡乱地抹着眼泪：“呵呵，我没有死，我最先清醒了过来。你知道那个凌晨，我有多害怕吗？那个人的尸体就在不远处，一地鲜血，你和盛北辰居然还沉沉地睡着！我把你拖到驾驶座，把你鞋子也换了的时候你居然还没醒，你活该！”

“那个时候我觉得……”她继续沉浸在回忆中，“那个时候我觉得以你爸爸的本事，这个事情没过多久就会被查清楚，没有想到，老天在那一刻开了眼，我爸爸，我讨厌了他一辈子，却没想到，他居然有恩于盛北辰的爸爸。呵呵，很好，我们一起鸡犬升天。你更蠢，你爸爸都被抓了，你还认罪，你以为你任性有人心疼吗？你在等谁的愧疚和心疼，盛北辰，还是我？你真蠢。”

那些陈年的真相被血淋淋地剥开，邵佳恩觉得她的心就像被捅了一个大洞一样汩汩冒着鲜血。林珈仪那怨恨扭曲的青春，毁了她也毁了盛北辰，更毁了自己。

林珈仪突然又发狂一样抓住了邵佳恩的双手：“可是你为什么要回来？为什么要再次回到我的视线回到我的生活里？”

“我一生都想摆脱你，你是我所有的坏运气。你坐牢去了，我和盛北辰一起出国留学。我们住隔壁，我为他学做饭，学煲汤，为他学会品红酒，为他学会骑马玩网游！”

“我守了这么多年，如果你永远不回来，不久之后，我就不是林小姐，我是盛太太！可是你像噩梦一样回来了，更可怕的是，他还爱上了你，他曾对你不屑一顾，居然爱上了现在的你！”

“他爱上你就疏离了我，我费尽心思把你赶出了图书部，他却停了我《锦绣江山》本来进展得那么顺利的项目，让我连集团大楼都去不了。我让你开不了店让你身败名裂，他就力挽狂澜拼命保护你帮你善后，帮你删帖！”

“为了给你正名，他逼死了我爸爸，盛伯伯帮我压住了《锦绣江山》的事情，我们刚刚喘过一口气，盛北辰他居然调查我！调查当年车祸的事情，为什么你们不放过我？”

“呵呵，可惜天不亡我，让我住进了盛家，让我发现了这一切！邵佳恩，我林珈仪得不到的，你也一样别想得到！如果你不回来，你听我的话走得远远的，今天的一切就不会发生！到了今天，成王败寇，你应该很明白了，给我远远地滚出我的视线，不要再出现在我的面前，不然，我杀了你！”

邵佳恩使劲地想挣脱林珈仪的双手，林珈仪却力气奇大地推了她一把。

邵佳恩撞在墙上，林珈仪冷冷地靠过来：“忘记和你说了，去年在你家楼梯口蹲守的那个蠢货怎么没一棍子敲死你，真是没用，十万白花了。”

邵佳恩看着歇斯底里的林珈仪，林珈仪美丽的脸上恶毒的表情让她阵阵发寒。

林珈仪说出的那些她所不知道的盛北辰为她做的事情让她几乎要崩溃，她为自己对他的不信任和揣测心痛难过，她不想再和林珈仪纠缠，她只想去看看盛北辰。

林珈仪又哭又笑：“盛北辰要死啦……哦，对了，还有你爸爸，我不过托律师进去知会他一声你认罪了被判了四年，他当天就猝死了，和我爸爸一样，爱激动，所以，他们都死了。”

听着林珈仪冷血又刻薄的话，盛怒之下邵佳恩几乎是用尽了全身力气飞快地扇了她一巴掌。

林珈仪来不及躲开，脸上迅速地浮出了五指印，她尖叫一声就要反击，头顶一个冷冷的声音如惊雷般把在撕扯的两个人震醒。

消防楼梯的上方，盛夏逆光站着，他的声音落在地上，一块块地凝结成了冰："林珈仪，滚离我的视线，趁我没空收拾你，你可以多过几天逍遥日子。"

林珈仪慌乱了片刻，很快保持了镇定："噢，原来是盛夏，可是我为什么要听你的？"

盛夏冷冷地拿起了手里的手机："不用凭什么，你今天的话说得够多了。"

他在手术室外守了一天一夜，却等到盛北辰可能永远昏迷的消息，他用仅剩的力气给邵佳恩打了一个电话后，就躲到了靠天台的楼梯间抽烟。

楼下两个女孩子拉拉扯扯地进来，"嘭"的一声响引起了他的注意，他本无意理会，却突然听到了邵佳恩的声音。

看到林珈仪推着狼狈的邵佳恩进来，他就想出声了，却在林珈仪开口说的第一句话里沉默了。

他隐隐地觉得会有事情发生，冷静地拿出手机拍摄。

潜藏在岁月里那些如吐信毒蛇一般可怕的过往和那些恶毒不堪的现在，赤裸裸地出现在他的面前。

他的女孩、他的手足，因为不设防，与蛇蝎同行。

该结束了。

林珈仪看着盛夏手里举起的手机，片刻的震惊之后马上反应了过来。她突然抓起自己的链条包，飞快地把链条套在邵佳恩的脖子上用力一勒。

邵佳恩猝不及防，喉咙一痛，窒息感袭来，她拼命地去抓自己脖子上的包链。

林珈仪死死地扯着链子高声命令盛夏："把手机砸碎！"

盛夏没料到林珈仪如此心狠手辣，隔着二十几级楼梯，情急之下他本能地就要砸手机。

邵佳恩满面通红，拼尽力气往墙壁上蹬了一脚，林珈仪一下没站稳，两个人抱着一起滚下了楼梯。

"佳恩！"盛夏眼睁睁地看着被勒得满面通红的邵佳恩头一下一下地撞在楼梯上滚下去，他惊恐地大步从楼梯上冲了下来，抱起邵佳恩。

林珈仪捂着头，飞快地从地上爬了起来，冲出了消防楼梯。

邵佳恩剧烈地咳嗽了起来："盛夏，盛夏求求你，带我去看盛北辰。"

盛夏布满血丝的眼底全是心痛，他把她从地上抱了起来："我先带你去看医生。"

"不，我能走。"邵佳恩挣扎着从盛夏的怀抱里下来，"我没事，求你带我去看盛北辰。"

盛夏悲痛地看着她："好。"

4.

林珈仪惊慌失措地跑进了电梯下降到地下车库。事情的发展太出乎她的意料，她要先冷静冷静。

她哆哆嗦嗦地找到自己的车子坐了进去，抖得都没力气发动车。

她的思绪很飘忽、很乱，她不知道要去哪里，盛家还是林家，天底下，还有没有她能去的地方，美国？要么躲到美国去？

就在这时，车门突然被拉开，一个戴口罩的高瘦男子站在她的车旁。她吓了一大跳，对方似乎也吓了一跳，她正要质问对方要做什么，戴口罩的男子突然掏出一把水果刀，飞快地扎了她一刀。

他冲着她的心脏来，却因为太心慌扎偏了，扎在她左边的肩膀上，一阵剧痛袭来，血迅速地沿着刀柄流了下来染红了衣服，她尖叫一声去抓他的口罩，口罩下是一张似曾相识的脸。

“你是邵佳恩的……”

“我就是来帮佳恩姐报仇的，你骗了我，把佳恩姐害得那么惨。”陈南的脸因为愤怒和害怕而微微扭曲，他刚伤愈出院不久，听说了邵佳恩店倒的事情，也花时间打听了真相。他被愧疚和愤怒填满，他记得骗他的这个女人的样子，今天他来医院复查，正好看见她开着车趾高气扬地也到医院来，他跟着她的车到了地下车库，找到她停车位置的时候她人已经没在车上了，他就悄悄地蹲在车的附近等，他要帮佳恩姐报仇。

他把水果刀拔了出来，林珈仪惨叫一声，他又想扎一刀，只听远处有人喊住手，有脚步声朝这里来，他戴上口罩，飞快地跑了。

林珈仪捂住伤口，鲜血不断地从她的指缝里冒出来，她无力地靠在驾驶座上。

她绝望地想，这下跑不了了。

静寂又孤单的重症监护室里，盛北辰静静地躺在病床上，他脸上罩着呼吸机，浑身插满了管子，在生与死之间徘徊，旁边的监护机器规律地发出“嘀嘀”的声音，家属视频探视区里，邵佳恩的眼睛布满血丝，死死地盯着屏幕里的他。

颅脑外伤、脑挫伤、腿骨骨折、大脑仍然有少量出血，还没有脱离危险期，深度昏迷。一个个她未曾听过的医学词汇在她的耳边不停地回荡撞击她的心，好痛。

“外伤导致的昏迷，三个月内是治疗和康复的关键时间，一年内苏醒的机会还是比较大的，神经内科、神经外科、影像科等多科专家正在联合会诊，我们会尽力的。你们也要保重身体，不要过度悲伤。”院长在她身后不远的地方和盛夏交谈。

连续十几个小时的不吃不喝，几个小时前盛太太晕倒在盛北辰手术室的门口，已经被送到急诊室输液，盛骥陪她过去了，此刻这里除了保镖只剩他们三个人，邵佳恩看着视频里的他，眼睛都不舍得眨一下。林珈仪的话不停地在她耳边回响，那些关于他的美好与不美好的回忆像慢镜头般一个个在她的脑子里回放。

她自以为是的骄傲，自以为是的爱，自以为是的恨，自以为是的拒绝，自以为是的责怪。

他却无声地、默默地为他曾经的疏忽赎罪，承受她的爱、她的恨，默默地用他自己的方式守护着她，而她，从头到尾没有真正地相信过他。

她一直觉得自己很爱他，可究竟是爱他什么？爱他俊秀的外表，还是爱他不俗的谈吐，或爱他显赫家世？但她可曾爱过他的心？

眼泪已经流干，她觉得她的心都在滴血。她曾为他的薄情而心碎，可她邵佳恩就是宁可自己一无所有，也不愿意看见他盛北辰受伤害。

她宁可自己死去，她宁可林珈仪对她下毒手，也不愿意看着仅存一口气的他。

不知多长时间过去了，院长早已离去，邵佳恩眩晕地晃动了一下，身后的盛夏飞快地冲了过来扶住了他。他不由分说地扶着她往外走："你已经看一天了，先回去休息。"

"再待一会儿吧……"她气若游丝。

"明天再来。"盛夏看着她毫无血色的脸，坚决地把她从重症监护室带了出去。

已是凌晨四五点，邵佳恩靠在副驾驶座上，盛夏安静地开着车，他没有说话，内心却如经历了十二级地震，一地废墟。

盛北辰遭遇意外，林珈仪抖出那可怕的过往，他觉得他的心也要痛到死去。

他没细想过当年的车祸始末，以为她年少任性，一时意外。而她也从来不说，那么多的苦痛，她压着藏着忍受着。

她拥有的一切被一样一样侵吞蚕食，她孤单地走过那么漫长的孤寂与绝望，他自以为他在守护着她，直到一切真相浮出水面，才发现自己做的是那么少。

他恨自己！

车子开到邵佳恩楼下。

邵佳恩打开车门正准备下车，楼梯口一个单薄的身影突然站了起来，把她吓了一跳。

天已经微微亮，站在路灯下的单薄女孩已经哭得眼睛通红，她看见邵佳恩下车，飞快地冲过来抱住邵佳恩。

"佳恩姐，求你救救我哥。"

盛夏也被这突然冒出来的女孩吓了一跳，赶紧从车上下来。

女孩紧紧地抱着邵佳恩的手臂："佳恩姐，我在这边一个认识的人都没有，求求你帮帮我。"

邵佳恩眼睛红肿视线模糊，她拼命地眨了好几下眼睛才认出是陈北。

陈北痛哭失声："求你……我真的不知道要怎么办了，我哥哥被抓了。"

栗子烘焙坊因为兄妹的倒戈前期投入的心血全部付诸东流，最愤怒的那天她曾对他们两兄妹说出再也不要出现在她的面前的话，可是此刻看见这个孤独的女孩哭得瑟瑟发抖，她已说不出重话，只问："发生了什么事情？"到这个时候她才发现自己喉咙沙哑，但也顾不上了。

陈北痛哭流涕："我哥在医院伤了人被抓到派出所里去了，几个小时前民警给我打了电话，叫我明天白天把他的衣服送到看守所去，我根本不知道看守所在哪里，也不知道要怎么办，他明明就是去医院复查，为什么会伤人被抓……"她紧紧地抓着邵佳恩的手臂。

邵佳恩被她摇晃得有点站不稳，盛夏赶紧过来分开了她们扶住了邵佳恩。

痛哭的女孩抬起头，看见盛夏的时候愣住了："您是盛夏。"

盛夏并没有回答她，却被她看向他的眼神刺了一下。

这个女孩，有一双和邵佳恩一样会说话的大眼睛。他点了点头算是回答，很快地把视线从她的脸上移开，低头问邵佳恩："怎么回事？"

邵佳恩觉得她已经筋疲力尽，但听到陈南马上就要被送到看守所那种人间地狱一般的地方她还是本能地觉得恐惧。

她回答盛夏："他们是我的朋友……"然后转过头对陈北说，"我陪你先去派出所打听一下吧。”

她不忍心看着陈北一个人像无头苍蝇一样乱窜。陈北拉住她的手那么冰冷，想必已经在楼下等了许久，但是一想到派出所，她的脸唰地白了。

盛夏阻止了她们：“都上楼吧，我叫我的律师过去。”

三个人一起回了邵佳恩的家，盛夏联系了自己的律师。

律师丁风马上动身去派出所问情况，盛夏交代了他一句：“先把人保出来。”

丁律师的电话再打过来的时候已经是两个小时以后了，盛夏躺在邵佳恩家里的沙发上睡着了，陈北坐着默默流泪，邵佳恩疲倦地陪陈北坐着。

电话里的丁律师比较惊讶：“盛少，当事人捅伤的是林珈仪。”

“什么？”盛夏瞬间睡意全无。

看他惊讶的样子，陈北和邵佳恩都紧张了起来。

丁律师说：“是的，我也很意外，我从派出所问了情况想联系对方当事人和解出谅解书，顺着派出所给的消息到了对方当事人住的医院，结果发现是林小姐。她拒绝和解，说要见你。”

“我就来。”盛夏挂了电话，两双大眼睛都盯着他。

他有点无奈：“他怎么会捅伤了林珈仪，按时间算应该就是林珈仪离开医院的时候。”

邵佳恩震惊地站了起来，陈南、陈北从外地来不久，和林珈仪也是因为上次那个事情有联络，往日应该并无仇怨，看来……

她心一沉：“盛夏，可能是因为我，我要想办法先把他保出来。”

一天之内发生了太多的事情纵然是盛夏也有点消化不了，他看着两个惊慌失措的女孩子，安抚她们："你们先在这里待着，我去处理一下。"

外科住院部里，林珈仪孤单地躺在那里，她手上插着留置针，肩膀上的伤口已经包扎好，一动就痛到好像要爆炸。

真是飞来横祸，她正计划着怎么逃跑，没想到就这样被送回了医院了，所幸那个伤她的人没跑两步，就被医院的保安抓住了，打了 110。

而且，居然是替邵佳恩来的。

真的太好笑了，她想起盛夏的律师看到她时惊讶的表情，他们果然是一伙的。她真的好期待见到盛夏。

盛夏赶到的时候看到躺在病床上衣衫不整的林珈仪还是有点意外，他看了她一眼："说。"

林珈仪挣扎地坐了起来："你把那个视频删了，我就给你出谅解书。"

盛夏觉得他都要笑出来了，这是痴人说梦吗？他冷冷地看了林珈仪一眼："肩膀受伤了，脑子也坏了？"

林珈仪仍不死心地说："你不把视频删了，邵佳恩的朋友要把牢底坐穿。"

盛夏终于笑出来了："你真是幼稚，'牢底坐穿'这个词用在你身上才是最合适的。那个小伙子捅了你一刀而已，最惨不会超过三年，就算你不出谅解书，如果佳恩想保他，我也会请最好的律师，缓刑而已。你和他的恩怨始末我也听说了，佳恩她善良不去追究他的责任，不代表我也一样，我不找你们两个麻烦就算客气了，你还指望我拿你的犯罪证据换他自由？你那么迫切地想见我，就想说这个？傻了吧你。”

林珈仪没想到盛夏居然是这样一副无所谓的样子，看到盛家的律师匆匆赶过来的时候她还燃起了一线希望觉得自己有了筹码，没想到……她气结，肩膀上的伤口愈加痛了：“那我就告诉警察是邵佳恩指使的，她可是有前科的，你不怕她再坐牢吗？”

“你怎么好意思骂佳恩愚蠢，我看你才是愚蠢透顶，真相都已经大白，你还敢说她有前科？等我送你进去，这回连律师都没人给你请了！你还是好好考虑怎么申请法律援助吧。故意杀人罪，你现在能在外面多待一分钟都应该好好珍惜，就不要在这里想着怎么算计别人了。”

故意杀人罪，林珈仪突然意识到，她的人生可能进入倒计时了，而她还这么不知死活地扬扬得意着。

盛夏看着她突然间苍白的脸色，嫌恶地说：“马上出一张谅解书，我让你出院了再进去，不然，马上叫警察来看你。”

林珈仪被戳到软肋瞬间面无血色：“盛伯伯会保我的。”

“你是猪吗？”盛夏简直是不可忍，“你连盛北辰都害，我大伯和伯母知道真相的时候只怕会把你挫骨扬灰。”

林珈仪终于败下来：“你打算什么时候举报我？”

“随时，现在也行。”

林珈仪哆嗦了一下：“不可以！”

盛夏冷笑：“有什么不可以？”

林珈仪垂下头：“我答应和解，谅解书你们写好，我签，但是，三天，我需要三天时间，一切三天后再说。”

盛夏冷冷地看了她一眼：“可以，出院后给你三天，谅解书一会儿丁律师会送过来。”

12

Jia Qi

Wei Wan

{尾声}

邵佳恩，我们能不能重新认识一次

1.

取得了当事人的谅解，陈南很快被取保候审，两兄妹感激涕零地去邵佳恩家致谢，却一直没有等到她。苏老师说，邵佳恩一直在医院等盛北辰醒来。两兄妹赎罪一般帮苏老师干各种活，守着担忧的苏老师。

一天两天，三天四天，邵佳恩天天守在医院的重症监护室里，哪怕只是通过视频看着盛北辰。盛夏如影随形，两个人都迅速地瘦了下去。

五天六天七天，盛北辰依旧沉沉地睡着。直到有一天，邵佳恩突然发现，他们陷入了一个恶性循环。

她守着盛北辰，盛夏守着她。

多么不对。

该亲手了断了，她不能再这样自私地从盛夏那里汲取温暖。

凌晨，盛夏从医院送她回去的路上，交通广播电台在放一首悠悠的老歌。她看着熟悉的安置小区进入自己的视线，看见盛夏熟门熟路地把车开到自家楼下，稳稳地停下了车。她深深地吸了一口气看着他，努力地鼓起勇气："盛夏，那天在越山上，你说，我们在一起，我发现我真的是一个很坏的人，磨磨唧唧从来没有清楚地表达过自己的心。盛夏，我真的很感激很感激你对我的好，这些年，我获得的所有温暖，有一大半是来自于你，我曾非常贪恋过、迷失过，但是我真的不能自私地再去耽误你。"

“盛夏，我放不下盛北辰，我千万次想着放下他重新开始，可是我从来没有做到过，我一直努力地掩藏着自己的心意，直到现在，我没有办法再逃避，我要守着他，一直守着他，直到他醒来。”

从盛北辰出事，从在楼梯间目睹邵佳恩和林珈仪的冲突，盛夏就隐隐地觉得这一天迟早会到来，但是他不想细想，不忍细想。他无奈地发现在感情面前他是那么懦弱，直到这一刻劈头盖脸而来，他逃无可逃，那些残存的希冀瞬间破碎，他觉得他的胸腔就像被人撒了一把滚烫的碎玻璃。

那么痛。

邵佳恩的表情悲伤又坚定，他看得绝望，他几乎是请求一般说：“佳恩，我们可以一起照顾他，一起守着他不好吗？佳恩……他有可能永远不会醒过来。”

邵佳恩的眼里有泪光闪动：“那我就永远等下去，只是，你不能陪我一起等，这样我们都会好累。盛夏，求你放弃我，当年那个事情和你没有任何关系，你不用觉得愧疚，我也没有你心里想的那么好，这个世界上有很多很多的好女孩子值得你去珍惜。”

她鼻子很酸眼睛很胀，努力地忍着眼泪：“放弃我，明天开始不要来接送我了，我会按时自己去医院，你不要再陪着我，如果你要去看他，也不要和我一起去。盛夏，再见。”

她伸手去开车门准备下车，盛夏一把拉住了她，他的眼里也有泪光浮现。他望着她的双眼，问她：“佳恩，如果今天躺在病床上的是我，你还会不会想着离开我？”

邵佳恩的心一颤，她慌乱地挣脱开他的手，不敢直视他的双眼，她问心有愧但还是坚定地回答了：“我会和盛北辰一起等你。盛夏，你在我心里就像哥哥一样……”她哽咽了，“盛夏，再见。”

她飞快地冲下车上楼，她怕她再待一秒，她会在他的目光下愧疚地哭出来。

她撒谎了，她不敢面对自己的心。

如果今天，躺在病床上的是盛夏，她一定不会离开她，但是这个如果，她希望永远不要出现，他要平平安安的才好。她永远不会说出越山山顶的那个晚上，她也曾想过要和他在一起。

直到今日，局面已定，她无法在心里将昏迷不醒的盛北辰放下，陪伴在盛夏的身旁，那就断了他的念想吧。

盛夏，你要开开心心的，就像我们刚认识的那样，好好地过下去。

她一边爬楼梯，一边哭。

盛夏坐在车里，看着破旧的白色七层楼房里她路过一层一层的楼梯口窗户爬上去，声控灯一层一层地亮起来，他的心一点一点地凉下来。

车里的冷气开得那么足，他觉得他冻得都要发抖了，他忍不住冲下去站在楼下大叫了一声：“邵佳恩！”

凌晨空旷的小区里，他撕心裂肺的声音惊心动魄，没有人回答他，邵佳恩的眼泪疯狂地流淌。他们都逃不过宿命。

她明白，如果岁月静好，他常伴她身侧，她总有一天会全心全意地爱上他，会把刻骨铭心的初恋埋藏在记忆的深处，就像那些爱错过但最终找到幸福的女子一样，收拾心情重新遇见爱情，和他结婚生子，幸福地过一辈子。只是命运没有给他们机会，上天重创了盛北辰让她明白，盛北辰在她心里有多重，有多痛，有多放不开。

纵然她不知道她的有生之年还能不能看到盛北辰醒来，能不能对他说一声“我都知道了”，能不能对他说一声“我不怪你了”，能不能对他说一声“盛北辰，我一直爱着你”。

所以，此刻，无论多不舍多贪恋，都要和太阳般温暖的盛夏说再见。

2.

“在这里签个字就可以走了。”年轻的小护士友好地对林珈仪说道。

林珈仪笑着点点头，在出院单上签下自己的名字，然后开车回到了林家别墅。

她拥有了那么多，却又那么少。她在偌大的房子里不知道该收拾点什么，到最后，装到行李箱里的，只有两个骨灰盒。

她依稀记得离开木兰的时候，她趴在火车大大的窗户上，看那些绮丽的风景，他们一家三口在一起，那么满足又那么幸福。

她把行李箱放进了车的后备厢，启动了车子。

爸爸、妈妈，我送你们回去吧。

十几年没有回来，在她的心里梦里出现过无数次的故乡却显得那么陌生，下了高速她循着记忆找了许久，才找到了回木兰的路。

记忆里那个温馨的家，那个昔年村里最气派的白色小楼已经在流年里破败不堪，外墙爬满了绿色的爬山虎，院子里堆满了杂草。

老家在她记忆里低矮的民房已经被一栋栋漂亮的小楼取代，她的祖屋在新修的小楼的衬托下，就像一个丑陋的弃妇。她的车突兀地停在门口，引得很多路过的人频频回头看，她掉转方向，往县城驶去。

她肚子并不饿，却把记忆里那些想吃又多年吃不到的家乡食物一样一样吃了过去，直到天渐渐地黑了下来，她找了一家最好的酒店住了进去。

她的心那么酸。这是木兰啊，她却不是归人，她已是个过客。

她终于不用依赖安眠药入睡了，一个温热的澡后，她沉沉睡去。好久没有这么香甜的梦了，她梦见八岁那年木兰温暖的下午，她在堂屋写作业，妈妈在做饭，满室饭香。

天刚蒙蒙亮的时候，她轻轻地爬起床来，坐在镜子前，认真地化了一个妆，盘起头发。

她下楼，安安静静地吃了一顿丰盛的自助早餐。有帅气的男子向她微笑，她扭头看了看落地窗外的阳光，是个好天气。

她轻松地走出酒店，启动车子，往木兰的陵园而去。

新立的墓碑前，她郑重地磕头，爸爸妈妈，我带你们回家了。

落日西下，将她秀美的影子拉得很长，隐隐间，警车的声音越来越近了。

3.

在审判之前漫长的被羁押的几个月里，没有一个人来给林珈仪送过钱和衣服。上天终究是公平的，当年邵佳恩所受的苦，如今的她一样一样地细细品尝。奇怪的是，她在生活上受尽困苦，却有一个厉害的律师会经常来见她，律师对她的态度并不友好，也不告诉她是谁委托他来的。监室里的人告诉她，按她的情节，最好也是个死缓。就在她以为这个律师是哪个恨她的人派来准备让她判得更重，她必死无疑的时候，这个律师却在庭审现场力挽狂澜，她最终被判了二十年。

她没有再上诉。对她来说，这或许已是最好的结局。

判决第十天生效后，她被送往了女子监狱。

她一点一点地，重复邵佳恩当年的生活。只是，她的更加绝望，更加漫长。

所以，当监狱民警来通知她亲友会见的时候她几乎以为自己听错了。她在S城并无亲人，交往最深的莫过于邵家和盛家，如今两家都容不下她，她真的很疑惑是谁会来看她。

当她在监狱的会见室里，看见方桌那边坐着的依旧威严高大却明显老了许多的盛骥的时候，她愣了许久之，一丝愧色浮现在脸上。

“盛伯伯。”

盛骥看着那张与故人相似的脸，一句重话也说不出来：“坐吧。”他看着她，“珈仪，这是我第一次，也是最后一次来看你。”

几个月的监狱生活让她的反应都有点迟钝，也没有了在外面时时刻保持的敏慧端庄的样子。她戴着手铐跌坐在椅子上：“律师也是您帮我请的吗？”

盛骥看着她，七年前第一次见到她，她怯怯的样子，像极了当年的丹桂。那一刻，他心里翻江倒海，他拥有一切，歇尽全力去补偿当年的错过。他一直以为，她的女儿应该像她一样温柔善良，却万万没想到，他一意孤行，引狼入室，他唯一的儿子，现在还在医院里昏迷不醒。

他的目光在想到盛北辰的时候冷了下来："这是我为你做的最后一件事情，以后我们不会再见了。"

林珈仪终于哭了起来："您是因为我爸爸才对我这么好吗？对不起，盛伯伯……"

并不明亮的光线里，盛骥看着这张哭起来让人动容的脸，岁月里的那个女孩，也曾在他要归队的前一晚，在他面前哭到不能自已。

他是多么懊悔对眼前这孩子太过关心，让她住进他家里有机会害惨了他的儿子，却还是忍不住来看了她。他心中盘桓多年的问题终于问出了口："你妈妈当年……去的时候有没有交代什么？"

想象中的斥责没有出现，盛骥问的问题让林珈仪有点反应不过来，她愣了一会儿说："没有，她走得比较急……就是让我以后不要嫁像我爸爸那么忙的人……

盛骥没有再问下去，他站在那里，眼里有哀伤浮动。他叹了一声，像是自言自语："丹桂，有三十多年了吧……"

林珈仪愣在那里，片刻之后突然明白过来，她震惊地瞪大了双眼。她一直以为，因为她爸爸曾经救过他，所以他对他们那么好，却从来没有想到，他居然是因为她妈妈，那看起来和木兰千千万万的农村妇女一样平凡普通沉默寡言远远地落在时代后面，和眼前这位高高在上的长辈完全不在一个生活空间的妈妈！

她似乎在刹那间明白了为什么父母看起来并不相爱妈妈却对来

S城是那么兴奋和期待，也明白了看似一生无欲无求的妈妈在定居S城后爸爸根本没有陪伴她几次，她却和她说：“能来S城就很好。”

她的心中绝处逢生般燃起了希望，她张开嘴正想乞求什么，盛骥已经起身离去。她站起来，拼尽全身力气喊了一声：“盛伯伯，救救我，看在我妈的份上！”

盛骥没有回头。

林珈仪跌坐在冰冷的铁椅子上，她身后的民警站起来对她说：“走吧。”

她的眼泪砸下来，却只能眼睁睁地看着盛骥的背影渐渐消失在会见室的门口。盛伯伯，求你救救我。她捂住嘴巴痛哭，手上的手铐碰到了她的脸，是冰冷又绝望的凉。

4.

“佳恩姐，那我们走了。”医院的走廊上，陈南、陈北向邵佳恩告别。

几个月前盛夏给他们安排了工作，两个人都成了他的小助理，走哪里跟哪里。现在雁洄镇的项目已经启动了，他们两个要跟着盛夏到雁洄镇去，今天是特地一大早在医院等着邵佳恩向她告别的。

“嗯，以后遇事别冲动，要冷静，要听盛夏哥的话。”邵佳恩叮嘱他们。

两兄妹三步一回头地进了电梯。

邵佳恩转身正想去康复科，电梯刚关上的门突然又打开了，陈北冲了出来：“佳恩姐，是盛夏哥送我们来的，一会儿我们坐他的车去雁洄镇，他就在楼下，看起来很难过，你们是不是吵架了，他不肯上来，你要不要下去见一下他？”

从那个凌晨之后邵佳恩就没有和盛夏单独见过面，偶尔在医院里碰到，也是隔着盛家人大家笑一下算打招呼，她心酸亦感激。

她摇摇头：“那你们快下去吧，别让他等久了。”

电梯门再一次在她的面前关上，她走到窗户边往下看了一眼。

住院部楼下，一辆熟悉的白色 G63 停在那里，天窗全打开了，驾驶座的椅子放下，戴着墨镜的盛夏躺在车里望着天空。

盛夏，再见。她在心里默默地说。

她转过身，慢慢地往病房的方向走。

“邵小姐早。”门口的保镖熟悉地客气地向邵佳恩打招呼。

她微笑地点点头：“你们早。”

那场车祸已经过去几个月了，盛北辰终于转到了康复科，他体征平稳也可以自己呼吸，就是一直没有醒过来。

今天盛太太来得比她早，她抵达病房的时候盛太太刚好往窗台的玻璃花瓶里插了几枝新鲜的百合，看见她来对她露出笑容：“阿姨给你带了点粥，快去吃。”

多年前第一次看见邵佳恩，盛太太就很喜欢她，没想到世事多变，后来竟然是那种状况。

直到真相大白于天下，看着天天坚持来医院的邵佳恩，想到那天参加婚礼的时候盛北辰对邵佳恩的告白，盛太太多希望老天能开眼，让盛北辰快点醒来，她要亲自给他们操办婚礼。

“好的，阿姨，我一会儿就去吃。”邵佳恩放下背包，去洗手间打了一盆温水出来。病床上的盛北辰依旧闭着眼睛沉睡，她熟练地给他擦了擦脸，坐在他的身边。

盛太太没有再说话，拿起手包走出病房。

邵佳恩拉起盛北辰的手帮他活动，他瘦了，修长的指节骨骼分明，她一边帮他活动关节，一边说："盛北辰，我是佳恩，天又亮了，我又来了，阿姨也来了，给你带了花还给我带了好吃的粥，你快醒过来我们一起吃哦。盛北辰，今天是我的生日呢。"

洁白病床上的盛北辰沉睡如婴儿，恍惚间，邵佳恩却似乎看见他那长长的睫毛，如蝶翼般，轻轻地颤动了一下。

她惊讶地屏住呼吸，盛北辰却没有像她期待的那样睁开双眼，身后的门轻轻"咔嚓"一声，她以为是查房护士，回过头准备打招呼，却不期然地看见了站在门口的盛夏。

她站了起来，看着他却不知道说什么。

盛夏瘦了许多，以前俊朗的脸颊都凹了进去，眼里布满血丝。

他也盯着她，许久之后他说："佳恩，生日快乐。"

邵佳恩的心抽痛了一下："谢谢……你要保重身体。"

盛夏终于崩溃，他觉得他再也无法假装平静，他大步一跨到邵佳恩面前，一把拉住邵佳恩的手臂："邵佳恩，如果我现在就倒在病床上，你会来照顾我还是照顾他？"

邵佳恩担忧地拉住他的衣服："盛夏你不要这样孩子气好吗？"

盛夏似乎无法冷静下来，他绕过邵佳恩冲到病床前对躺在病床上的盛北辰大吼："盛北辰，你起来啊，你睡够了没有，你这样算什么？你不是要给邵佳恩美好的未来吗？那你起来啊，你说到做到啊？你起来啊！”

他眼眶发红，邵佳恩使出全身力气去拉他：“盛夏，你疯了吗？你别这样！”

“对，我就是疯了，盛北辰，你给我起来，如果你不想给她美好的未来，那我给，我盛夏也能给邵佳恩一个美好的未来！你起来，你起来做到你承诺的我就走，不然这算什么？我为什么要一下失去你们两个？”

盛夏情绪崩溃，邵佳恩挡在病床前试图让盛夏冷静下来。

“盛夏我们两个出去说好不好……”

一片混乱中，似乎有人轻轻地从背后扯了扯她的衣服。她震惊地愣在那儿，面向病床的盛夏也像被点了穴般安静了下来，难以置信地盯着病床。

邵佳恩转过身，却看见盛北辰已经睁开双眼，有点吃力地拉扯着她的衣服。

她捂住嘴巴，盛北辰艰难地笑了：“佳恩。”

邵佳恩的眼泪如珠滚落，盛北辰看着她：“佳恩，对不起……”

“你不用说我都知道了……”邵佳恩失声痛哭没有让他继续说下去。

盛北辰安抚地冲她笑了一下，苍白着脸转过头看向盛夏：“盛夏，你刚才说的，一言为定。”

盛夏愣在那里，阳光穿过玻璃照在他的身上，把他的影子拖得很长，他觉得他被阳光刺得要流泪。

他没有说话，转身默默地离开了病房。

邵佳恩眼角的余光目送他离开，盛夏，你要好好的。

盛北辰朝她伸出手，他清亮的眼睛里溢满温柔：“邵佳恩，我们能不能重新认识一次？”

邵佳恩喉咙一涩，犹豫了一下，还是握住了他的手。

他看着她，她也看着他，他瘦了头发也长了，却似乎回到了少年时的模样。她想起许多许多年前，她和他在地动山摇的那个日子里相遇，他穿着白色的上衣，在人潮熙攘的广场上对她伸出手，说：“你好，我是盛北辰。”

她在那一刻，怦然心动，药石无医，就像很多很多年前初见的那一刻，像沧海桑田后的今天。

The end.

{后记}

在开始之前和结束以后

写这篇后记的时候已经是2017年的四月了，楼下的樱花和西府海棠花开了一树一树的，很美，我特地找了一个阳光很好的午后，拿着相机下楼拍了很多照片。2017年的每一天都似乎过得格外认真，写完了《佳期未晚》的结尾，规划了接下去要做的事情，读了很多本书，看了两场演唱会，把买回来后一直空置在那里的一套房子认真地选了一家装修公司一点一点地和设计师沟通后开始装修，周末和朋友出去小聚，天气好的时候也会到湖边逛逛。

但不远的2016年的开端已然不是这样，那个时候我的生活按部就班，像千千万万浙商家庭中的子女一样，带着几乎是天生的经商的本能，按家里给自己规划好的路线，平顺却乏味地走着漫长的人生路。

我家住浙江某个城市的中心湖畔，从客厅的玻璃幕墙看出去，风光如画，湖中央的音乐喷泉和水幕电影常年吸引游人如织，我却甚少留意，每天步履匆匆，美景从不曾眷顾。

是什么时候开始，生活变成这样乏味的样子似乎也无从追溯，生活平顺殷实，每天忙忙碌碌，却不觉得充实。偶尔和老朋友聊天，别人问一句，你真的不写了吗，才会依稀地想起，始终让我觉得缺憾是什么。

我曾在杂志的访谈里说过，我十八岁的愿望是成为一个作家嫁给韩寒，一些年后的今天说起来仿佛只是一句笑谈，但是在我的少女时代，我曾真真切切地为这个梦想去努力过，也曾那么接近过——当然，我说的不是嫁给韩寒。

那个时候我迷韩寒迷得要命，满脑子就是要成为一个出名的作家与他比肩而立。年少热血，疯狂寻梦，带着夙愿我轰轰烈烈地踏上寻梦之旅。

那段旅程的开始是幸运的，收获无数，但风光不久后开始风浪不断，因为有退路，父母一直催我回家，我也不愿意一个人在异乡苦苦坚持。很快，我结束了这一段旅程，回到了父母身边，那个时候想得很简单，自由追梦的新鲜感已经过了，喜欢的人从缥缈的韩寒变成了生活里的翩翩少年，恋爱谈得刻骨铭心，分手也分得惊天动地，伤也受够了，梦想是永不凋谢的花，写作在哪里都可以写，为什么非得浪迹天涯，我还是回家好了。

那个时候的我不懂，生活会不动声色地教人改变。家人很快给我铺好了路，我也开始在看似平坦的人生道路上慢慢地向前走，这种日子，对饱经波折和苦难的人来说是奢望也是梦想，可是对一个受了一点打击但还是有着不死的梦想的人来说，就如温水煮青蛙。

繁华世界，一点一点地蚕食着最初的梦想，一切得来得太简单，身边从来不缺人陪，于是我始终无法沉下心，计划了无数次要好好地写本书，往往写了一个开头就受不了写作的刻苦与孤单，曾经的信誓旦旦，渐渐地被自己遗忘。

不是不遗憾的，我一直以为，这一生可能就这样了。我可能会慢慢地成长，成为一个厉害的人，我会签合同我会谈生意，我会对账我会策划，但是这漫漫人生里，我与我的初心背道而驰。

时间就这样到了2016年，2016年的夏天，因为一件很小的事情，如同多米诺骨牌效应，突如其来的一个小意外引发了严重的后果，我平静的生活出现了惊天巨变，所幸的是，事情虽突然，损失也是巨大，力挽狂澜后，生活竟也渐渐地回到了正轨。

那个意外给我带来非常大的打击也让浑浑噩噩的我认真地审视了生命的意义，我终于深刻地懂得了时间对一个人的意义，也彻底明白了我的人生里缺失了什么，我该追寻什么，除了我的家庭赋予我身上的意义之外，我是谁。我再也不想重复这种一眼就能看到尽头的人生，我不想等我老去之后，我的梦想，还只是一个缥缈的梦。

那个夏天，在绝望与静待突发事件的解决结果的时间里，我联系了深蓝，动笔开始写《佳期未晚》，并奇迹般地写完了。而那段原本应该艰难无比的日子，因为有文字相伴，反倒让我变得平静又坚强。

这篇后记拖了很久才动笔，如同近乡情怯，真正等一切尘埃落定，反倒如鲠在喉，不知道从何说起。微博上有读者问我，这本书对我的意义是什么——那么我想这本书它拯救了去年夏天的我，也平复了我日渐焦躁的心。尽管在那个事件里，我看似毫发无损，但是如果那个时候，我没有调整好心态平心静气地开始写字来倾诉心情，可能我很难平静地熬过那段艰难的日子。

开篇的邵佳恩那刻骨的压抑，去年夏天我曾一一经历，虽然经历的事件是不一样的，但是当时的震惊、绝望与无奈，对生活无常的无力感与逆境中不想责怪任何人只想努力一把重新来过的心情，那其实就是写当时的我自己。

我从不感激苦难，去年夏天灾难一场至今想起也难以释怀，我只庆幸在我还能踮起脚拽住青春的尾巴的时候，命运给了我一个小小的提示，让我艰难地调整出最好的状态与你们相遇。

谢谢一直陪伴在我身边的人，谢谢所有看见这篇文字的人，愿不远的未来，会有更好的我，和你们再相遇。

2017.04.15

图书在版编目（CIP）数据

佳期未晚 / 郑未晚著. -- 南京 : 江苏凤凰文艺出版社, 2017.7

ISBN 978-7-5594-0794-8

Ⅰ. ①佳… Ⅱ. ①郑… Ⅲ. ①长篇小说－中国－当代 Ⅳ. ① I247.5

中国版本图书馆 CIP 数据核字 (2017) 第 156410 号

书　　名	佳期未晚
作　　者	郑未晚
出版统筹	黄小初　邹立勋
选题策划	夏七夕工作室
责任编辑	胡小河　姚　丽
文字编辑	黄　莎　龚　雯
责任监制	刘　巍　江伟明
封面设计	刘　圆
出版社地址	南京市中央路 165 号，邮编：210009
出版社网址	http://www.jswenyi.com
印　　刷	湖南新华精品印务有限公司
开　　本	880 × 1230 毫米　1/32
字　　数	200 千字
印　　张	9.5
版　　次	2017 年 7 月第一版，2017 年 7 月第一次印刷
标准书号	ISBN 978-7-5594-0794-8
定　　价	32.80 元